Dany
Septembre 2013

JE SUIS INTERDITE

DU MÊME AUTEUR :

Pur coton, Gallimard, 1989.

www.editions-jclattes.fr

Anouk Markovits

JE SUIS INTERDITE

Roman

Traduit de l'anglais (États-Unis)
par Katia Wallisky
avec le concours de l'auteur

JC Lattès

Titre de l'édition originale :
I AM FORBIDDEN
Publiée par Hogarth, un département de Crown Publishing Group,
une division de Random House, Inc., New York.

Ouvrage publié sous la direction éditoriale de Sylvie Audoly

Maquette de couverture : Bleu T
Photo : © Carla van de Puttelaarg

ISBN : 978-2-7096-3953-8

Pour Larry Berger

2005

Je suis interdite, comme le sont mes enfants et les enfants
de mes enfants, interdits jusqu'à la dixième génération.

Depuis cette découverte, je me documente la nuit
sur la semence telle qu'elle est émise selon leurs livres,
telle qu'elle ne doit pas l'être selon les livres de mon père.

Autrefois le parchemin de la Loi était peau,
le fil était tendon, la plume volait –

Dis-moi, rouleau de feu,
comment apprendre à être déjà écrit.
Dis-moi, rouleau de cendres,
comment recommencer.

LIVRE I

1939

Szatmár, Transylvanie

Zalman courait nu dans l'allée centrale de la Maison de Prière, il tendait la main vers le rouleau de la Torah présenté au-dessus de l'autel. La gaine brodée du rouleau glissa, le parchemin se déploya, révélant un passage que Zalman n'avait pas mémorisé. Là, allongée à même l'écriture noire ashurite, ses longues nattes défaites, l'épouse de son compagnon d'étude, Rachel Landau, lui souriait. Zalman accéléra sa course vers elle. Ses talons vifs, légers, tambourinaient le sol, ses hanches se balançaient d'avant en arrière, ranimant la chaleur de son ammah…

Zalman se réveilla, une sensation de moiteur sur la cuisse. Les textes qu'il connaissait si bien l'assaillaient : *Vous qui vous enflammez dans les térébinthes… qui faites périr les enfants dans la vallée… Non, ne pas lire* shohtay, *qui faites périr, mais* sohtay, *qui faites couler. Le rabbin Yohanan dit, Celui qui répand en vain sa semence mérite la mort.* Zalman tira sur la ceinture enroulée autour de ses poignets. Si ses camarades de chambre n'avaient pas été présents, il se serait frappé la poitrine, se soumettant au commandement : *Indigne-toi et ne pèche pas.* Il pressa la boucle dans l'oreiller pour l'empêcher de cogner contre le lit en cuivre. Il dégagea un poignet, puis l'autre. Il avait pris toutes les précautions possibles – ni la Loi ni la coutume ne l'obligeaient à s'entraver les mains. Il dénoua la ficelle qui fixait sa cheville au pied du lit pour éviter de se retourner sur le ventre et prévenir tout frottement accidentel pendant le sommeil. Il tendit la main vers l'eau et la bassine.

Son pyjama collait à l'entrejambe.

Maître de l'univers, j'ai fait cela sans le vouloir.

Il repoussa le drap.

Tout lit sur lequel repose celui dont la semence aura coulé sera impur.

Il se faufila dans l'escalier et déboucha dans la ruelle sombre, où chaque latte des volets clos l'accusait. Dans le désert, il aurait été banni du campement du Tabernacle et du campement des Lévites.

Il poussa la porte basse du bain rituel. Il s'immergerait trois fois et serait ainsi autorisé à étudier les livres saints – *né comme au premier jour après la troisième immersion.*

Il se dévêtit. L'eau pinça ses mollets, ses cuisses ; le froid flétrit son ammah. Il écarta les bras et se laissa couler.

Cela s'était passé pendant son sommeil, raisonnait Zalman ; il était certain de n'avoir jamais couru nu sous les yeux d'une femme, mais il était coupable à d'autres égards et le Seigneur le punissait – ses condisciples ne faisaient sûrement pas ce genre de rêves.

Il aurait dû fuir dès qu'il avait vu ses camarades rassemblés autour du Talmud et Gershon qui balançait une épingle au-dessus d'une page en prenant soin de ne pas érafler les lettres sacrées. La pointe s'était immobilisée au-dessus du mot *père*.

« Allez Zalman », l'avaient encouragé ses camarades.

Zalman n'avait pas su résister. « *Discorde* », avait-il dit.

Gershon avait tourné la page du lourd traité et toutes les têtes s'étaient penchées pour examiner le verso, là où l'épingle avait pointé : *Discorde*.

Et déjà l'épingle s'arrêtait au-dessus d'un autre mot.

« Et deux pages plus loin, Zalman ? »

Il aurait dû se dire que c'était pur orgueil et se détourner, mais il connaissait le mot, deux pages plus loin. « *Proscrit.* » Au troisième mot pointé, Zalman avait pris conscience de sa vanité, mais tout en s'éloignant, il avait été sensible aux murmures d'admiration de ses camarades.

Zalman émergea pour une inspiration, se laissa couler une deuxième fois, et dériva plus loin dans le passé.

Ezra le Colporteur l'interpellait : « Tu as six ans et tu peux déjà nommer la descendance d'Adam jusqu'au roi David ? Quel est le nom du descendant d'Adam de la douzième génération ?

— Arpakshad.

— De la vingt-cinquième ?

— Aram.

— C'est vrai, le petit Stern est bien un prodige de connaissance de la Torah. »

Zalman s'était vanté, il avait lancé les noms de la vingt-sixième et de la vingt-septième génération comme si le don du Seigneur était un mérite personnel.

Zalman émergea, inspira, et se laissa couler une troisième fois.

La voix de son père tonnait : « Tu as cinq ans et tu joues aux billes au lieu d'étudier ? »

Quand le maître avait quitté la salle de classe, Zalman s'était joint aux autres garçons pour lancer des noix et mesurer laquelle était le plus près du mur.

Inquiétude de son père ; silence de sa mère.

Zalman se laissa couler vers le fond du bassin, jusqu'au jour de ses trois ans, avec ses obligations d'enfant de trois ans : son père lui rasait la tête en épargnant une boucle sur chaque tempe.

Remontant vers la surface, Zalman avait deux ans : il épelait ses premiers mots, et des raisins secs, des amandes tombaient du ciel.

Puis il avait un an : il léchait des lettres hébraïques enrobées de miel et sa mère l'étouffait de baisers.

Il émergea.

Né comme au premier jour.

À présent, il pouvait attacher ses phylactères et L'implorer : *Souvenez-vous de la ligature d'Isaac et de Votre promesse à Abraham. En leur mérite et non le mien, Seigneur Dieu je Vous supplie, soumettez, détruisez, extirpez les Lilin engendrées par ces gouttes sorties de moi involontairement…*

Le Seigneur entendit la supplication de Zalman.

Les émissions nocturnes cessèrent pendant les Jours Redoutables menant au Grand Pardon, et du Grand Pardon à la Fête des Tabernacles. Une fois encore, Zalman regardait les hommes droit dans les yeux. Le soir de la Fête de la Loi, Simhath Torah, Zalman dansait. Jamais il n'avait éprouvé Sa présence si intensément.

La veille, jusqu'au coucher du soleil, les Hassidim avaient discuté de l'avancée de Hitler et de Staline ; ils avaient débattu de la chute de Varsovie dix jours plus tôt et de la partition de la Pologne, mais le jour de la Fête de la Loi, les Hassidim dansaient. Ils levaient, pliaient, dépliaient leur bras droit, battant l'air autour du rouleau qui codifiait et encerclait leur vie. À chaque ronde, leur corps se rapprochait plus près de leur âme.

Menant la danse, le Rebbe balançait la tête d'un côté et de l'autre. Les yeux fermés, le Rebbe entrevoyait des merveilles que les mots ne sauraient dire. Il sautait et le cœur de la congrégation bondissait.

« Shaddaï ! Meleh ! Netzah ! » s'écria le Rebbe.

Les noms du Seigneur planant au-dessus des visages levés, les Hassidim tremblèrent, la danse s'immobilisa.

« *Aye yaï yaï*, appela le Rebbe.

— *Aye yaï yaï yaï* », répondirent les Hassidim.

Ils fredonnèrent un air après l'autre, des mélodies libres de toute parole, et leurs papillotes étaient des rubans d'argent tournoyant devant les portes du Ciel, qui pivoteraient sur leurs gonds cette nuit, et s'ouvriraient au septième passage de la ronde.

L'assistant du Rebbe chuchota à son oreille, le Rebbe hocha la tête, l'assistant annonça : « *Adir Kevodo* sera chanté par Zalman Stern ! »

C'était un grand honneur de diriger un hymne à la cour du Rebbe, une immense distinction pour un jeune célibataire. Mais Zalman n'était pas seulement un prodige de connaissance de la Torah, il avait aussi la plus belle voix à l'est de Vienne.

« Shaah ! Silence ! » clama l'assistant.

La voix de Zalman s'éleva, bien timbrée, partant du ventre, comme le lui avait appris son père, le chantre de Temesvár. « *Splendide est Son Honneur…* »

Les notes descendaient dans les graves, puis montaient encore et toujours, exaltant le désir des hommes de se libérer de leur corps. Ils chantèrent le refrain en chœur, surpris d'entendre leurs modulations désordonnées couvrir le ton juste de Zalman.

Puis sa voix s'éleva de nouveau.

Après que la dernière note longtemps tenue se fut éteinte, ils restèrent immobiles, jusqu'à ce que le Rebbe s'écrie : « *Aye mamale aye !* »

Ils se courbèrent pour reprendre la ronde – les garçons, les hommes dans la force de l'âge, les vieillards à barbe blanche. Étreignant les rouleaux de la Torah, ils dansèrent autour de la roue du passé devenant le futur, boucles entremêlées, ils remontèrent jusqu'*Au commencement Dieu…*

L'aube perçait quand les hommes quittèrent la synagogue.

Zalman Stern et son camarade d'étude, Gershon Heller, partirent ensemble. Leur démarche témoignait leur respect du Seigneur : ni trop fiers, épaules rejetées et menton relevé, ni trop humbles, dos voûté. Leurs pas résonnaient sourdement dans le brouillard. Ils se séparèrent avant d'arriver à la Piaţa Libertăţii. Zalman entra seul sur la Grand-Place. Des bandes brumeuses voilaient les façades, mais Zalman voyait étinceler des pierres précieuses : si danser était semblable à prier, le soir de Simhath Torah, si les anges assemblaient les pas de chaque juif, le soir de Simhath Torah, et en tressaient des couronnes, alors la splendeur du Seigneur ce matin là –

Le col de son manteau le tire en arrière.

Déchirure. Un bouton ricoche sur les pavés.

Des soldats.

On agrippe sa manche. Deux autres boutons arrachés.

Le canon d'un fusil soulève son chapeau. Zalman pose la main sur la tête.

Violent coup sur ses doigts. Zalman vérifie que la kippa est bien en place et retire sa main.

La gueule du fusil pointe vers le sol. « Ramasse ! »

Zalman ramasse son chapeau, sans oser le remettre sur la tête.

Deux bottes de cuir noir avancent. Deux doigts de cuir pincent le chapeau, le soulèvent. La paume enfonce le chapeau sur le crâne de Zalman. Les bottes reculent.

Une baïonnette pointe sur son ventre.

Zalman ferme les yeux. Si l'heure est venue, qu'il aille au-devant de la mort comme Rabbi Akivah, en prononçant la parole *Un*. À l'exemple des martyrs, Zalman entonne : « *Écoute, ô Israël : le Seigneur est notre Dieu, le Seigneur…* »

« Un. Deux. Trois. On ne bouge plus ! » commande une voix devant lui.

Un déclic. Un éclair.

Le chapeau aplati sur le front, les épaules voûtées, Zalman regarde les pavés ; son manteau bâille. Les soldats autour de lui prennent une pose triomphante.

La même voix : « Bien. Encore une. Ne bougez pas ! »

Un déclic. Un éclair.

Les soldats abaissent leurs fusils, le photographe replie son trépied, la patrouille s'éloigne dans le brouillard qui voile toujours les façades de la Piaţa Liberţăţii.

Les yeux de Zalman sont grands ouverts. Son cœur s'élève.

Il était prêt, prêt à mourir au nom du Seigneur.

*

Quelques mois plus tard, Zalman Stern épousait Hannah Shaïovits et les rêves coupables cessaient. Émettant sa semence comme il en avait reçu le commandement, Zalman engendrait un premier enfant nommé Eydell Atara – Eydell en mémoire de la mère de sa mère, Atara en souvenir des couronnes entrevues le matin où sa vie fut épargnée.

L'histoire de la photographie était la seule que Zalman raconterait à ses enfants, pour suppléer aux cinq années suivantes, impossibles à photographier.

Maramureş, Transylvanie

À une centaine de kilomètres à l'est de Szatmár, le matin où la vie de Zalman était épargnée, Josef Lichtenstein, cinq ans, était assis sur le tabouret de la cuisine. Il regardait sa mère attacher un ruban dans les cheveux de sa petite sœur, tentait de suivre les doigts de Mama qui repliaient le ruban, dessous, dessus, rattrapaient une mèche de cheveux, mais il ne comprenait pas comment la bande de tissu s'épanouissait en un nœud à quatre pétales sur la tête de Pearela.

Une branche battait contre la vitre, le châssis de la fenêtre entrouverte cognait le chambranle.

Une feuille rouge automne a tournoyé dans la cuisine.

Josef est descendu du tabouret et a tourné autour de la feuille.

Dans sa chaise haute, Pearela s'est penchée sur le côté et a tendu la main vers Josef.

Mama a soulevé Pearela de la chaise. « Iossela, tu veux bien jouer avec ta petite sœur pendant que je prépare le petit déjeuner ? »

Josef a pris la main de sa petite sœur.

« Laisse la porte ouverte, que je puisse vous voir. »

Assis en tailleur sur le parquet de l'entrée, Josef a soulevé le couvercle à charnière d'une boîte en carton et en a sorti une lettre en hébreu taillée dans le bois. « Regarde, Pearela, *la-med, l-l-lamed.* »

Pearela a essayé d'attraper la lettre. « La ! La ! » Elle a basculé, s'est redressée et, avec des petits cris de moineau, elle a titubé dans le couloir vers la porte de la salle à manger où elle avait déjà, par deux fois, tiré la nappe qui descendait jusqu'au sol.

Josef s'est précipité pour fermer la porte. « Mama a dit que tu ne dois pas faire ça ! »

Pearela a poussé la porte, le loquet a cédé. Elle a tendu les mains vers la nappe, trébuché sur le tapis.

« Iossela ! Pearela ! Venez prendre votre lait et votre gâteau aux noix ! » a appelé Mama depuis la cuisine.

Se penchant pour relever sa sœur, Josef a aperçu une lettre en bois qu'il pensait avoir perdue. Il a rampé sous la table pour s'en emparer. « *Beth !* Regarde Pearela – il a posé les deux lettres sur le tapis – *Lamed, Beth. Lamed...*

— La ! La ! a gazouillé Pearela.

— Tatta dit que *lamed* est la lettre de la fin de la Torah, *beth* c'est le début, ensemble ça fait le mot... rends-moi la lettre, Pearela ! »

Josef s'est lancé à la poursuite de sa sœur et s'est cogné le front contre le bord de la table. Il est tombé à la renverse, a retenu son souffle. Il s'est rappelé qu'à cinq ans un garçon est assez grand pour ne pas pleurer.

« Iossela ! Pearela ! » a appelé leur mère.

Des pas. Ni Mama. Ni Tatta. Ni Florina.

Une odeur de cochon et de marais. De la boue sur le tapis.

Des souliers élimés à quelques centimètres de son nez.

Une pointe dans la joue de Pearela, une autre dans sa poitrine. Les carreaux verts et roses de la robe de Pearela tournent au rouge. Des cris dans la cour. Les souliers marchent vers la fenêtre, tout est souillé. Un raclement de gorge, un crachat atterrit sur le rebord de la fenêtre. Les souliers quittent la pièce, précipitamment.

Les cris dans la cour redoublent, puis plus rien.

Les pas, les jarrets poilus.

Les chaussures de Mama pendent à la ficelle qui retient le pantalon rapiécé.

La fourche s'appuie contre la table, dents luisantes, écarlates. Un tiroir grince. Tous les tiroirs grincent. Des ongles cernés de noir agrippent le pied d'une chaise qui disparaît. Le buffet sort en glissant. La fourche s'appuie contre le mur. La table se soulève au-dessus de sa tête. Un grognement, la table retombe ; se soulève et retombe, trois fois. Un juron. Josef reconnaît la voix de l'homme : Octavian, le maréchal-ferrant avec le brassard, celui qui se vante d'être de la Garde de Fer roumaine.

La fourche s'éloigne.

Josef guette le doux gazouillis de sa sœur. Il serre dans la main la lettre en bois et ne bouge pas. La robe de Pearela devient plus sombre.

Il fait nuit, puis c'est le jour. Une boucle blonde se détache de la croûte marron qui enferme à présent Pearela.

Chant des moissonneurs qui partent pour les champs.

Un bruit amorti de chaussures poussiéreuses. Des hommes du cimetière juif posent les pieds sur le tapis et soulèvent Pearela, en douceur.

Chant des moissonneurs qui reviennent des champs.

Florina, à genoux, frotte le tapis, donc Mama est là pour lui payer les gages de la semaine.

La brosse est à quelques centimètres des pieds de Josef quand Florina lève les yeux. Elle le voit sous la table, vivant. Bouche bée, elle se signe. Elle disparaît.

Le verrou cliquète, les fenêtres claquent.

Florina le soulève et le serre dans ses bras.

Elle retire sa kippa de velours. Elle coupe les deux boucles sur les tempes. Elle l'enveloppe dans l'édredon de Mama et le porte au chariot. Elle soulève le balluchon déposé sur le banc du chariot, le jette à l'arrière, et installe Josef sur le banc. Elle se hisse sur le chariot et s'assied à côté de lui.

Toute la nuit, le vent en rafale souffle les feuilles sèches, accélère le trot du cheval et les *Ave Maria* de Florina.

Elle avait connu le garçon avant même qu'il ne soit né. Elle avait veillé sur lui dans le jardin de ses parents ; couchée sur une couverture moelleuse, elle avait fourré son nez derrière ses oreilles pour respirer l'odeur de sa peau propre et sa layette de bonne qualité. Elle avait plongé son regard dans ses yeux verts et durs à l'endroit, gris et doux à l'envers – ses yeux d'ortie, disait-elle.

Quand l'enfant avait eu trois ans, son père avait rasé ses cheveux blonds, ne laissant que les deux papillotes diaboliques sur les tempes. Florina avait pourtant continué à imaginer qu'elle baptisait le garçon, là où la rivière faisait un méandre autour des saules.

Le soleil était déjà haut dans le ciel quand Florina s'est tournée vers Josef. « Tu t'appelles Anghel. Ton père est parti sur le front d'Odessa avant ta naissance. Tu es mon fils. »

Le garçon a regardé la bonne, son fichu à fleurs, le médaillon luisant de l'archange Michel terrassant le dragon-juif, qu'elle lui avait montré en cachette, mais portait désormais par-dessus sa blouse. Il a posé la main sur ses tempes rasées, là où les deux boucles manquaient. Mama ne pourrait plus les enrouler fièrement sur des bigoudis pendant qu'il récitait sa prière du soir.

La nuit tombait pour la troisième fois quand ils se sont arrêtés devant un portail en bois.

« La ferme de ma mère », a dit Florina.

Un paysan a levé une lanterne au-dessus du chariot chargé de meubles. Il a ricané.

« Ils nous ont volés assez longtemps, non ? » a murmuré Florina.

L'homme a approché son menton mal rasé du visage de Florina. « Tu as vu, en arrivant ? »

Florina s'est signée. « La terre boursouflait, craquelait, gémissait…

— *Prostie !* Ils feraient mieux d'être sûrs qu'ils sont bien morts et de laisser les corps refroidir. »

De nouveau, le paysan a soulevé la lanterne au-dessus du chariot. « Tu n'as pas eu peur ?

— J'étais terrifiée. Les arbres nous couraient après…

— Je voulais dire, peur de travailler pour eux. Tu ne sais pas que les juifs vendent les femmes chrétiennes ? »

Florina a ri. « Pas ceux pour qui je travaillais. »

Un grognement vexé. « Je pensais pas que tu reviendrais. »

Un silence.

« Tu m'aides avec mon fils ? a dit Florina. Il dort.

— Ton *quoi* ?

— Chut !

— Tu es mariée ?

— Il a bien fallu.

— Son père…

— Est mort », a coupé Josef.

Le garçon dans les bras, Florina est entrée dans la cuisine. Elle a jeté un coup d'œil par-dessus l'épaule et murmuré à son oreille : « Ne baisse jamais ton pantalon devant personne. Jamais. »

Le garçon fixait la broche de sa mère, épinglée sur la blouse de Florina.

« Mama est morte, a-t-il dit.

— Chut ! »

Florina a retiré une jupe. Florina ne se déshabillait jamais entièrement, elle ne portait pas de chemise de nuit blanche ni de liseuse molletonnée bleu pâle. Elle ne lisait pas au lit, elle ne savait pas lire. Elle a retiré son fichu, noir depuis qu'elle l'appelait Anghel, mon fils, mari tué, Odessa. Le lit a basculé quand elle s'y est assise. Il a roulé vers elle, arrêté par ses larges hanches. Ses pieds se sont nichés entre les mollets de Florina.

Dans le lit à colonnes de la cuisine, Florina et le garçon se sont blottis pour la nuit. Sous l'édredon où il retrouvait l'odeur de sa mère, Florina le berçait : « *Vis Anghel, Mama veut que son Anghel vive…* »

Florina et le garçon coupaient par les roseaux pendant que les cloches appelaient à travers les champs.

Elle a regardé par-dessus son épaule, s'est arrêtée.

« Tu vas t'asseoir quand je m'assois, te lever quand je me lève, et quand le prêtre posera l'hostie sur ta langue, tu demanderas au Christ de te pardonner. Bientôt, nous irons à la rivière et tu n'auras plus à être un juif. » Elle a souri. « Après ton baptême, toi aussi tu pourras t'envoler au Ciel.

— Au Ciel, je verrai Mama…

— Chut ! »

Ils ont repris leur marche silencieuse dans les hautes herbes.

Tous les dimanches, le prêtre à longue barbe passait et repassait devant les fidèles en balançant un encensoir qui, à chaque oscillation, lâchait un nuage âcre de myrrhe. Derrière le nuage, les manches noires de la soutane bouffaient comme des ailes peinant pour se déployer, les murs tanguaient de lumière, les yeux des icônes étaient des abeilles duveteuses, *Dans cette joyeuse liturgie de l'Eucharistie, dans la félicité de la Résurrection, dans ce pain, dans ce vin… Faites que je brûle d'amour pour Vous, ô Seigneur !*

Anghel recevait le corps de Jésus sur la langue, et Son Sang, et Dieu versait des larmes d'or et Anghel apprit que les juifs étaient responsables de ce qui leur arrivait, parce que les juifs refusaient la lumière.

Hiver. Printemps.

Quand Florina est partie traire les vaches, Anghel s'est mis en route, l'édredon sur les épaules. Il a cueilli des marguerites, des anémones, des bleuets, des boutons d'or. Comme il avait vu Florina le faire, il a placé le bouquet au pied du calvaire dans les champs, derrière le potager.

« Pearela », a-t-il murmuré en scrutant les gouttelettes rouge sombre sur les orteils osseux de Jésus. Les genoux cagneux et les cuisses décharnées ne ressemblaient en rien aux membres potelés de sa petite sœur, mais ces paumes clouées savaient sûrement quelque chose de Pearela et de sa joue transpercée. Il a emmailloté les chevilles maigres et les clous rouillés avec une extrémité de l'édredon et s'est enveloppé dans l'autre.

« Aïe li lou li la », a-t-il fredonné.

Les premiers rayons du soleil frôlaient la crête quand Florina a pris dans ses bras édredon et garçon endormi. Elle les a portés dans la cuisine. Elle souriait en étalant un onguent chaud sur la poitrine d'Anghel, mais le garçon était assez prudent pour ne pas lui sourire, pas sourire vraiment. Si sa fossette apparaissait, Florina pourrait croire qu'il essayait de l'ensorceler, elle pourrait palper son front pour voir si les cornes juives avaient poussé, elle pourrait se demander s'il n'était pas, en fait, en train de lui voler ce qu'elle lui donnait.

Été, une palissade a été érigée derrière le calvaire, le long de la voie ferrée jouxtant la prairie des chevaux. D'un côté de la palissade, c'était la Roumanie ; de l'autre, la Hongrie. De ce côté de la palissade, des hommes portaient le brassard de la Légion de l'Archange Michel, la Garde de Fer.

Hiver, Anghel a appris à atteler les bœufs à la charrue. Il a appris qu'il aimait les conduire au champ et sentir la tiédeur de leur pelage, les entendre parler en poussant leurs mugissements creux. Mais il ne prenait pas son casse-croûte de midi avec les journaliers. De sa cachette dans l'escarpement de la falaise, il regardait les feuilles qui tombaient ensemble et à terre s'éparpillaient.

*

Et c'était à nouveau le printemps, et c'étaient peut-être des papillons, les tremblotements blancs le long des wagons scellés, ce n'étaient peut-être pas des doigts mendiant un peu d'eau, et il s'appelait Anghel, son père mort à Odessa, sa mère Florina, qui pressait tous les matins le médaillon sur son front et répétait : « Tu ne seras pas le premier de ta classe. Si tu comprends, ne le montre pas. Ne réponds pas aux questions du maître. »

*

Les chiens ont aboyé juste avant le chant du coq. Anghel s'est levé du lit et il a regardé par la fenêtre. Trois silhouettes émergeaient du brouillard au-dessus de la rivière. Il a fait taire les chiens.

Florina s'est éloignée avec la brouette et le râteau, Anghel s'est dirigé vers la cabane du pré – les fugitifs n'auraient pas pu aller ailleurs sans alerter les chiens des voisins. Il avançait pas à pas pour éviter les bruits de succion sur la terre détrempée. Devant le mur de la cabane, il s'est accroupi et a collé l'œil à une fente entre deux rondins.

Un homme, une femme, une petite fille.

L'homme attachait un cube noir sur son front. Ses lèvres bougeaient et il se balançait d'avant en arrière. La femme était assise à même le sol, le dos au mur. Elle nouait un ruban bleu dans les cheveux de la petite fille. La femme a levé la tête en entendant un train approcher. Le train a ralenti dans le virage, sifflé, repris de la vitesse. Les mains de la femme se sont plaquées sur son visage. L'homme a murmuré des mots dans une langue dont Anghel n'imaginait pas se souvenir. La femme a soupiré. La petite fille s'est endormie sur ses genoux.

Un autre train approchait, ralentissait dans le virage, s'arrêtait.

L'homme et la femme ont échangé un regard apeuré. Le torse de l'homme s'est balancé plus rapidement, d'avant en arrière. Ses lèvres remuaient à nouveau.

Une main appuyée sur le bas du dos, l'autre à plat sur le mur, la femme s'est relevée. Elle était enceinte, très enceinte. Elle a jeté un regard par la fenêtre de la cabane. « C'est lui, notre Rebbe, vite ! » Le visage de la femme rayonnait.

L'homme a levé les sourcils, perplexe. La porte de la cabane a crissé en s'ouvrant. L'homme a retenu la petite fille.

La femme a couru vers le train de marchandises. À l'intérieur des wagons aux portes grandes ouvertes, des gens semblaient attendre.

« Rebbe ! » la femme a appelé le juif qui lisait un livre, assis dans l'un des wagons.

Une détonation. La femme a porté la main à sa poitrine, où la tache s'étalait. Elle s'est effondrée.

L'homme s'est rué hors de la cabane, le cube noir sur le front.

Des chevaux hennissaient ; un fracas de sabots ; des gardes hongrois renversaient la palissade, franchissaient la rivière Nadăş.

Sur le seuil de la cabane, la petite fille. La main d'Anghel s'est plaquée sur sa bouche. Le cri étouffé sous sa paume, « Mama ! », tandis qu'il l'entraînait derrière la cabane, la couchait sur le sol, lui disait de ne pas bouger, lui disait que Mama voulait qu'elle vive.

Le train s'est ébranlé.

La nuit tombée, Anghel et la petite fille ont franchi la palissade renversée.

Les paysans des villages voisins démantelaient leurs étals et les chargeaient sur des chariots. L'un d'eux racontait inlassablement que les miliciens avaient fouetté le juif qui fuyait, que le juif avait lâché un cri étonnant. Une bouteille passait de main en main. Les éructations alternaient avec des braillements pour célébrer le pays qui serait enfin nettoyé de tous ses juifs.

Sur la place du marché, le père de la petite était attaché à un poteau. Son torse pliait vers l'avant, sa tête pendait. La sueur étirait sa barbe et ses papillotes en une longue pointe. Les bras, les cuisses, le bas des jambes étaient lacérés – il était impossible de voir, il était impossible de ne pas voir, à l'endroit où les jambes se rejoignaient, la chair éclatée où le sang gouttait encore à travers les croûtes coagulées.

Trois hommes en uniforme des Croix fléchées montaient la garde, leurs bottes noires piétinaient dans une boue de sciure cramoisie.

Dans le recoin où ils sont cachés, Anghel et la petite fille ont entendu le gémissement : « *Wasser…* »

La petite fille a couru vers le robinet du village, les mains en coupe.

Anghel l'a attrapée, l'a serrée contre sa poitrine.

« Tatta… », a balbutié la petite pendant que l'eau gouttait entre ses doigts.

Quand le dernier milicien a disparu dans la taverne, les deux enfants ont traversé la place. La petite a approché ses mains en coupe des lèvres de son père. « Tatta… »

La forme repliée a gémi, a léché les doigts. Du sang s'échappait de sa bouche, et des mots : « Mi-la, ton nom est Mi-la. Va chez Zalman Stern… »

Un peu de sang encore et des mots : « Avec les miens, fais-le, fais-le pour Gershon Heller… enterre-le avec les siens.

— Je le ferai », a chuchoté le garçon et sa main a pressé la bouche de la petite contre sa poitrine, contre le lin rêche de sa chemise, pour étouffer sa plainte.

La porte de la taverne s'est ouverte. Anghel a éloigné la petite fille du fouet et de la plaie. Il l'a emmenée dans sa cachette de l'escarpement, où ils ont entendu Florina appeler sur la falaise.

« Anghel ! Anghel ! » Et de nouveau, « Anghel ! Anghel ! »

Quand toutes les lumières du village se sont éteintes, les deux enfants sont retournés sur la place du marché. Le corps avait été détaché du poteau ; il était couché en travers d'une brouette. Le garçon a pris les brancards et tiré. Derrière, la petite fille poussait.

Sous les peupliers en bas de la prairie, le garçon a creusé la terre avec une bêche. La petite fille l'entassait à mains nues. Ensemble, ils ont tiré et fait basculer le corps dans la tranchée peu profonde. Le garçon l'a recouvert de terre ; la petite fille aidait. Le garçon a dit : « Plus tard, je le ferai, il sera enterré dans le cimetière juif. »

La petite fille a hoché la tête, puis : « Tatta a dit, s'il arrive quelque chose je dois aller chez Zalman Stern à Nagyszeben. Le train dira Sibiu, mais c'est la même chose que Nagyszeben. Si je ne peux pas monter dans le train, je dois courir loin de la frontière. Tatta a dit, il faut courir tout de suite.

— Je vais t'aider. N'aie pas peur, les trains ralentissent dans le virage. Je sauterai dans le train là-bas. Tu attendras ici. Tends la main quand je passe devant toi. N'aie pas peur. Je te tirerai à l'intérieur. Toi, tu regardes seulement ma main. Si le contrôleur passe, tu dis que tu as perdu ton billet. Non, dis que tes parents sont dans le wagon suivant. Dis-le en hongrois et ne parle pas un mot de juif. Tu sauras où descendre quand le contrôleur criera, "Sibiu !" »

Le garçon a brossé le manteau de la petite fille. Il a noué le ruban dans ses cheveux.

Une main sur sa poitrine, elle a dit : « Mila.

— Anghel, a-t-il répondu, une main sur la sienne.

— Où est ta mère ? a demandé Mila.

— Florina…

— Ta mère, elle est où ?

— Mama est morte. Tatta est mort. Pearela est morte.

— *Shéfeleh*… » La main de Mila a caressé la joue d'Anghel et il s'est souvenu que cela signifiait petit agneau.

Sibiu, sud de la Transylvanie

Les enfants Stern ne devaient ouvrir la porte d'entrée sous aucun prétexte, aussi, lorsque la petite Atara, âgée de quatre ans, a entendu qu'on frappait, a-t-elle couru prévenir sa mère dans la cuisine.

Une enfant se tenait devant la porte, le manteau déchiré, un ruban sale dans les cheveux.

Hannah l'a regardée avec stupéfaction. « Mila Heller ? La fille de Gershon et de Rachel ? » Hannah a pris l'enfant dans ses bras. « Zalman ! Viens vite ! »

La petite s'est effondrée.

Hannah raconterait tant de fois l'histoire de Mila sur le pas de la porte – loué soit le Seigneur qui avait veillé sur la petite, comment une enfant aussi jeune aurait-elle pu trouver le bon train, comment sinon aurait-elle trouvé le chemin de la gare à leur maison ? Hannah raconterait tant de fois comment elle avait lavé les cheveux pleins de terre de Mila, brossé les ongles noirs de Mila, que les enfants de Hannah, nés des années plus tard, avaient l'impression de se souvenir de Mila Heller à cinq ans, sur le seuil de leur maison.

Hannah évoquait aussi le silence de Mila. « Qu'est-il arrivé à tes parents, ma petite ? »

Tout l'été, Mila Heller n'avait pas dit un mot. Mais elle pleurait, la nuit, dans le lit qu'elle partageait avec Atara, et Atara lui tenait la main.

La veille du Grand Pardon, Hannah a fait tourner un coq au-dessus des têtes des garçons, trois fois, puis elle a fait tourner une poule au-dessus des têtes des filles, trois fois. Elle a placé la volaille caquetante sur le sol. Elle a dit à Mila : « Pose ton pied sur son cou. »

Mila a secoué la tête, non.

« Tu te souviens sûrement de l'avoir fait chez toi, a dit Hannah. Tu n'as pas besoin d'appuyer fort. Pose à peine ton pied sur sa tête et répète après moi : *Toi à la mort, moi à la vie*… Fais-le. » Puis, d'une voix plus douce : « Tu n'es pas obligée de le dire à voix haute, mais dis-le pour toi. »

Les yeux de Mila se sont remplis de larmes.

Atara s'est écriée : « Pourquoi il faut que la poule meure ?

— Afin que les enfants ne meurent pas. » Encore une fois, Hannah a posé la volaille sur le sol.

Fixant l'œil exorbité de la poule, Mila a levé une jambe tremblante.

Hannah a soufflé : « *Toi à la mort*… »

Mila a replié la jambe.

« Pourquoi, pourquoi il faut que la poule meure ? a demandé Atara.

— Pour ne pas mourir nous-mêmes de nos péchés. La poule meurt à notre place. Elle est notre *Kappures.* »

Atara a froncé les sourcils. « Mais est-ce qu'on n'a pas déjà jeté nos péchés dans la rivière ? »

Hannah a soupiré, replacé la poule dans la caisse. Avec son tablier, elle a essuyé les larmes de Mila et les siennes.

Ce soir-là, alors qu'Atara retenait son souffle dans l'obscurité, encore surprise par la proximité de l'orpheline avec qui elle partageait son lit, Mila a parlé : « Atara, c'est un joli nom. »

Mila avait parlé ; elle avait parlé à Atara.

Dès lors, Mila a parlé à Atara tous les soirs. Pendant la journée, elle gardait le silence, mais les deux filles chuchotaient dans l'obscurité. Atara apprenait que Mila avait une sœur ou un frère qui n'était pas né, que la mère de Mila avait couru vers le wagon ouvert, en criant « Rebbe ! ».

Plus tard, elle a appris que Mila avait décidé qu'il lui était permis d'aimer Hannah.

Une nuit qu'Atara était à moitié endormie, Mila a demandé : « Toi, tu me crois ? Tu crois que ma Mama a couru pour sauver le Rebbe ? »

Atara n'a rien dit. En dehors de la présence de Mila, Zalman avait affirmé que la mère de Mila ne pouvait pas avoir vu le Rebbe : les portes des wagons n'étaient pas ouvertes, pas quand ils étaient remplis de juifs, pas au printemps de 1944, pas en Hongrie, avait dit Zalman.

« Toi, Atara, tu me crois ? a insisté Mila.

— Je… peut-être qu'il faudrait prier pour la venue du messie. » Atara aimait prier avec Mila, elle devinait que, dans la prière de Mila, la venue du messie n'était pas la gloire du Temple reconstruit, mais une cuisine avec la mère de Mila dedans, et l'heure du coucher avec l'histoire que le père de Mila n'avait pas eu le temps de raconter jusqu'au bout.

*

Quatre mois après l'arrivée de Mila chez les Stern, les forces soviétiques et roumaines reprenaient sa ville natale. Dès que les juifs avaient été autorisés à circuler, Zalman était parti marquer les emplacements des dépouilles juives. Il voulait que les ossements ne soient pas déplacés, tout particulièrement la petite vertèbre *luz* qui joint la nuque à la colonne vertébrale, la première vertèbre à recevoir la Rosée de la Résurrection quand les Trompettes sonneraient la Fin des Jours.

Dans le vide qu'il avait découvert quand il était arrivé en Transylvanie du Nord, Zalman avait prié : *Seigneur, montrez-moi pourquoi Vous m'avez épargné, pourquoi Vous avez épargné Hannah et nos enfants et la petite Blimela – fille de Gershon et de Rachel Heller.*

Zalman avait eu l'intention de rester auprès du Rebbe à Szatmár, après son mariage, mais quand la Transylvanie avait été partagée entre la Hongrie et la Roumanie, en août 1940, ses parents avaient insisté pour qu'il rentre chez eux, à Sibiu, au sud de la nouvelle frontière. À la différence de ses condisciples de la yeshiva à Szatmár, Zalman et la communauté de Sibiu n'avaient pas été déportés.

*

Anghel observait le juif qui se tenait sur la rive gelée.

Le juif lançait un filet dans la rivière et argumentait avec lui-même :

« Sanhédrin 97b. Aussi 98a… Les morts vont-ils ressusciter nus ou vêtus ?

» Et qu'en est-il d'Isaïe 26 : 19 ? Et d'Ézéchiel 37 : 12-14 ? »

Le juif étendait les bras, les fléchissait, et tirait sur la corde chargée d'algues. Il relevait un filet lourd des deux sœurs revenues des camps de concentration et noyées par les voisins.

Il déposait un premier corps sur le chariot, puis le second. L'ourlet plombé du filet serpentait dans les roseaux piétinés. Il agrippait le bord de la plateforme du chariot. Le fer du cheval frappait la terre givrée.

Caché dans le sous-bois, Anghel suivait le juif, qui suivait le cheval de trait le long de la rivière Nadăş.

Le juif reprenait son argumentation : « Mais qu'en est-il de ceux qui sont sans tombeau, ceux dont les loups lèchent les os ?

» Ils ne revivront pas.

» Que dit Kethuboth 35b ?

» Ah, sur ce point, les rabbins ne sont pas unanimes. »

Anghel s'est frayé un passage dans les buissons jusqu'au chemin de halage. Il s'est arrêté devant Zalman et a désigné la ligne de peupliers. « Là-bas, un autre juif. »

Zalman a suivi du regard le doigt du garçon pointé sur des mottes de terre durcies.

« Oui, là-bas, a insisté le garçon.

— Comment être sûr que c'est bien un juif ? »

Le garçon a montré le manteau de Zalman.

« Mais n'importe qui peut porter un manteau noir. »

Le garçon ne semblait pas convaincu.

« Tu veux dire, qui d'autre qu'un juif *veut* porter un manteau pareil ? »

Le garçon a touché son front. « Il avait un cube noir.

— Tefillin ! »

— *"Avec les miens,* il a dit. *Avec les miens, fais-le, fais-le pour Gershon Heller... enterre-le avec les siens."* »

Stupéfait, Zalman a dit : « Gershon Heller ? Heller de Cluj ? »

Le garçon a haussé les épaules. Il a tendu la main en direction de la rivière. « Ils venaient de là, mais la femme a couru vers le train.

— *Vers* le train ?

— Elle a reconnu quelqu'un dans un wagon.

— Dans un wagon ?

— Les portes étaient ouvertes.

— Quand ?

— Au printemps.

— Comment est-ce possible ? »

De nouveau, le garçon a haussé les épaules.

Zalman a regardé le rectangle de terre retournée. « S'il s'agit bien d'un juif... » Il a regardé le petit paysan. « Il a vraiment dit, "*Avec les miens, fais-le pour Gershon Heller... enterre-le avec les siens*" ? Il a *vraiment* dit ça ? C'est un péché très grave que d'exhumer un corps s'il ne l'a pas demandé expressément.

— "*Fais-le pour Gershon Heller... enterre-le avec les siens.*" »

Zalman a pris la pelle sur le chariot et a creusé. Il argumentait encore. « Bien sûr que Gershon Heller l'a demandé ; de sa tombe, il veut entendre l'appel des Trompettes. Quand les morts ressusciteront, les morts en terre juive... C'est noble, ce que tu fais... » Zalman a relevé la tête. « Quel est ton nom ? »

Le garçon avait disparu.

Une fois encore, les sabots du cheval frappaient la terre ; une fois encore, les roues du chariot gravissaient l'allée qui menait au cimetière juif.

Devant la tombe ouverte, Zalman a déchiré le côté droit du manteau déjà marqué d'un accroc près du cœur et il a prié : *El maleh rahamim, Dieu plein de compassion.*

Depuis le bosquet de bouleaux surplombant le cimetière, Anghel observait la silhouette du juif courbé sous la neige. Rampant dans sa cachette de l'escarpement, dont l'exiguïté même le réconfortait, le garçon s'est assis, il a écouté la prière et le bruit de la bêche. Là, les souvenirs n'étaient pas défendus.

Derrière les flocons de neige, un nuage blanc moiré s'entrouvrait... la main de sa mère cherchait à l'étreindre. « *Mein eigen kleiner Yiddeleh !* » (« Mon petit juif à moi ! ») Embarrassé, le garçon se dégageait, mais le nuage s'écartait, sa mère le soulevait et le pressait sur son cœur. « *Mein sheiner Yiddeleh !* » (« Mon beau petit juif à moi ! »)

Le nuage se refermait. Un autre souvenir derrière les flocons de neige. Un autre nuage moiré… le genou potelé de sa petite sœur, la chaussette en dentelle au bord froncé, la minuscule chaussure vernie… les pas, ni Mama ni Tatta, ni Florina. Les pointes rouillées, luisantes…

Une brindille a craqué dans le bois. Un fermier rôdait-il par là, l'haleine chargée de tuica ? Un corps de juif semblait incapable de retenir son sang. Le garçon s'est recroquevillé, s'est penché, son nez effleurant les feuilles décomposées sous la neige.

« Anghel ! Anghel ! » Florina a appelé de la falaise, sa voix amortie par les flocons.

Anghel s'est levé, a escaladé l'escarpement, est rentré à la ferme où Florina avait déjà allumé la lampe de la cuisine.

*

Zalman est rentré chez lui et il a dit à Mila qu'il avait enterré son père comme il le fallait, afin que son voyage soit moins pénible à la Fin des Jours. Mila a accueilli la nouvelle en silence puis elle a prononcé ses premiers mots devant Zalman.

« Le garçon de la ferme est un juif. Son père est mort. Sa mère est morte. Pearela est morte.

— Que Dieu nous garde ! Qu'est-ce que tu racontes ? Comment s'appelle ce garçon ?

— Anghel.

— C'est quoi, ce nom, Anghel ? »

Ordonné rabbin à l'âge de dix-huit ans, Zalman savait démêler les questions les plus épineuses. Il pouvait se prononcer sur des cas déchirants – les femmes dont les maris ne revenaient pas des camps, pouvaient-elles se remarier si personne n'avait été témoin de la mort des maris ?

Des hommes aussi venaient, affligés. « Reb Zalman, ma femme a été faite prisonnière… Elle a été contrainte, hélas, elle a été…

— Êtes-vous un *cohen* ? Un juif qui appartient à la lignée des prêtres n'a pas le droit de rester avec sa femme, même si elle s'est débattue.

— Non, non, je ne suis pas un cohen !

— Et elle s'est débattue ?

— Ses cris, Reb Zalman…

— Votre femme s'est débattue et il y a des témoins ; aucun doute, votre femme vous est permise. »

Zalman pouvait déterminer qui était interdit, qui était permis ; qui pouvait se remarier et qui devait encore attendre ; mais au sujet du garçon de la ferme que Mila affirmait être un juif, Zalman a fait appel au Rebbe.

*

De temps en temps, le juif venait. Il se tenait devant la tombe de Gershon Heller, père de Mila, et entonnait sa prière. Anghel tournait la tête. Les rênes se relâchaient, les bœufs s'arrêtaient.

Le juif contemplait le vaste champ et la charrue immobile.

Le garçon reprenait les rênes.

Les bœufs repartaient, la terre se retournait sans se briser, dessinait un nouveau sillon. Du pelage des bêtes s'élevait une vapeur plus dense que la brume qui enveloppait déjà les bœufs, la charrue, le garçon.

*

Zalman a examiné le timbre, les lettres en capitales : U.S. POSTAGE. Son pouce a effleuré les ailes puissantes de l'avion. Il a inséré une lame dans le pli de l'enveloppe et en a sorti une mince feuille de papier.

En vertu de Son éternelle compassion, le Rebbe sera bientôt en sécurité en Amérique.

« En Amérique ? »

Zalman se souvenait des avertissements sévères du Rebbe : « N'abandonnez pas la Pologne, la Lituanie, la Hongrie. N'abandonnez pas les pays où nos traditions ont survécu, où nos yeshivas se sont multipliées, n'abandonnez pas des pays de Torah pour la treifenah medinah, ce foyer de modernité et d'assimilation qu'est l'Amérique. »

Le Rebbe sait ce qu'il fait, s'est repris Zalman. Il a continué la lecture de la lettre.

Gershon Heller, qu'il repose en paix, est mort en martyr sur la place du marché de... la dépouille que tu as enterrée doit être la sienne. Le Seigneur t'accordera la vie éternelle...

Quant au garçon, le Rebbe insiste : les enfants cachés, nés dans des foyers qui vivaient dans la crainte de Dieu, doivent être rendus à notre peuple. Faites de votre mieux pour établir son ascendance... si le garçon est juif, retrouvez-le et rendez-le à son peuple.

*

C'étaient les longues journées de moisson quand l'avoine se couche sous la lame. Comme à ses passages précédents, le juif a prié devant les tombes. Anghel l'a observé de loin, mais cette fois-ci le juif n'est pas reparti quand il a fini sa prière ; il a traversé le champ d'un pas rapide. « Hé là-bas ! Hé ! » a-t-il lancé en serrant dans ses mains son chapeau à large bord.

L'appel a ricoché sur les épis d'avoine.

Les moissonneurs ont cessé leurs grands coups de faux.

« Hé là-bas ! Hé ! »

Florina, en sabots, a dévalé le talus. Elle a posé la main sur l'épaule d'Anghel et l'a fait reculer dans les herbes hautes. Les tiges se sont refermées sur la femme et le garçon.

Les chiens ont grondé quand le chariot de Zalman s'est arrêté devant le portail en bois. Ils ont sauté sur la clôture quand Zalman est descendu. Il est remonté. Une femme a traversé la cour, mais elle n'a pas fait taire les chiens. Zalman a saisi les rênes, le cheval a traversé au trot la voie ferrée et la palissade démantelée.

Sur le banc du cocher, Zalman questionnait au rythme de l'ancien chant talmudique : « Est-il permis de confier un enfant à des incroyants quand personne ne sait s'il sera réclamé ? Rabbin Oshri a jugé : si l'enfant n'était pas caché, sûrement il mourrait. Et les parents survivront peut-être et pourraient venir le réclamer ou bien, les incroyants pourraient le restituer à une institution juive…

— Et si, Dieu nous garde, l'enfant finissait par vivre comme un Gentil ? »

Zalman a tiré sur les rênes. Le chariot a fait demi-tour. Une deuxième fois, il s'est arrêté devant le portail de la ferme.

Dressés sur les pattes arrière, les chiens élargissaient leur cercle, reculant pour mieux bondir. Replié sur le banc du cocher, Zalman brandissait son parapluie comme une épée pourfendant l'air, et le chariot n'a pas bougé.

« Cezar ! Dracul ! » a fini par crier une petite voix.

Les chiens, sans cesser de gronder, ont reculé dans la cour.

Caché derrière une meule de foin, Anghel observait.

Debout dans l'ombre du tilleul, le juif a appelé : « Doamna Florina ? Doamna Florina ! »

Il a jeté un coup d'œil dans la grange, puis dans l'étable où la pointe du fichu noir de Florina voletait sur ses épaules. « Doamna Florina ? Je suis venu… » Les mains du juif s'ouvraient et se fermaient comme si elles dialoguaient l'une avec l'autre ; il les a pressées sur sa poitrine. « Puis-je demander où vous vous êtes mariée ? »

Florina a tiré un brassard taché des plis de sa jupe. Elle a collé l'emblème de la Garde de Fer sous le nez du juif. « Mon mari, voici ce qu'il en reste. »

Le juif a reculé. « Ah… votre mari est décédé ? Je suis désolé, Doamna Florina, ce que je cherche doit se trouver ailleurs. Bonne journée, Doamna Florina. »

Le juif est remonté dans le chariot.

L'ancien chant talmudique accompagnait Zalman tandis que le cheval trottait vers la mairie. « La question est : un juif en fuite doit-il se repentir d'avoir étouffé les pleurs d'un enfant, s'il l'a fait pour protéger des vies ? Le rabbin Simon Efrata dit : si une personne choisit de mourir pour épargner une vie, cette personne sera déclarée sainte. Toutefois, celui qui étouffe un enfant en pleurs pour sauver des vies juives ne doit pas avoir mauvaise conscience. Que le Tout-Puissant… »

*

Anghel a traversé la prairie des chevaux et gravi la falaise surplombant la rivière. Ses pieds pendaient hors de sa cachette quand il a cueilli une anémone sauvage. La tige entre les lèvres, il s'est adossé à la pente. Son regard suivait la course d'un nuage et il pensait à Florina, qui disait que ses yeux étaient comme l'ortie, verts et durs a l'endroit, gris et doux à l'envers…

Un disque noir a éclipsé le ciel ; le disque s'est penché plus près et a parlé.

« Es-tu un juif, yingeleh ? »

Anghel a remonté les genoux contre la poitrine, a bondi, grimpé l'escarpement, et a disparu derrière une crête.

« Aha, a lâché Zalman, un petit Roumain soupçonné d'être juif aurait craché, m'aurait insulté ou menacé avec sa fourche. »

« Il est revenu ! » a dit Anghel, essoufflé.

Florina s'est raidie. Elle a plissé les yeux.

La lèvre inférieure du garçon tremblait. « Je n'ai rien dit. » Une larme a perlé entre ses cils et il a confessé que, deux hivers plus tôt, il avait abordé le juif.

Les chiens ont aboyé. Sur un geste de la main de Florina, le garçon a disparu.

Florina a conduit les bœufs dans leur stalle. Elle a versé un seau d'eau sur le sol de la grange. La brosse du balai frottait pendant que Zalman arpentait la cour en prenant soin de rester à distance des chiens, qui tiraient sur leur chaîne. Florina a versé un deuxième seau. Un troisième. La barbe de Zalman est apparue dans la petite lucarne du mur en torchis. « Le sol n'est pas encore propre, Doamna Florina ? » Quand la brosse s'est soulevée, Zalman a dit, « Doamna Florina, chez qui dites-vous avoir travaillé à Vişeu de Sus ? »

Zalman avait établi que Florina avait travaillé chez les Lichtenstein, que les légionnaires de la Garde de Fer avaient assassiné les Lichtenstein en 1939, que la Société d'Inhumation juive avait enterré les parents et une petite fille, mais que le corps d'un garçon de cinq ans n'avait jamais été retrouvé.

« Le garçon, a chuchoté Zalman, qu'est-il arrivé à Josef, le fils des Lichtenstein ? »

Florina a fini par sortir de la grange, le seau vide au bout de son bras plaqué le long du corps.

Zalman l'a suivie jusqu'à la ferme. Elle a refermé la porte derrière elle.

Zalman a frappé et il est entré dans la cuisine. « Dites-lui, Doamna Florina, dites-lui ce qui l'attend, une fois que vos voisins auront découvert que leurs soupçons sont fondés. »

Florina n'a pas répondu et Zalman s'est tourné vers le garçon. « Ils vont te tuer si tu es juif et que tu usurpes l'héritage d'un fermier. »

Les yeux de Zalman se sont adaptés à la pénombre. Il a vu le crucifix au-dessus du lit à colonnes, il est ressorti, a arpenté la cour d'un pas décidé.

Florina a tourné la tête vers le mur face auquel le garçon et elle priaient tous les soirs.

Dans la cuisine, Anghel a perçu l'amour et l'impuissance de Florina, et il en a été submergé. Ils ont partagé ce moment où tout se perd, où tout est déjà perdu.

Anghel est sorti dans la cour. « Et Florina ? »

Zalman s'est immobilisé. « Doamna Florina a droit au titre de Juste parmi les nations. Dieu la récompensera mille fois.

— Florina est ma mère.

— Dieu de miséricorde, tu as oublié ta propre mère, Josef, fils de Yekutiel et de Judith ?

— Qu'est-ce que vous allez faire de moi ?

— Faire de toi ? Tu vas vivre comme tu étais censé vivre. Tu étudieras dans la nouvelle yeshiva du Rebbe, en Amérique.

— Et Florina ?

— Doamna Florina aura sa part dans l'autre monde. Dans ce monde-ci, elle ne manquera de rien.

— Elle ne viendra pas avec moi en Amérique ?

— Doamna Florina ne serait pas heureuse là où tu vas. »

Le garçon a hésité. « Si je vous suis, je verrai Mama, Tatta, Pearela ?

— Mon enfant… tu sais sûrement que ta mère et ton père… »

Le garçon a fait une nouvelle tentative. « Si je vous suis, je n'irai pas au Ciel, mais si je ne vais pas au Ciel, est-ce que je verrai Mama, Tatta, Pearela ? »

Zalman a traversé la cour en trois enjambées. Il a frappé du poing sur la porte de la cuisine. « Qu'est-ce que vous avez raconté à cet enfant ? »

Florina, dans la pénombre, n'a pas levé les yeux. « J'ai raconté… J'ai dit à mon Anghel : Vis, il faut vivre.

— Doamna Florina, un juif n'a pas d'autre vie que sa vie de juif. »

Mais il y avait eu une autre vie pour Florina et Anghel. Sept ans, Florina et le garçon avaient vécu dans un royaume où les veuves sont fidèles à leurs époux disparus – morts en ce monde, mais vivants dans le Christ. Florina avait été fidèle au souvenir de son mari fictif, elle avait rejeté les avances de Stefan et de Petru, elle avait porté le foulard de la veuve, pour son fils, Anghel, pendant sept ans.

Florina a veillé sur le sommeil du garçon, puis elle a ouvert la porte sur la nuit pour aller traire les vaches.

Le garçon s'est pelotonné, ses sens en éveil en quête des odeurs laissées par ses deux mères dans les creux et les bosses de l'édredon.

Zalman attendait dans la cour quand Florina est revenue de l'étable. Il n'est pas entré dans la cuisine au crucifix ; depuis le seuil, il a indiqué la valise ouverte. « Il n'en aura pas besoin là où il va. »

Florina a retiré les sabots en bois tout neufs du garçon. Elle a bouclé la valise en carton et noué une ficelle autour. Elle a aplati l'édredon, l'a enroulé et ficelé. Elle a placé dans la main du garçon la broche de sa première mère.

La main du garçon s'est refermée sur la broche, ses bras ont enserré l'édredon, derrière lequel il a disparu.

Florina a laissé partir le garçon aux yeux couleur d'ortie, verts et durs à l'endroit, gris et doux à l'envers – quand la lumière était bonne. Elle a regardé son Anghel et le juif s'éloigner. Sous le petit auvent en tôle ondulée, elle a attendu que son fils se retourne, une dernière fois.

Ils étaient au portail quand Zalman a dit au garçon qu'il vaudrait mieux, par égard pour Doamna Florina, regarder droit devant.

Zalman a étalé son manteau sur la plateforme du chariot.

Le garçon s'est blotti entre le manteau de Zalman et l'édredon, entre la laine noire et le coton blanc. Les roues crissaient sur le gravier, roulaient, roulaient toujours plus loin de Florina…

Le chariot brinquebalait devant le cimetière juif quand Zalman a dit : « Sans avoir étudié, tu as déjà fait une bonne action – la dépouille de Gershon Heller est enterrée en terre juive, dans l'attente de la Fin des Jours. Pour cette bonne action, le Seigneur t'accordera la vie éternelle. » Zalman a jeté un coup d'œil par-dessus l'épaule, à la bosse que formait le garçon sous l'édredon. Il a regardé la route. « *Vatome-er Zio-on*, a modulé Zalman. C'est comme ça que commence ta haphtorah. Seras-tu prêt pour ta bar-mitsva, Josef, fils de Yekutiel et de Judith ? Bar-mitsva signifie fils du commandement ; cela signifie que, bientôt, quand tu auras treize ans, tu seras un adulte aux yeux de la Loi. » Comme si Josef avait répondu, Zalman a déclamé les cantillations que les garçons mémorisent quand ils se préparent à lire la Torah devant la congrégation : « *Zakef kato-on…*

Laisse la voix monter ! *Zakef Gadol*… Tu penses que j'invente ? Tu penses que l'homme peut composer des variations aussi harmonieuses ? Non, c'est Dieu Lui-même qui les a enseignées à Moïse au mont Sinaï. »

Sans autre témoin que le vaste champ muet, la longue route, et le garçon entre manteau et édredon, Zalman a lancé son trille : « *Paze-e-e-e-e-er !* »

*

La nuit où Zalman était parti chercher le garçon, Mila avait eu le sommeil troublé. Son agitation avait redoublé le soir suivant, toujours la même peur la tenait éveillée. « Et s'ils s'étaient fait prendre ? »

Atara essayait de la rassurer, la guerre était terminée et Zalman avait prévu que le voyage durerait quelques jours, surtout si le garçon refusait de le suivre.

« Ton père est têtu, avait dit Mila, il va devoir le suivre. » Mila n'a rien dit du trouble qu'elle éprouvait à la pensée d'enlever le garçon à sa seconde mère.

Les deux filles étaient penchées sur la balustrade du balcon, les yeux rivés sur la route de Deseu, quand le chariot est apparu au carrefour.

« Les voilà ! »

Mila, Atara, Hannah et les petits, tous ont dévalé l'escalier.

Hannah a accueilli le garçon avec exubérance : « *Shulem Aleihem !* » Elle lui a pris l'édredon des bras, a insisté pour qu'il boive et mange.

Les enfants Stern s'émerveillaient de voir un paysan dans leur entrée. La grande kippa noire de Zalman semblait bizarre sur les longs cheveux couleur de miel du garçon. Il avait le visage halé, pas le teint pâle et confiné des garçons de la yeshiva. Pendant que les autres enfants l'escortaient jusqu'à la cuisine où Hannah préparait déjà un repas pour lui, Mila s'est esquivée. Le garçon ne l'avait pas vue ; Mila savait qu'il valait mieux ne pas ajouter cette rencontre à tout ce que le garçon devait déjà affronter. Assise sur le lit dans la chambre des filles, son visage reflétait un sentiment de soulagement que pendant les deux années passées chez les Stern elle n'avait jamais exprimé. Elle s'est levée, s'est tournée vers l'est et a prié pour la venue du messie avec une ferveur renouvelée ; sûrement cette première réunion avec Josef était l'annonce d'une réunion à venir, quand ses parents reviendraient à la vie.

Zalman est parti avec le garçon à l'office du soir.

Mila et Atara étaient couchées quand elles ont entendu les modulations de Zalman dans l'escalier et la clé tourner dans la serrure. Mila écoutait les pas du garçon et se tournait dans son lit pour suivre ses déplacements dans la maison. « Il reconnaît tout, comme quand il était petit, l'odeur de la soupe de poulet, l'odeur des vêtements amidonnés pour le Sabbat. Il entend le flac-flic des poings qui pétrissent la hallah. Il sait que le silence, c'est le moment où ta maman décolle la pâte entre ses doigts. » Mila s'est levée et a mis l'oreille à la porte. « Il va dans la cuisine, mais ce n'est ni l'une ni l'autre de ses deux mamans. »

Le matin, Zalman a appelé de son bureau : « Hannah, Josef est-il réveillé ? Assure-toi qu'il fait ce qu'il faut quand il se lève. »

Hannah a demandé au garçon de répéter après elle : « *Je Te remercie de m'avoir rendu mon âme...* Tu ne t'es pas lavé les mains avant de te lever de ton lit ? Comment ton âme saura-t-elle que tu es prêt ? Pendant que tu dors, ton âme se précipite vers son Créateur et ton corps privé d'âme devient impur. Prends la coupe de la main droite, bien, maintenant fais-la passer dans la main gauche. Verse l'eau sur la main droite. Passe la coupe ; verse l'eau sur la main gauche. Bien. Répète après moi, *Béni sois-Tu Adonaï...* »

Hannah a posé devant le garçon un verre de lait, deux tranches de pain beurré avec deux tranches de tomate salées. « *Béni sois-Tu Adonaï...* Mange à présent, *Gutten Appetit.* »

Entre le four et la planche à pétrir, Hannah tournait les pages de l'Aleph-Beth de la petite Etti.

Etti a pointé son doigt potelé sur la lettre noire. « Aleph ! »

Le garçon regardait le ruban rose dans les cheveux d'Etti.

« Josef, tu te souviens de ton Aleph-Beth, non ? » a demandé Hannah.

Il a repoussé sa chaise, il est sorti de la cuisine, s'est dirigé vers la porte d'entrée.

Zalman a appelé de son bureau : « Il est sorti avant de dire sa prière après le repas ?

— Ne sois pas trop dur avec lui, a dit Hannah.

— Tu trouves que lui faire observer le commandement de Dieu, c'est être trop dur ? »

Josef donnait des coups de pied sur la contremarche de l'escalier en pierre dans la cour.

« Un garçon juif ne reste pas là à ne rien faire, a appelé Zalman de la fenêtre. Remonte. »

Le garçon n'a pas bougé.

C'est alors que Mila a dévalé l'escalier. Elle s'est arrêtée quelques marches au-dessus de lui. « Anghel ? C'est moi, Mila. »

Il a gravi une marche. Il a cligné des yeux. Elle a fait demi-tour. Il l'a suivie.

Pendant le repas du sabbat, quand Zalman lui a donné une tranche de hallah, le garçon l'a remercié en roumain, *Mulţumesc.*

« On parle yiddish à la table du sabbat. Le yiddish est la langue que Dieu considère comme la sienne », a tancé Zalman.

Entre deux plats, Josef a glissé une petite brioche dans sa poche.

« Le pauvre garçon n'a pas mangé à sa faim », a chuchoté Hannah dans la cuisine quand les filles débarrassaient la table.

Dans le noir, au lit, Mila a chuchoté à Atara : « La petite brioche, c'est pas pour lui, c'est pour Florina. »

Le dimanche, derrière la porte close du bureau de Zalman, Josef interrogeait : « Qu'est-ce que Florina peut dire aux gens ? Comment elle explique qui j'étais, ce qui m'est arrivé ?

— L'Eibershter récompensera Doamna Florina mille fois, dans ce monde-ci et dans l'autre. J'y veillerai, elle ne manquera de rien. Quant à toi, nos gens en Amérique remuent ciel et terre. Tes papiers vont bientôt arriver, si Dieu le veut.

— Je ne veux pas aller en Amérique. Je n'ai pas besoin d'y aller. Florina m'a baptisé. »

Zalman a bondi. Il s'est maîtrisé. Il s'est penché sur une page du Talmud, il a inspiré profondément. Lorsqu'il a relevé la tête, son visage était à nouveau serein. « Le Rebbe a l'intention de fonder une communauté spirituelle en Amérique. Il te réclame.

— Si je laboure les grands champs en Amérique, Florina pourra venir avec moi ?

— Un garçon de ton âge se préoccupe d'étudier la Torah, pas de labourer les champs.

— Je ne verrai plus Florina ?

— Seul le Riboïne shel Oïlem prédit ce genre de choses.

— C'est quoi, le Ri… ?

— C'est… le Maître de l'Univers Qui t'a déjà sauvé une fois et Qui te sauvera encore en te ramenant au monde de la Torah. Sois reconnaissant, Josef Lichtenstein. Plus tard, tu enverras de l'argent, des colis à cette femme. Tu lui enverras du café, du sucre, mais la place d'un garçon de ton âge est dans une yeshiva. Seule l'étude de la Torah fera venir le messie et seul le messie nous rendra nos morts – oui, oui, nos martyrs vivront à nouveau.

— … Ma mère, mon père, Pearela ?

— Ils se relèveront intacts, comme s'il ne leur était rien arrivé. Les Trompettes sonneront. Au premier appel, le monde tremblera. Au deuxième, la poussière s'effritera. Les os seront rassemblés au troisième. » Les yeux écarquillés du garçon ont fait sourire Zalman. « Ton grand-oncle, Reb Elimeleh, était un grand érudit de la Torah. Les gens voyageaient pendant des jours pour l'entrevoir seulement et toi aussi, tu peux devenir un Fils de la Torah ; toi aussi, tu peux hâter la venue du messie, Josef fils de Yekutiel et de Judith.

— Anghel.

— Oublie Anghel. Anghel est un nom dicté par la peur. Un juif qui craint Dieu n'a rien à craindre des Goyim. Sois reconnaissant, Josef Lichtenstein, notre Seigneur t'a sauvé une fois et puis Il t'a sauvé de nouveau en te rendant à Son peuple. »

Josef serrait un pompon délavé de l'édredon et poursuivait ses souvenirs. *Sois reconnaissant…*

Il n'avait pas pensé à le dire à Florina, quand elle murmurait, *Vis Anghel, Mama veut que son Anghel vive…* La nuit, les mains glissées entre ses mains, les pieds entre ses mollets, suspendu au souffle de Florina, il n'avait pas pensé à lui dire qu'il était reconnaissant.

Zalman a annoncé qu'il n'y avait plus de temps à perdre pour préparer Josef à sa bar-mitsva. Tous les matins, il faisait venir le garçon dans son bureau.

Mila et Atara entendaient, de l'autre côté de la porte, la voix fluette, déconcertée, de Josef qui répétait le nom de chaque cantillation et Zalman qui enseignait : « Dans la langue sacrée, les accents de cantillation sont appelés *taamim*, mot qui signifie aussi *saveurs*. Ces signes qui enjolivent les lettres marquent non seulement la modulation du texte, elles révèlent aussi son essence. Avec le temps, toi aussi, tu sauras savourer les versets sacrés. »

La voix mal posée du garçon reprenait après Zalman : « *Kadma-ah munah zarka-a-a-a…* »

Zalman clamait : « Laisse ta voix monter, sors de ta cachette, Josef, fils de Yekutiel ! »

Pendant le sommeil de Josef, les enjolivures noires s'affrontaient et entrecroisaient des fils qu'il ne pouvait démêler, des histoires de Zalman imbriquées dans des histoires du Christ, et Josef y cherchait une dernière lettre, une première lettre, qui épelaient un mot perdu…

La semaine précédant les Fêtes du Nouvel An, Zalman a réuni les enfants. Il avait à la main un rasoir. Josef était inquiet assis sur une chaise placée sur des journaux étalés par terre. Zalman a desserré un nœud au-dessus de son oreille et déroulé une épaisse mèche noire. « Le Seigneur dit, *Vous ne couperez point en rond les coins de votre chevelure.* » Puis, s'adressant à Josef : « Toi aussi, tu dois porter la marque de Dieu pour qu'Il te reconnaisse comme l'un des Siens. En Égypte, les juifs ont maintenu leurs traditions ; ils n'ont pas cherché à adapter leurs vêtements, leur langue ou leurs noms, et le Seigneur les a reconnus et les a délivrés de l'esclavage. »

Les cheveux du garçon tombaient sur les journaux à mesure que Zalman lui rasait le crâne pour ne laisser qu'une boucle sur chaque tempe.

Cette nuit-là, Mila et Atara ont entendu le garçon filer dans l'escalier. Par la fenêtre ouverte, elles l'ont vu courir vers l'église au bout de la rue mal éclairée. Il se serrait contre le portail sombre qui les inquiétait tant.

Plus tard, dans leur lit, elles ont entendu un gémissement ténu, prolongé. Elles ont retenu leur souffle. Le gémissement persistait. Mila s'est levée, elle a marché pieds nus sur le parquet. Elle a quitté la chambre et le gémissement a cessé.

Mila tenait la tête rasée dans ses bras, elle la pressait contre son cœur, réchauffait le garçon en murmurant : « *Shéfeleh… Shéfeleh…* »

Sont venus les Jours Redoutables. Dans la modeste synagogue de Zalman, dans la vieille ville de Sibiu-Nagyszeben-Hermannstadt, ils se sont assemblés : les survivants de Transylvanie Bucovine Galicie et de Slovaquie Bohême Moravie, et de Podolie Volhynie Silésie… Ils se sont regroupés, les juifs qui souhaitaient oublier qu'ils étaient juifs et les ombres maigres, voûtées qui savaient que quelqu'un s'en souviendrait ; les juifs qui ne parlaient pas le roumain ; les juifs qui ne parlaient que le roumain.

La voix de Zalman s'est élevée et tous se sont portés vers l'avant. Du premier rang jusqu'au dernier, dans la section des hommes en bas, dans la galerie des femmes en haut, sur les escaliers menant aux vestibules, ils poussaient vers l'estrade où Zalman dans sa tunique blanche plaidait pour que les juifs soient inscrits, cette année, dans le Livre de Vie.

Et les sanglots ne demandaient pas tous pardon, certains demandaient réparation, à mesure que la voix de Zalman s'amplifiait, *El maleh rahamim… Dieu plein de compassion…*

Pendant la prière pour les morts, les enfants dont les parents étaient toujours en vie fuyaient les larmes et jouaient devant la synagogue. Si, par inadvertance, un bambin qui n'était pas orphelin se retrouvait coincé à l'intérieur, un cri s'élevait comme pour rétablir le compte des vivants et des morts : « Laissez sortir cet enfant, il n'est pas en deuil ! »

Atara et ses frères et sœurs jouaient dans la cour pendant la prière pour les morts, mais Mila et Josef se tenaient debout à l'intérieur.

Et Josef reconnaissait le chant de Zalman devant les tombes, *El maleh rahamim…* Dans la synagogue de Zalman, ce n'était pas une terre striée, muette, qui répondait à la perte du garçon, ce n'étaient pas des faucheurs appuyés sur leur faux invectivant le bâtard de Florina, mais c'étaient des plaintes et des incantations pour tenter de donner sens à l'absence. Dans la synagogue de Zalman, tous pleuraient avec le garçon quand il se remémorait l'odeur du châle de prière et des vieux livres jaunis de son père.

Et le garçon a perçu que quelque chose en lui désirait le nom qui était le sien quand il avait une mère, un père, une sœur. Comme Zalman à son pupitre, lui, Josef Lichtenstein, voulait que le monde disparu revive.

Quelques semaines plus tard, les papiers de Josef sont arrivés.

*

La famille au grand complet a accompagné Josef à la gare ; Zalman, Hannah avec le nouveau-né pressé sur sa poitrine, Mila et les enfants Stern qui se donnaient la main.

Les portières du train ont claqué. Josef est apparu à une fenêtre, à moitié caché par l'édredon. Son visage encore hâlé avait l'air nu, fragile, sans le casque des cheveux.

Bruits de piston. Le train s'est ébranlé.

Les yeux de Josef étaient fixés sur Mila, sur ses tresses qui voltigeaient dans sa course pour rester à hauteur du wagon.

Le train rapetissait, n'était plus qu'un point. Mila s'est arrêtée net à l'extrémité du quai. Elle est restée bras ballants à la limite du lit de pierres concassées.

LIVRE II

Automne 1947

Zalman a réuni la famille dans son bureau. Les volumes du Talmud, d'ordinaire ouverts sur la table, étaient enveloppés de toile. « Mes enfants, vous vous considérez chez vous à Sibiu, mais jusqu'à ce que le Tout-Puissant nous délivre de l'exil, nous autres juifs, nous n'avons pas de foyer. » Il a soulevé une pile de livres et l'a placée dans une caisse en bois. « L'État ferme nos écoles, les communistes – que leurs noms soient effacés – veulent vous faire oublier que vous êtes juifs. Une petite congrégation à Paris cherche un chantre. Nous partons. »

Mila et Atara ont relevé la tête, surprises. Elles avaient entendu Zalman exprimer son enthousiasme pour les villes dotées de grandes yeshivas, Presbourg, Slobodka, Lezhinsk, mais jamais *Paris*. Mila a cherché la main d'Atara, soulagée de savoir que si elles devaient partir, elles partiraient ensemble.

Les enfants ne devaient pas être tristes, il y avait eu des ruptures bien pires que celle-ci ; ils ne devaient pas non plus se réjouir à l'idée d'un voyage alors qu'ils étaient condamnés à errer. Quand leur camarade Marika les a appelés à la rejoindre dans la cour,

Hannah a dit que ce n'était pas le moment de jouer ni de faire des adieux. Les enfants entendaient le palet frapper les pavés et Marika compter en sautant à cloche-pied sur la marelle tracée à la craie, ils étaient attentifs au silence quand elle se penchait pour ramasser le caillou.

« Atara, Mila, j'ai gagné ! »

Un dernier matin, Mila et Atara se sont réveillées dans le même lit. Elles ont écouté les moineaux pépier sous l'avancée du toit. Elles ont aidé Zalman à descendre les valises en carton et les balluchons, l'ont aidé à charger le chariot.

Le bébé serré contre sa poitrine, Hannah a grimpé sur la plateforme et s'est installée sur les bagages. Zalman a soulevé les petits et les a placés à côté d'elle. Mila et Atara suivaient le chariot à pied. Derrière elles marchaient Zalman et l'aîné des garçons, Schlomo, âgé de cinq ans.

Marika les a escortés en sautant à la corde, jusqu'à ce que le chariot tourne le coin de la rue. « Vous ne revenez jamais ? lançait-elle en sautillant d'un pied sur l'autre. Jamais-jamais ? »

Mila et Atara ont aidé à charger les ballots et les valises dans le train. La famille s'est installée dans un compartiment. Le train a quitté la gare. La girouette au-dessus de la coupole vert-de-gris s'est envolée. Le beffroi a rapetissé. Les immeubles ont été remplacés par des fermettes, puis par des chaumières, puis par des femmes en tablier bêchant des potagers. Les enfants faisaient des signes aux femmes, au cheval attelé à un chariot, aux filets à fromage suspendus aux poutres des porches, aux Carpates méridionales, au crépuscule sur le Cibin.

La vitre vibrait dans la nuit. Le bébé pleurait et Hannah l'a mis au sein. Le bruit de succion a empli le compartiment. Atara a calé sa tête sur l'épaule de Mila, et Mila a calé sa tête sur celle d'Atara. Bercées par le balancement du train, les filles qui voulaient tant rester éveillées pour profiter de chaque instant du voyage se sont endormies.

« La poule, elle se sauve du train ! » s'est écriée Mila.

Hannah s'est penchée vers les filles. « Chut ! C'est un rêve, rien qu'un rêve.

— La poule ne veut pas mourir ! a protesté Mila.

— Chut ! Tu vas réveiller le bébé. »

Atara a murmuré à l'oreille de Mila : « On est en sécurité dans un train de *voyageurs*. Nous allons à Paris pour y vivre. »

À son tour, Mila a murmuré : « Tu le crois, toi, que j'ai vu le Rebbe dans le train ? » Elle parlait précipitamment, comme si elle redoutait de devoir aussi se séparer de ses souvenirs.

Atara a hésité. « Mais si le Rebbe était là, pourquoi n'y a-t-il pas eu de miracle ? »

Mila s'est écartée et a appuyé la tête contre la vitre. « Je l'ai vu. Il portait une veste blanche. Il n'a pas levé les yeux du livre, mais je l'ai vu. »

Mila s'est rendormie. Sa tête ballotait contre la vitre. Atara a incliné la tête de Mila, qui est venue doucement se poser sur son épaule.

Atara écoutait cliqueter la porte du compartiment ; sa première porte coulissante, sa première ampoule bleue projetant des ombres sur la barbe de Zalman, et tout ce qui se présenterait désormais serait une première fois pour elle, comme l'étrange accent du contrôleur – elle a jeté un coup d'œil à Zalman qui ne semblait pas avoir remarqué son excitation, puis elle a regardé la nuit défiler.

Ils ont changé de train à Oradea et à Budapest ; ils ont passé la frontière austro-hongroise qui, quelques mois plus tard, fermerait pour quarante ans ; ils ont changé de train à Vienne. Zalman et Hannah récitaient des psaumes, les gares défilaient – Linz, Munich, Stuttgart – les villes, les bourgs et les villages vidés de tous leurs juifs.

Paris

Les Stern se sont installés au quatrième étage d'un immeuble de la rue de Sévigné, dans le Marais, le quartier juif. Mila et Atara partageaient toujours une chambre, mais chacune avait son lit à présent. Entre les deux cadres en cuivre, elles ont placé une chaise pour y joindre leurs mains, afin qu'elles ne soient pas séparées dans leur sommeil.

« Françoise ! » a appelé une voix dans la cour. Les doigts des filles se sont resserrés en articulant les nouvelles syllabes, « Fran-çoise », et elles ont répété leur adresse dans le *qua-tri-ème ar-ron-dis-sement*...

L'un après l'autre, les sons s'atténuaient, le voisinage s'endormait. Les filles somnolaient quand Zalman est sorti de la grande chambre. Plutôt que de s'installer dans son bureau, comme il le faisait souvent à Sibiu, la nuit, Zalman franchissait le couloir encombré de caisses du déménagement. La porte de la cuisine a grincé en s'ouvrant et en se refermant.

Ouish, la lame a effleuré la pierre à aiguiser, *ouish*, *ouish*... une lame au son aigu pour les circoncisions, et une lame au son plus grave pour l'abattage des animaux… *ouish… ouish…*

Les filles ont pressé leurs mains pour vérifier que l'autre entendait. Zalman aiguisait ses couteaux rituels sur l'évier de la cuisine. La loi ne l'exigeait pas de lui, certainement pas le soir de son arrivée, ni au milieu de la nuit. Ce devait être Zalman qui ressentait le besoin de le faire. *Ouish… ouish…* le mouvement des couteaux s'accélérait et il respirait avec application… Ou bien était-ce leur propre respiration que les filles entendaient ?

Le bruit a pris fin. Zalman a retraversé le couloir le long des caisses. Un tiroir de son secrétaire s'est ouvert, puis la clé a tourné dans la serrure. Les filles, engourdies par le sommeil, se sont lâché la main.

Des hirondelles qui sifflaient des chansons françaises les ont réveillées. Atara a ouvert la fenêtre. Mila s'est penchée dans la lumière qui coulait des toits argentés en déposant une frise d'ombres sur les persiennes écaillées. Le rire des petits dans la chambre voisine couvrait presque le bruit de la porte d'entrée qui s'est ouverte et refermée : Zalman partait pour l'office du matin. Sur la pointe des pieds, les filles sont passées devant la salle à manger où la toile cirée à fleurs défroissait ses derniers plis du voyage, elles sont entrées dans la grande chambre et ont grimpé sur le lit de Hannah. Quelques secondes plus tard, les plus jeunes arrivaient en trottinant dans la chambre et tous se blottissaient contre Hannah sous l'édredon : Mila, Atara, Schlomo, les deux petits, et le lit de Hannah était une large barque blanche, l'édredon une voile qui les emportait dans le matin étranger.

Une perle de lumière filtrait à travers les lattes des volets et se posait sur le turban de Hannah. Etti a voulu saisir la perle entre le pouce et l'index. Hannah a ri. Le bébé a pleuré dans son berceau et Hannah a dit : « Milenka, ma grande, tu vas savoir porter le petit Mendel-Wolf ? » Mila a sauté du lit, s'est penchée sur le berceau, a pris le bébé dans ses bras, délicatement. Hannah a déboutonné le haut de sa chemise de nuit. Les enfants ont regardé les poings minuscules presser le sein de Hannah, la petite bouche avide, puis ils se sont lovés dans leurs creux chauds sous l'édredon.

Zalman est rentré de l'office du matin et Hannah a quitté la chambre en hâte. Zalman soupirait en posant son chapeau noir sur le porte-manteau. De la tiédeur du lit de Hannah, les enfants ont perçu la note d'anxiété dans la voix de Zalman. Il parlait de la congrégation : y aurait-il quelqu'un qui partagerait sa passion de l'étude de la Torah, la passion qu'il avait partagée avec le père de Mila ? Comme ils étaient loin de la cour du Rebbe – là-bas, un juif se sentait vivre !

Au petit déjeuner, Schlomo, que la consistance du pain français étonnait encore, insistait pour que chaque trou de la mie soit *rempli* de beurre. « S'il te plaît, Atara, là encore ! Ce trou-là me regarde... »

Zalman est entré dans la pièce ; Schlomo s'est tu. Zalman s'est assis à sa place, en tête de table. Il a soupiré.

Schlomo regardait le beurre s'enfoncer dans les creux de la mie. Il s'est emparé du couteau pour essayer d'en étaler plus encore sur la tranche. Abandonnant le couteau, il a plongé un doigt dans le beurre et a pressé la noix dans un trou. Atara a réprimé un rire. Schlomo a levé la tête avec un air de reproche.

Zalman a frappé du poing sur la table.

« Les goyim ne savent pas contrôler leurs appétits, mais un juif ne pense qu'à la volonté de Dieu. »

Les enfants se sont tus.

Zalman s'est tourné vers son fils aîné. « Bien. Quand le Seigneur dit à Israël, *Vous serez une nation sainte*, que veut dire *sainte* ?

— *Séparée*, a répondu Schlomo. C'est écrit dans le Midrash Rabbah, saint veut dire séparé.

— Bien. *Vous serez une nation sainte*, vous vous tiendrez à l'écart. Tant que nous errons dans ce désert parisien, souvenez-vous : quand nous autres, juifs, nous nous comportons comme les autres nations, Dieu nous punit. » Son ton se faisait plus dur. « Après tout ce que nous avons subi, le messie devrait être parmi nous, mais certains en retardent la venue. »

La petite Etti s'est mise à renifler.

« Dans la soi-disant école juive où, hélas, je vais vous envoyer, peut-être entendrez-vous, Dieu nous garde, peut-être entendrez-vous un blasphème gratifié du nom de *Lumières Juives*. Mais le Hassam Sofer dit que la Torah interdit toute innovation. Vous entendrez peut-être parler d'un sinistre rejeton de ces *Lumières* : le sionisme. Notre Rebbe dit que c'est le sionisme qui est responsable de la terrible extermination de juifs. Comment penser qu'une armée sioniste serait capable de nous protéger ? » Zalman a encore frappé du poing sur la table.

Le lait dans les bols des enfants a débordé en vaguelettes sur la toile cirée.

Etti a éclaté en sanglots.

Zalman a froncé les sourcils. Son cœur battait plus fort. Il était nécessaire que les enfants redoutent leur père afin qu'un jour, en véritables juifs, ils vivent dans la crainte de Dieu. La voix de Zalman a couvert les sanglots de l'enfant.

« Qui sommes-nous pour vouloir nous lever contre les nations, quand Dieu nous veut soumis ? Qui sommes-nous pour oser construire un État juif quand Dieu décrète notre exil ? Le Seigneur nous a fait prêter trois serments. » Zalman s'est tourné vers son fils aîné. « Quel est le premier ? »

Schlomo a hésité. Zalman a scruté les visages des enfants, mais pas un ne pouvait répondre.

« Le premier serment : nous ne prendrons pas d'assaut le mur de l'exil. Le deuxième : nous ne nous rebellerons pas contre les nations au sein desquelles nous sommes exilés. Le troisième : nous ne forcerons pas la Fin.

» Nous ne bâtirons pas la Terre promise de nos propres mains. Notre délivrance viendra par miracles et merveilles et qui doute de cette rédemption miraculeuse doute de la Torah tout entière. Que HaShem nous libère des ennemis qui nous entourent, qu'Il nous délivre de l'exil, Amen.

— Amen », ont fait écho les enfants.

Zalman s'est levé et, d'un pas lourd, il s'est dirigé vers la porte.

Cet après-midi-là, décollant du toboggan, les enfants avaient du mal à se sentir errer dans le désert ; s'élevant sur les balançoires, ils avaient du mal à se sentir choisis pour se tenir à l'écart. Quand la pensée les traversait, ils criaient plus fort en se précipitant du haut du toboggan, et ils y regrimpaient comme si cette descente devait être la dernière, avant que l'exil ne prenne fin. Les mères des autres enfants, assises sur les bancs, secouaient la tête d'un air réprobateur. Cette couvée, avec ses papillotes, ses longues jupes, était certainement la plus bruyante jamais entendue au Luxembourg.

« Pourquoi tant de joie au milieu des barbares ? a réprimandé Zalman quand les enfants ont gravi bruyamment l'escalier, les joues rouges d'avoir tant joué. Où pensez-vous que sont les enfants juifs, qui vivaient ici avant vous ? Lequel de nos voisins les a dénoncés ? »

À Sibiu, Zalman avait toléré que ses fils jouent aux billes dans la cour, mais il ne le tolérait plus à Paris. « *Bitul z'man* (perte de temps) », sermonnait-il les garçons qui le suivaient dans son bureau. Les filles avaient le droit de sauter à la corde ou de jouer à la marelle quand Hannah n'avait pas besoin d'aide, mais les garçons en âge de lire devaient consacrer chaque instant aux livres saints.

Mila et Atara percevaient que Zalman, si vaillant dans le pays dévasté qu'ils venaient de quitter, avait peur de Paris. Elles voulaient le rassurer et faisaient vœu de consoler, par leur piété, l'érudit de la Torah qui avait perdu son univers. À la clôture du sabbat, quand la présence des femmes n'était pas prévue à l'office, les deux fillettes l'accompagnaient à la synagogue. Comme Zalman, elles descendaient du trottoir pour s'écarter d'un lieu d'idolâtrie, une église. Comme lui, elles détournaient les yeux des sculptures sur les façades et les fontaines – Dieu avait-il sauvé leurs corps pour que leurs âmes périssent ? Zalman saisissait les mains des filles pour traverser la rue, ou plus exactement, il entourait leurs poignets de ses paumes, et les faisait ralentir en accentuant la pression. Zalman touchait si rarement ses enfants que cette étreinte procurait aux filles une sensation exquise de sécurité. Il arrivait que Zalman oublie de les relâcher, une fois sur le trottoir d'en face, alors peu importait que les gens les dévisagent et devinent qu'il était leur père, le juif à la barbe non taillée qui refusait de serrer la main des femmes ; peu importait qu'un passant lâche un « *sales juifs* ». Zalman se penchait vers les filles. « Ces vêtements qui nous désignent à la haine des goyim nous désignent aussi au Seigneur qui trône dans le Ciel. »

Ouish... les couteaux effleuraient la pierre à aiguiser.

Ouish... la corde à sauter des filles frôlait le parquet du couloir.

Zalman sortait de la cuisine, le tranchant des couteaux rituels protégé par l'étui de feutre. Mila and Atara se reculaient contre le papier peint, se gardant bien d'entraver son passage. Quand la porte du bureau se refermait, elles reprenaient leur jeu ; la corde tournait lentement, et la menace ancestrale de la Loi s'estompait.

*

Les enfants dans l'entrée s'apprêtaient à partir pour leur premier jour d'école quand Zalman a surgi de son bureau. Les filles se sont mordu les lèvres, craignant d'être en retard.

« Il faudra bien vous conduire, et veiller l'un sur l'autre. Si les valets de Satan s'avisent de célébrer leur nouveau mirage, leur *État* d'Israël, tenez-vous à l'écart, séparés. Blimela, tu es l'aînée (Zalman appelait toujours Mila par son prénom yiddish), tu veilleras sur les plus jeunes. » Mila a hoché la tête. « Souviens-toi, Blimela, quand tu observes les commandements de Dieu, les âmes de tes parents viennent dans la chaleur de Sa Présence, mais quand tu les négliges, leurs âmes sont bannies dans un vide glacé où elles gèlent et se brisent. »

Mila a fermé les yeux pour mieux se représenter ses parents dépendant d'elle pour rester au chaud.

« Les enfants vont être en retard, a murmuré Hannah à l'oreille de Zalman.

— Le Seigneur nous accorde une deuxième chance. Puisse-t-Il nous libérer des ennemis qui nous entourent, puisse-t-Il nous délivrer de l'exil, Amen.

— Amen », ont répondu en chœur les enfants, en ajustant les bretelles de leurs cartables.

La cloche sonnait quand ils sont entrés dans la cour de l'école. Mila et Atara ont confié les petits à l'institutrice et couru rejoindre le rang des élèves qui disparaissait déjà dans le bâtiment principal. Elles s'étonnaient d'être dans la même classe alors que Mila avait presque un an de plus qu'Atara et avait suivi le cours élémentaire à Sibiu. Mais Zalman n'avait pu obtenir qu'une classe non mixte ; l'école des hérétiques autorisait garçons et filles à étudier ensemble.

De hautes fenêtres occupaient tout un mur de la salle de classe lumineuse. La maîtresse se tenait devant un tableau noir ; elle était jolie même si elle portait un pantalon. Il ne faudra pas mentionner le pantalon devant Zalman. Des étoiles bleues sur papier blanc, peintes par les élèves, formaient une frise sur les deux autres murs.

Deux pupitres vides au fond de la classe ont été attribués à Mila et à Atara. Quelques élèves se sont retournées et leur ont souri, d'autres ont chuchoté entre elles.

Tous les matins, les yeux des filles brillaient en ouvrant leur cahier d'école avec ses pages blanches, lisses, quadrillées de lignes bleu pâle. Elles trempaient leurs porte-plumes dans l'encrier en verre ; comme c'était plaisant de s'appliquer à écrire les nouveaux mots français, à former chaque lettre avec ses pleins et ses déliés.

La maîtresse a annoncé que l'école allait fêter la Déclaration d'indépendance de l'État d'Israël. Mila a levé les yeux vers la frise d'étoiles bleues. Sa plume a égratigné le papier et craché une goutte d'encre sur la page blanche. Une fois encore, Atara et elle devraient se tenir à l'écart. Mila a rougi en pensant que, à trois reprises déjà, Atara et elle avaient été désignées comme voleurs quand la classe jouait aux gendarmes et aux voleurs. Leurs camarades les avaient encerclées avec des cris de guerre, et les deux sœurs s'étaient serrées l'une contre l'autre, avant de fuir à l'intérieur du bâtiment où les élèves n'avaient pas la permission d'entrer pendant la récréation. La jolie maîtresse, dans son pantalon, descendait l'escalier. Mila et Atara ont baissé les yeux, sans avouer que leurs camarades de classe se liguaient contre elles. La maîtresse les observait, leurs jupes longues, leurs bas épais. Elle a demandé s'il était vrai que leur père ne les autoriserait pas à passer le baccalauréat. Les filles ont répondu qu'elles ne savaient pas, ne savaient pas ce que c'était, le *bacca*...

Atara fixait la tache d'encre sur la page de Mila.

Mila a murmuré : « Il faut qu'on apprenne quand la fête aura lieu.

— Silence ! » a dit la maîtresse.

Si elles pouvaient connaître le jour exact, Zalman et Hannah leur permettraient sûrement de rester à la maison – Zalman *exigerait* qu'elles restent à la maison.

L'étoile bleue de David flottait dans un ciel éclatant de mai, au-dessus des classes rassemblées dans la cour de l'école. D'une fenêtre au premier étage, le directeur faisait un discours passionné, un mégaphone à la main : il y avait des leçons que les juifs survivants devaient apprendre de l'histoire et l'une d'elles était que l'impuissance n'était pas un choix possible. La voix exaltée fusait du mégaphone sioniste. « Nous ne dirons plus jamais, l'année *prochaine* à Jérusalem, mais *cette* année, *cette* année-ci dans notre nouvel État d'Israël ! »

La cour entière a hurlé. Les enseignants et les élèves ont formé un cercle. Une camarade de classe a pris la main d'Atara pour entraîner les deux filles dans la ronde géante. Mila et Atara ont secoué la tête et se sont collées contre le mur, pour s'y fondre, mais leurs yeux ne quittaient pas les mains jointes, les pieds qui frappaient le sol, mais leurs oreilles ne pouvaient s'empêcher d'apprendre le plus interdit des chants : *Notre espoir n'est pas encore perdu... être un peuple libre sur notre terre...*

Des garçons et des filles qui se tenaient par la main chantaient ensemble, dansaient ensemble, célébraient la Fin quand la Fin n'était pas encore venue – tout cela était interdit.

Sur le chemin du retour, Mila et Atara marchaient en silence. Toute la semaine, Mila a évité le regard de Zalman. Elle a supplié Dieu de scruter son cœur et de voir ainsi qu'elle n'avait pas eu l'intention de forcer la Fin. Elle, Mila Heller, attendrait patiemment d'être sauvée.

*

Hannah et Zalman ont engagé Léa Bloch, une jeune fille de dix-neuf ans diplômée du séminaire, afin de contrer les mauvaises influences de l'école impie et de donner aux filles l'instruction nécessaire en matière de modestie et d'observance religieuse. Pâle, lèvres minces, Léa Bloch rêvait d'appartenir à cette famille hassidique venue de loin plutôt qu'à la sienne, banalement française, et elle expliquait à Mila et à Atara qu'elles devaient être fières de leur ascendance, fières de leurs parents qui n'étaient pas dupes des Lumières françaises. Elle a enseigné aux filles comment lire les Écritures, c'est-à-dire ne jamais séparer les mots du Livre de la glose approuvée par les rabbins. Elle chantait des hymnes fervents pour leur faire oublier ceux qu'elles entendaient à l'école. Chaque après-midi de sabbat, Léa Bloch et les filles dansaient sur l'air de *J'ai une foi absolue en la venue du messie...*

Léa Bloch a fait savoir à Hannah que Mila et Atara n'avaient pas participé à la fête interdite. Zalman a convoqué les filles dans son bureau. Il a regardé l'une, puis l'autre et il a souri. « Bien... » Puis chaque après-midi de cette semaine-là, il leur a appris à chanter en harmonie un passage de l'office des Jours Redoutables, un passage difficile qu'il faisait répéter aux garçons qui l'accompagneraient dans la synagogue. Mila et Atara n'étaient pas autorisées à chanter en public, en présence des hommes, mais elles avaient de si belles voix. Mila, qui n'était pas la fille de Zalman, avait le droit devant lui tant qu'elle n'avait pas douze ans.

*

Léa Bloch, pleine de zèle, était impatiente d'assumer des responsabilités autres que celle de l'éducation des filles. Elle faisait des courses pour Hannah et accompagnait les enfants au parc. Quand Léa Bloch tenait les plus jeunes par la main, Mila et Atara couraient devant, franchissaient les ponts, continuaient jusqu'aux flèches dorées des grilles du Luxembourg.

C'est ainsi que, par un radieux après-midi de sabbat, Mila et Atara sont entrées, seules, dans le jardin. Des petites feuilles ivres de lumière pointaient à chaque bourgeon.

Elles ont accéléré leur course et le gravier a crissé sous leurs pieds.

Les colonnes du Palais du Luxembourg se reflétaient dans les rides du bassin, se pliaient, se dépliaient, tournaient autour du jet, et se dispersaient en gouttelettes irisées…

« Atara ! Mila ! »

À l'autre bout de la terrasse, sur sa bicyclette, leur nouvelle camarade de jeu, Nathalie, leur faisait signe. « Vous voulez faire un tour ? »

Mila et Atara l'ont rejointe. Mila a enfourché la bicyclette ; Atara s'est perchée sur le porte-bagages.

« Un tour seulement ! » a crié Nathalie.

Mila a appuyé du pied droit sur la pédale, puis du pied gauche. Les roues projetaient des ombres virevoltantes en dépassant les voiliers miniatures du bassin. Mila s'est penchée dans un virage, Atara l'a saisie par la taille. Mila a pédalé plus vite et Atara a ouvert les bras ; Mila a ralenti à hauteur du bac à sable où se livrait une bataille à coups de pelles en plastique – à bicyclette, même freiner était excitant. Le pied de Mila a ripé sur la pédale, la bicyclette s'est inclinée sur le côté ; Atara s'est penchée sur l'autre ; la bicyclette a regagné son équilibre magique.

L'autre pied de Mila, avec la chaussure vernie du sabbat, a ripé sur la pédale…

Il n'y avait sûrement pas de bicyclette au mont Sinaï, a pensé Atara, sinon, il ne serait pas interdit d'en faire le jour du repos, parce que ça n'avait rien d'un travail et on était censé être joyeux, le jour du sabbat… « À mon tour ! » s'est écriée Atara.

Mila s'est arrêtée et les filles ont échangé leurs places. Atara pédalait en danseuse. La bicyclette prenait de la vitesse et les contours des fleurs, des haies se confondaient. Les voix des enfants transperçaient l'air, montaient avec les balançoires, bondissaient sur le toboggan…

Un cri.

Léa Bloch s'élançait sur la pelouse, suivie des petits.

Atara a freiné. La roue arrière a dérapé.

« Sabbat ! » criait Léa Bloch à pleins poumons.

Mila et Atara ont sauté de la bicyclette avant même qu'elle ne soit arrêtée.

« Tu la touches encore ! » a hurlé Léa Bloch.

Atara a lâché le guidon, le vélo est tombé.

« Sabbat ! a répété Léa Bloch. Vous devez dire à votre père, vous devez lui dire ce que vous avez fait le jour du sabbat. »

Mila s'est souvenue que si les juifs respectaient un sabbat, un seul à la perfection, le messie arriverait et ses parents revivraient. Elle a essuyé ses larmes.

La bicyclette abandonnée sur le gravier, Atara est allée chercher Nathalie. Atara a essayé d'expliquer : elle n'était pas tombée de bicyclette, non, ni Mila ni elle n'étaient blessées, non, elle ne pouvait pas rapporter la bicyclette – elle ne pouvait pas la *toucher*.

Mila et Atara ont quitté le Luxembourg par une porte qu'elles n'avaient jamais empruntée auparavant. Zalman allait-il apprendre ce qui s'était passé ? Quelqu'un de la congrégation avait peut-être vu les enfants du nouveau rabbin transgresser les règles du sabbat... Léa Bloch parlerait-elle ? Ou l'un des petits ? Les filles ont erré loin sur les quais, jusqu'à ce que des cris rauques de mouettes rayent les couleurs du couchant. Elles se raisonnaient, huit et sept ans, c'est trop jeune pour s'enfuir. Les nœuds défaits de leurs cheveux pendaient sur le côté. Elles ont fini par revenir sur leurs pas.

Peut-être que si Zalman les voyait d'abord à la synagogue, il serait moins en colère ?

Les filles traînaient entre les bancs de la galerie sombre des femmes.

Zalman est apparu sur le seuil ; il n'entrerait pas dans la galerie même si aucune femme adulte ne s'y trouvait. Il a fait signe aux filles. Elles se sont avancées. Atara était la plus proche de lui ; une gifle lui a fait dévaler les trois marches du vestibule. « À la maison ! »

Zalman n'avait jamais frappé ses enfants.

Les filles sont arrivées à la maison.

Hannah s'est détournée d'elles.

Dans leur chambre plongée dans l'obscurité du sabbat – il était interdit de presser un interrupteur, d'allumer une lumière –, les filles étaient assises côte à côte sur un des lits.

Zalman est rentré du dernier office du sabbat, sombre, déterminé. Il a allumé la chandelle torsadée, rempli de vin le gobelet en argent à ras bord, afin d'être pourvus dans ce monde et dans l'autre.

« Où sont-elles, celles qui ont transgressé le sabbat ?

— Dans leur chambre, a soufflé un enfant.

— Va les chercher. Un juif qui vit dans la crainte de Dieu est obligé d'entendre la prière d'Havdala. »

Les filles sont apparues, les yeux baissés. Zalman a entamé la prière qui sépare le sabbat des jours de la semaine, le sacré du profane. Quand il a terminé, tous ont gardé le silence. Mila s'est dirigée vers la cuisine, vers l'évier rempli de la vaisselle sale du sabbat.

« Reste ici ! » a ordonné Zalman.

Il a défait sa ceinture.

Mila s'est figée sur le seuil.

Atara a plongé sous la méridienne.

Zalman a dégagé la méridienne du mur.

Atara s'est déplacée pour rester à couvert.

La méridienne a tangué sur la droite, sur la gauche ; Atara a plongé à droite, à gauche.

La méridienne s'est soulevée, a oscillé, et la colère de Zalman a redoublé.

« Tu ne fais qu'aggraver ton cas, sors de là ! »

Atara s'est immobilisée. Zalman a tendu la main vers elle, sa yad chazakah, sa main toute-puissante modelée sur celle de Dieu. Il a tiré la fille jusqu'à lui, l'a couchée en travers de sa cuisse, a baissé son pyjama.

Même les enfants en bas âge ne se montraient pas nus dans la maison de Zalman.

« Mon enfant se moque de la parole de Dieu en public ? »

La ceinture a cinglé l'air et les fesses d'Atara. Elle gigotait en tous sens, essayant de s'échapper, mais ses pieds ne trouvaient pas d'appui.

« Un profanateur du sabbat – un homme qui ramasse du petit bois le jour du sabbat, la congrégation tout entière doit le lapider ! »

Mila tressaillait à chaque coup de ceinture.

« Arrête, Tatta, arrête ! suppliaient les petits.

— Le fils rebelle, ce sont les parents qui doivent le lapider. »

La ceinture cinglait.

« Zalman ! Ça suffit, non ? a plaidé Hannah.

— Ne t'en mêle pas ! Je briserai le sécularisme. » Coup de ceinture. « Le sionisme. » Coup de ceinture. « La modernité. » Coup de ceinture.

Atara ne criait plus.

« Répète après moi "Jamais plus je ne transgresserai le sabbat, ni le sabbat ni aucun des Jours Saints du Seigneur." »

La fille a répété les mots en hoquetant.

Zalman l'a relâchée.

Elle s'est glissée sous la méridienne. La ceinture enroulée sur la main, Zalman s'est levé et a fait un pas vers Mila. La colère le défigurait.

Il a vu la tache qui s'étalait sur le collant blanc de Mila et la flaque autour de ses chaussures qui s'élargissait. Il a détourné la tête. Son bras est retombé.

Il s'est arrêté sur le seuil. « Tu as désobéi au Seigneur et tu m'as couvert de honte. Tu as couvert de honte toute la famille. À présent, les *apikorsim* (non-croyants) vont se moquer : voici le pieux hassid dont les enfants transgressent le sabbat. »

Zalman a quitté la pièce. Dans son bureau, la tête entre les mains, il a récité les textes qui prescrivaient ce qu'il venait de faire.

« Chut ! » a dit Hannah en mouchant les petits. Dans la pièce voisine, le bébé poussait des cris aigus. Hannah regardait la flaque aux pieds de Mila, elle hésitait. « Va te laver, ensuite, tu iras coucher les petits. » Les enfants se sont agrippés à la robe de Hannah. Les cris du bébé ont redoublé. Hannah a essayé de se libérer, mais les enfants n'ont pas lâché prise. Elle s'est penchée sur le berceau, a pris le bébé dans les bras, s'est mise à marcher de long en large ; les enfants en larmes la suivaient pas à pas. « Silence ! a dit Hannah. Votre père et moi essayons de vous protéger… Mila, dépêche-toi, j'ai besoin de toi. » Hannah se penchait pour essuyer d'autres nez. « Nous devons veiller les uns sur les autres, nous mettre à l'abri du péché. Il est important de ne pas encourager le mal, le bébé est affamé, lâchez-moi. Personne ne *vous* punira si vous dites *non* à vos mauvais penchants. Mila, vite ! J'ai besoin de toi *tout de suite* ! Mets les enfants au lit et récite HaMapil avec eux. Je vais m'occuper d'Atara. »

Les enfants ont saisi la main de Mila et l'ont suivie dans leur chambre. Ils ont grimpé dans le même lit.

« Parle-nous, a dit Etti.

— A... Atara ! a bégayé Schlomo.

— Mila, tu nous entends ? a demandé Etti. Non, elle ne nous entend pas. »

Etti caressait l'épaule de Mila. « S'il te plaît Mila, Mama dit que tu dois nous faire réciter HaMapil : *Fais que je m'endorme en paix, que je me réveille en paix*... Mila ! Regarde Schlomo ! »

Le visage de Schlomo tremblait.

Mila a posé une main sur sa joue. « Quand mes parents vivront de nouveau, ils prendront soin de nous.

— Je n'aime pas Tatta, a dit Etti.

— Halilah, tu ne dois jamais dire ça ! a coupé Mila. Tu honoreras ton père et ta mère.

— Atara... », a murmuré Schlomo.

Etti et les autres ont recommencé à pleurer.

Les enfants ont entendu les pas de Hannah qui entrait dans la salle à manger et ils se sont tus. L'oreille collée à la porte, Mila retenait son souffle.

« Atara, tu es là ? demandait Hannah. Tu peux sortir maintenant, les autres sont couchés... Atara ? »

Aucune réponse ne venait. Etti a récité : « *Michael est sur ma droite, Gabriel sur ma gauche, Uriel marche devant moi... Raphaël... Au-dessus est la Présence du Seigneur. Michael est...* »

Dans la salle à manger, Hannah était assise à la table, à quelques pas d'Atara sous la méridienne. Ses yeux fatigués se fermaient. L'enfant qui faisait ses dents avait pleuré tout l'après-midi.

« Atara, ton père voulait seulement... Tu m'entends ? »

Silence.

Hannah fixait une page de son Livre de Psaumes, mais ses lèvres chuchotaient une autre prière, que le Seigneur se souvienne de son exil, elle aussi était orpheline, que le Seigneur se souvienne de Hannah fille de Zissel-Malkah, elle, si lasse, et Zalman tellement perdu, furieux dans cette ville des lumières, que le Seigneur préserve les enfants de la tentation...

« Atara ? »

Elle a dû s'endormir, songeait Hannah qui n'avait qu'une hâte, aller s'allonger maintenant que le bébé avait cessé de pleurer. Hannah a éteint la lumière et quitté la pièce.

La porte s'est refermée.

Sous la méridienne, dans l'obscurité saturée de honte, de douleur, et de peur, une graine germait, vigoureuse comme la main de Zalman armée d'une ceinture, une graine de rébellion qui levait au commandement gravé sur ses fesses comme sur deux pierres : s'il importait à Dieu qu'Atara Stern puisse faire de la bicyclette le jour du sabbat, alors à Atara Stern, Il n'importait pas...

« Atara, c'est moi. » La main de Mila tapotait le parquet sous la méridienne. « C'est moi, Mila. S'il te plaît, sors de là. Tu verras, tout va s'arranger. »

Silence.

« S'il te plaît, c'est moi. » Mila s'est accroupie et son regard a scruté le noir sous la méridienne.

Atara a reculé contre le mur. « Va-t'en.

— Atara… » Mila appelait et attendait. « Atara… »

Atara a fini par sortir, et elles se sont retrouvées l'une en face de l'autre, dans le rayon de lune qui tombait sur le parquet. Elles ont baissé les yeux.

« Je suis désolée, a murmuré Mila, moi aussi, j'étais sur la bicyclette, moi aussi, j'ai commis la faute. Mais il viendra quand même, Atara, le messie viendra et mes parents vivront de nouveau et toi et moi… »

Atara, qui priait tous les soirs pour que le messie ressuscite les parents de Mila, s'est entendue dire : « Les morts ne revivent pas. » Elle est passée devant Mila, devant l'attente de Mila, et, retenant ses larmes, elle a quitté la pièce.

Mila a agrippé le rebord de la table en écoutant les pas d'Atara s'éloigner.

« *Michael est à ma droite, Gabriel à ma gauche… Uriel devant moi… HaShem…* HaShem, je ne ferai plus de bicyclette même pendant les jours de semaine… HaShem ? »

Une ombre a plongé derrière la vitre, Mila a retenu son souffle. Était-ce sa prière qui tombait ? La pièce était-elle pleine de prières sans ailes qui, incapables de s'envoler vers le ciel, s'affalaient l'une sur l'autre ?

*

Maintenant que HaShem était en colère contre elle, Mila ne récitait plus ses prières par cœur et elle n'y mêlait plus ses mots à elle. Léa Bloch avait expliqué que les rabbins avaient pesé chaque lettre pour inspirer des prières sincères et que Dieu écoutait plus attentivement quand on priait en hébreu, même quand on ne comprenait pas tous les mots.

Les yeux de Mila fixaient les caractères noirs codés, mais ses oreilles guettaient les déplacements d'Atara. Les petits tournaient autour d'elle, prenant soin de ne pas bousculer l'écran de murmures dont Mila s'entourait. Lorsque le regard de Mila arrivait à la ligne noire qui indiquait la Fin de l'Office du Matin, elle approchait la page de son visage et posait les lèvres sur la prière usée qui assurait que ses parents vivraient de nouveau.

Le jour, elle s'accrochait aux anciens rites de séparation : sabbat, jour de semaine ; sacré, profane ; pur, impur. Elle astiquait et polissait toutes les surfaces ; elle pliait ses sous-vêtements au carré, et pour accroître les chances d'avoir Atara près d'elle quand ses propres parents reviendraient, elle démêlait les sous-vêtements dans le tiroir d'Atara et les pliait au carré.

La nuit, les filles étaient couchées dans leurs lits jumeaux, mais leurs mains ne se retrouvaient plus sur la chaise placée entre elles. Mila gardait les yeux ouverts dans le noir, pour conjurer le mauvais rêve : sa mère abattue, son père traîné de l'autre côté des rails… Quand Mila se comportait en bonne juive, elle faisait le bon rêve : sa mère criait « Rebbe ! » et le Rebbe levait les yeux de son livre, sautait sur ses pieds, leur faisait signe de se dépêcher, et tous montaient dans le wagon de marchandises aux portes grandes ouvertes : Mama avec son gros ventre, elle-même dans les bras de Tatta, le train redémarrait et ils allaient tous où allait le Rebbe. Mais après le bon rêve, Mila pleurait, parce que ce n'était qu'un rêve. Avant, Atara la consolait : « Meilleures amies, sœurs pour la vie. »

Désormais, Atara était muette.

« Dis-moi quelque chose », suppliait Mila dans le noir, mais jamais assez fort pour être entendue.

Sur le chemin de l'école du dimanche, Atara marchait devant Mila.

Au milieu du pont, Atara s'est arrêtée, a posé ses mains le parapet et a glissé un genou entre deux montants. Son regard courait sur le fleuve, elle chuchotait : « Attends-moi, attends-moi…

— Les fleuves sont sourds, a dit Mila, arrivée à sa hauteur.

— Le mien non », a répondu Atara.

*

Le jour du sabbat suivant, Léa Bloch est venue pour emmener les enfants au parc, mais Atara a refusé de les suivre. Dans la chambre des filles, le soleil jouait sur le linoléum fraîchement posé et Atara s'est emparée d'un livre aux pages cornées, qui était au fond de la caisse de jouets collectés par la congrégation pour les enfants du nouveau rabbin.

« Tu ne peux pas lire un livre goy pendant le sabbat », Mila a dit tout bas.

Atara a tourné la première page, a examiné l'illustration. Elle a tenté de prononcer les mots français : « Ca-nard, jau-nes, œufs…

— S'il te plaît, Atara, fais attention. »

Atara continuait à tourner les pages. « C'est une histoire qui te plairait, je crois. »

Plutôt que de protester et de dire qu'elle n'aimerait pas une histoire goy, certainement pas pendant le sabbat, Mila a dit : « Je peux m'asseoir près de toi ? »

Atara s'est poussée pour lui faire une place sur le lit et a continué à feuilleter les illustrations.

Une cane alignait ses joyeux canetons jaunes. Un gros œuf gris s'ouvrait. Des cygnes blancs glissaient sur leur reflet dans l'eau. Les yeux rivés sur la dernière page, Atara a dit : « La mère cane est là, les canetons jaunes sont là, et les cygnes sont là, mais où est le caneton gris ?

— Caché ? Derrière un arbre ?

— Le caneton gris se cache. Il sort quand la nuit tombe, quand les cygnes balancent leur long cou et font leurs adieux au jour, et quand les cygnes glissent leur bec sous leurs ailes, le caneton vient s'y nicher aussi – comme toi et moi, tous s'endorment sur le lac…

— Mais nous sommes juives ! a coupé Mila.

— Et alors ?

— Des juifs ne peuvent pas être des canards ou des cygnes. »

Atara a tiré le livre à elle. « Bien sûr que si ! »

Revigorée par la sieste du sabbat, Hannah a remarqué le silence embarrassé des filles. Après que Zalman est parti pour l'office du soir, elle les a fait asseoir à la table, une de chaque côté. Tenant les mains des filles, Hannah a chanté : « *Oyfn veg, steyt a boym, shteyt er ayngeboygn…* » Hannah s'est tournée vers Mila. « Est-ce que ta Mama te l'apprise… oui ? Chante avec moi, Milenka. »

Mila s'est jointe à elle : « *Oy, Mama, j'aimerais tellement être un oiseau et bercer l'arbre tout l'hiver…*

— *Mon enfant, prends ton écharpe, tes galoches, ta toque…*

— *Mama, mes ailes sont lourdes de tant d'amour…* »

Hannah s'est levée, a pressé les mains des filles. Atara a retiré la sienne.

Hannah a pris Mila par la taille. « *Oy yadidadi yadidadi yadidadi, YADIDADIDAM !* » Dans la pièce que le crépuscule assombrissait, pendant que la Reine Sabbat se retirait, Hannah et Mila se sont mises à tourner sur un rythme mélancolique, une ancienne mélodie plaintive qui semblait demander aux filles de panser ses blessures.

Hannah s'est tournée vers Atara. « Viens, Ataraleh, viens donc danser ! »

Atara a repoussé sa chaise et saisi la poignée de la porte. Pourquoi chantaient-elles *Je voudrais être un oiseau* comme si elles chantaient *Je crois en la venue du messie* ? La chanson de l'oiseau parlait de ce que Hannah et elle ressentaient, non pas de ce que HaShem commandait.

« Ataraleh ! » a appelé Hannah de nouveau.

Atara s'est recroquevillée contre le bas de la porte. La chanson de l'oiseau était un piège, toutes les chansons de Hannah étaient des pièges – Atara ne voulait ni du ravissement de Hannah le jour du sabbat, ni de son épuisement les autres jours.

*

Les nymphes des fontaines, les angelots cavalant sur les dauphins sont devenus les confidents d'Atara pour tout ce qu'elle ne pouvait plus partager avec Mila. Ses mains frôlaient les murs comme s'ils lui rendaient ses caresses, ses lèvres parlaient aux lézardes comme si elles lui répondaient. Atara confiait aux vieilles pierres qu'un jour le courage pourrait exiger d'elle qu'elle accepte tout son être plutôt que de l'amputer.

*

Aux terrasses des cafés, des moineaux sautillaient des tables en marbre sur le sol et picoraient les pavés baignés de soleil. Sur la place de l'église, en route pour l'école du dimanche de Léa Bloch, les filles ont tourné la tête quand elles ont entendu : « Ici, nous avons Synagoga. »

Les deux filles ont froncé les sourcils, incrédules ; elles ont regardé, dans la direction du portail indiquée par le guide, la représentation interdite d'une jeune fille.

« Synagoga se tient à la gauche du Père, elle détourne la tête, un serpent lui bande les yeux. Son sceptre est brisé. Les tables de la Loi lui tombent de la main. »

Le regard des deux filles s'est attardé sur Synagoga humiliée, sur sa taille fine, sa lourde chevelure ciselée dans le marbre, son grand front baissé, à jamais dans l'erreur.

« À la droite du Père, poursuivait le guide, Ecclesia couronnée soutient la croix du Rédempteur et Son sang… »

Les appareils photo crépitaient. Les filles ont repris leur marche, serrées l'une contre l'autre, à travers les ruelles médiévales devenues inquiétantes dans leur silence dominical.

Ce soir-là, Mila a grimpé sur son lit, sa chemise de nuit resserrée à la taille, un bandeau sur les yeux. Elle gloussait en laissant le livre s'échapper de sa main. « Qui suis-je ? Quiiiiiiiii ? » Les joues empourprées, elle sautait sur son lit. « Quiiiiiiiii ? »

Le rire s'est communiqué à Atara, qui a grimpé sur le lit et s'est mise à sauter.

« À la gauche du Père !

— À la droite !

— À la gauche ! »

Mila a sauté plus haut encore, les yeux toujours bandés. « Ils me haïssent, qui suis-je ? Quiiiiiiiiiii ? »

Printemps 1952

Mila a vu du sang couler sur ses cuisses. Hannah l'a rassurée ; il n'y avait aucune raison d'avoir peur, ce sang était la punition d'Ève pour avoir rendu Adam mortel. Mila a appris une nouvelle prière :

J'endure avec amour ce châtiment périodique. Je ne me serais pas délectée du fruit défendu...

Atara ne s'est pas satisfaite de l'explication donnée par Hannah. Elle a décidé de se rendre, en dépit de l'interdiction, à la bibliothèque publique. Elle en a rapporté une autre explication du sang de Mila, et un cartable plein d'autres histoires.

Atara avait voulu préférer les histoires de Hannah aux livres interdits. Les histoires de Hannah commençaient pleines de promesses, avec des mots yiddish pittoresques qu'elle n'employait pas au quotidien ; mais au moment où l'oiseau tremblait sur une branche en hiver, ou quand le savant sans le sou rencontrait un esprit, des paroles de dévotion, puis HaShem lui-même faisaient irruption dans l'histoire, et alors Atara avait le sentiment que les mots pittoresques du début n'étaient qu'un stratagème pour introduire la parole divine, sur la récompense des bons et le châtiment des méchants. Le soir où elle a compris que les histoires de Hannah ne pouvaient que se terminer de cette façon, elle a quitté la pièce.

Dans les livres interdits, les mots imagés poursuivaient parfois leur chemin en elle longtemps après la lecture ; alors Atara se demandait si un passage secret la reliait, peut-être, au monde extérieur.

Atara s'est mise à lire de plus en plus ; elle lisait sur le chemin de l'école et au retour ; elle lisait en classe, le livre sous son pupitre ; elle lisait la nuit à la lueur d'une lampe de poche sous l'édredon.

Dans son bureau, Zalman se balançait au rythme de l'ancien chant talmudique ; sous son édredon, Atara lisait dans l'urgence, en silence. Seule la lamentation de Zalman, à minuit, sur les Temples détruits, brouillait les lignes de la page que lisait Atara. Elle levait la tête, écoutait la plainte, attendait le frôlement des pantoufles dans le couloir. Silence. Les mots se réalignaient et l'entraînaient.

Les volumes du Talmud de Zalman et les livres d'Atara étaient comme ces voisins qui vivent dans un même immeuble sans se connaître, à cela près que Zalman fouillait de temps en temps la chambre des filles, à la recherche de livres profanes, et il les déchirait. « Je n'élèverai pas un Spinoza, pas sous mon toit ! »

Atara trouvait toujours un moyen. Elle glissait les livres interdits sous l'élastique de sa culotte blanche, elle grimpait sur la lunette en bois des toilettes et empilait les livres sur le rebord extérieur de l'étroite lucarne.

Hannah était trop occupée avec les petits, trop fatiguée par sa dernière grossesse, pour surveiller les lectures d'Atara.

Mila regardait à la dérobée la bosse de l'édredon que la lampe de poche d'Atara faisait luire. Un an plus tôt, les deux filles riaient avec Léa Bloch de leurs mauvais résultats dans cette matière futile qu'était la littérature, mais maintenant le professeur de français interrogeait en priorité Atara. Mila essayait timidement de lui rappeler que ces livres étaient interdits, mais Atara rétorquait que le libre-arbitre était un droit aussi dans le judaïsme, et son libre-arbitre choisissait de lire des livres.

Léa Bloch rassurait Mila : les livres d'Atara ne parlaient que de choses sans importance, pas de sujets sérieux. Quand on s'abandonne à ce qui est interdit, le désespoir s'installe, et le vide avec lui ; chez les laïcs, il y avait beaucoup de malades mentaux. Quand Atara serait déprimée et isolée, Mila serait là pour la sauver.

Près de la bosse phosphorescente de l'édredon, Mila priait : « *Michael est à ma droite, Gabriel à ma gauche, Raphaël…* »

À quatorze ans, Atara trouvait le chemin de la bibliothèque Sainte-Geneviève, comme si elle avait toujours su qu'un tel endroit existait et qu'elle devait y être admise. Elle lisait des auteurs contemporains dans la haute salle feutrée où des ampoules laiteuses sous des abat-jour verts formaient sur les pages des ellipses de lumière. Ses lectures ne suivaient aucun ordre : un jour, elle découvrait *Notre-Dame-des-Fleurs*, le lendemain elle tombait sur *L'Être et le Néant*. Quand les mots ou les concepts lui échappaient, elle ne mettait pas le livre de côté ; plus la formulation était énigmatique, plus riche était la promesse de liberté. Quand elle quittait la bibliothèque, des minces fils perlés reliaient les toits les uns aux autres, les lucarnes aux lucarnes, réseau scintillant sous lequel chacun était également élu.

Elle s'attardait devant la Sorbonne, jetait un coup d'œil dans la cour pavée. La cloche de la chapelle sonnait. Elle filait à travers la foule du boulevard Saint-Michel, traversait la Seine, courait plus vite encore, pour être de retour à la maison avant que Zalman ne remarque son absence.

1955

Le jour où Mila a mentionné les classes qui préparaient au baccalauréat, Zalman a retiré les filles du lycée. Mila et Atara aideraient Hannah dans la maison jusqu'à ce qu'elles soient en âge de se marier. Mila avait seize ans, Atara quinze.

Hannah, toutefois, s'est rappelée le séminaire de filles dont Léa Bloch lui avait dit le plus grand bien ; Léa Bloch y avait vécu ses années les plus heureuses. Hannah était prête à se passer de l'aide des filles ; quelques semestres d'étude de la Torah, loin des tâches ménagères et de la garde des frères et sœurs serait le cadeau que Hannah voulait offrir à Mila et Atara.

Zalman avait objecté que ce séminaire, bien qu'ultra-orthodoxe, n'était pas dirigé par des hassidim. Et enseigner la Torah à des femmes n'avait rien d'une coutume hassidique, pas plus que de soustraire des filles non mariées à la garde de leur père. Mais la perspective de laisser deux adolescentes oisives dans Paris et l'apparition récurrente de livres profanes entre les mains d'Atara troublaient Zalman. Il avait médité les règlements rabbiniques récents qui ne voyaient pas de mal à ce que que les femmes étudient les Écritures et l'éthique ; il avait vérifié que le séminaire en question n'enseignait pas le Talmud – strictement interdit aux femmes ; il avait fini par donner son accord à l'envoi des filles au séminaire.

Les expéditions d'Atara dans Paris prirent une tournure plus urgente ; ces journées d'août étaient peut-être les dernières de sa vie parisienne. Après le séminaire, elle serait censée se marier à l'étranger, dans une communauté hassidique. Zalman était catégorique : pas un de ses enfants ne s'installerait en France, il y était trop difficile d'élever des enfants dans la tradition hassidique. Sur le pont Saint-Michel, Atara tournait la tête à droite, vers les arcs-boutants de Notre-Dame, vers les gargouilles et les flèches ; elle tournait la tête à gauche, vers la suite des ponts sur la Seine, le pont Neuf, la passerelle des Arts… Elle aimait l'histoire du temps conté par les vieilles pierres, le temps advenu et le temps à venir, elle aimait être un simple point dans cette immensité. Les cloches sonnaient l'heure, puis l'heure s'emplissait de silence et elle de songes. Fallait-il que Paris ne soit qu'une simple halte dans son errance ? Si Paris avait trouvé place dans son cœur, elle-même ne pouvait-elle y trouver place ?

Dans ses rêveries, elle se voyait préparer le baccalauréat avec ses camarades de classe, mais alors sa famille serait rayée du registre des bonnes familles hassidiques, ses frères et sœurs condamnés à de mauvais partis, ou à ne pas se marier du tout… Était-ce être sans cœur de rêver d'une vie à soi ?

Le Klaxon du taxi s'est fait entendre par les fenêtres ouvertes. Les valises des filles attendaient sur le palier. Hannah a posé un doigt sur les lèvres et fait signe aux filles de la suivre dans le salon. Elle a ouvert l'armoire en noyer sombre de Transylvanie, qu'elle avait vidée et dans laquelle se trouvaient maintenant deux piles de taies d'oreiller et de draps neufs. « Si Dieu le veut, l'armoire va se remplir, oui, avec vos trousseaux. Tu ris, Milenka ? Deux, trois ans sont vite passés. »

Hannah a embrassé les filles. « *Que le Seigneur vous bénisse. Qu'Il protège vos pas…* »

Une dernière fois, Zalman a exhorté les filles à honorer la réputation de leur famille et de leur ascendance hassidique. « *Que le Seigneur vous bénisse. Qu'Il protège vos pas…* »

*

Le train cahotait vers le nord, dernière étape du long voyage. Mila lisait son Livre de Psaumes ; Atara regardait par la fenêtre. *Northampton… Leicester… Nottingham*, puis de vastes étendues, ni ville ni campagne, où s'alignaient des rangées d'humbles maisons de brique grise, ponctuées de terrils et de hautes cheminées. *Doncaster… Newton Aycliffe.* Léa Bloch avait cherché à convaincre Atara : les rabbins les plus érudits enseignaient au séminaire, certains disposant de vastes savoirs non seulement dans la Torah, mais aussi dans les usages du monde. Si Atara s'appliquait, elle obtiendrait les réponses aux questions qu'elle n'avait pas osé poser à Zalman et pourrait enfin se préparer au mariage avec le jeune homme pieux que ses parents choisiraient pour elle. *Stony Heap... Deaf Hill.* Atara décidait de s'appliquer ; elle étudierait les textes sacrés aussi attentivement qu'elle avait lu les livres profanes. *No Place... Quaking Houses.* Elle se plongerait dans les enseignements du séminaire et les textes sacrés opéreraient peut-être leur magie sur elle aussi ; elle cesserait de rêver au baccalauréat et apprendrait à rêver à la préparation des repas du sabbat, pour ne pas briser le cœur de Zalman et de Hannah.

Les attelages se sont entrechoqués entre les wagons. Le train a freiné dans des sifflements de vapeur et s'est arrêté sous une voûte sombre.

Deux filles en jupe longue ont accueilli Mila et Atara sur le quai. Dans le taxi, les filles du séminaire parlaient avec animation de la nouvelle classe, qui, cette année, était plus nombreuse que jamais, quarante-cinq filles, grâce à Dieu, une centaine ou presque pour tout le séminaire, le directeur était très heureux, grâce à Dieu, les filles de E1, cette année, étaient toutes formidables.

« Les filles de E1 ? a demandé Atara.

— Enseignantes 1 – pour première classe de l'École de Formation des Enseignants, mais le diplôme d'enseignante n'est accordé que si on achève le cursus de trois années d'études. » On percevait une note de regret dans la voix de la fille.

« Marguit est fiancée ! » a annoncé la seconde fille.

Mila et Atara ont serré la main de Marguit. « Mazel tov !

— Esti aussi est fiancée ! a dit Margit sur un ton espiègle.

— Mazel tov ! »

Le taxi s'est arrêté au milieu d'une rue devant une maison de trois étages. Les anciennes ont expliqué que le séminaire comprenait quatre maisons adjacentes reliées par des couloirs. Non, Mila et Atara ne partageraient pas la même chambre ; toutes les filles de E1 étaient encouragées à se faire de nouvelles amies.

*

Sous une ampoule nue, six lits se faisaient face sur deux rangées. Un rideau de velours vert et bordeaux délavé était à moitié tiré devant six étagères. Une cloche a sonné et l'ampoule s'est éteinte. Le serpentin orange du chauffage mural a lui avant de s'éteindre. Dans le lit au milieu de la rangée, face à la fenêtre, Atara a remonté la couverture rêche jusque sous son nez. Elle ferait de son mieux ; il le fallait. Elle apprendrait à s'endormir sans lire – où aurait-elle caché un livre et une lampe de poche dans une chambre qu'elle partageait avec cinq filles ? Elle s'est laissée glisser dans le sommeil avec la sensation d'être dans un train qui la berçait vers une destination encore plus lointaine, *tournent roues, tournent roues… tournent… tournent…*

Dans la maison voisine, dans une chambre où six lits se faisaient face sur deux rangées, Mila elle aussi se laissait bercer. Réconfortée par la ferveur des autres filles récitant leurs prières du soir, elle s'est jointe à elles : « *Michael est à ma droite, Gabriel à ma gauche, Uriel marche devant…* »

Mila s'est réveillée pleine d'impatience. Elle était ravie d'appartenir à la première génération de femmes hassidiques qui étudieraient les Écritures. Elle avait hâte de rencontrer des filles venues de différents horizons de l'orthodoxie : des filles qui avaient grandi dans des communautés hassidiques, et d'autres dans des communautés orthodoxes qui s'opposaient au hassidisme ; des filles de familles polonaises, lithuaniennes, allemandes, de toute l'Europe, des deux Amériques, d'Australie, d'Afrique du Sud – toutes en jupe longue et chemisier à manches longues –, des filles parmi lesquelles elle se sentirait enfin normale.

Leur emploi du temps consistait en études du Pentateuque, des Prophètes, du Midrash, de la Pensée juive, et de la Bonne Conduite. Pendant le cours de Pentateuque, Mila se demandait : son père avait-il entendu cette interprétation-là ? La Gématria, cette exégèse qui attribue une valeur numérique à chaque lettre hébraïque, l'avait-il enchanté comme elle enchantait Mila ? Pour Mila, la Gematria avait une dimension occulte et cependant cérébrale, mystique et cependant rationnelle, tirant l'hébreu des Écritures vers le langage plus universel des nombres.

Pendant les heures d'étude de l'après-midi, Mila a murmuré à Atara : « Tu as remarqué ? Si on additionne la somme des lettres du mot משיח (messie), on obtient 358, nombre qui est aussi la somme du mot נחש (serpent). » Mila a rapporté le commentaire : cette équivalence confirmait que la rédemption et le péché ne sont pas exclusifs l'un de l'autre. *Ne craignez pas de descendre en Égypte*, le Seigneur dit à Jacob ; Jacob doit *descendre* avant de pouvoir ériger une grande nation. Tomber plus bas pour s'élever plus haut. La rédemption par le péché était signe de temps messianiques.

Le moment préféré de Mila au séminaire était le troisième repas du sabbat, quand toutes les filles chantaient, dansaient et faisaient un cercle autour de la Reine Sabbat pour la retenir un peu plus longtemps. Dans la dernière lueur du soleil couchant, les filles entonnaient d'une voix pleine d'espoir, *Prophète Élie, viens à nous avec le messie, fils de David*, et Mila se prenait à rêver : qui, parmi elles, donnerait naissance au messie, fils de David, qui, parmi toutes ces filles, délivrerait le monde de la souffrance ?

*

Après toutes les années pendant lesquelles les lectures profanes d'Atara les avaient éloignées l'une de l'autre, Mila aimait préparer les cours avec Atara, elle aimait la voir étudier chaque page des Mikraoth Gedoloth, la Bible avec la glose rabbinique, sans se contenter de leurs devoirs de classe. Les professeurs se mirent à solliciter Atara pour expliquer des passages obscurs et des camarades la consultaient pendant les heures d'étude.

Mais en dépit des efforts d'Atara pour adhérer au séminaire, Mila craignait que cela ne dure pas. Elle voyait bien, à la raideur d'Atara quand elle écoutait les rabbins, que leurs enseignements ne la satisfaisaient pas.

Un matin, un professeur a demandé à Atara de résumer un argument rabbinique et celle-ci s'est interrogée à voix haute sur le mérite de l'argument. Le professeur s'est frotté les paupières. Mila s'est mordu la lèvre. La classe s'est figée. « Verset suivant », a lancé le professeur.

Un autre jour, Atara a levé la main pour demander comment Rachi en était arrivé à telle interprétation. « Quel dommage que vous ne soyez pas un garçon ! » s'est exclamé le rabbin. La classe a compris que c'était dommage parce que c'étaient les garçons et non les filles qui avaient besoin d'une bonne tête pour étudier la Torah. Puis le rabbin a cité un autre passage de Rachi qui allait dans le même sens et il est passé au commentateur suivant.

« Il a répété l'interprétation, mais il ne l'a pas expliquée », a chuchoté Atara à l'oreille de Mila.

Le rabbin a remarqué les sourcils froncés d'Atara et entendu le chuchotement. « Vous avez quelque chose à ajouter à ce que dit Rachi, Atara ? » a demandé le rabbin.

La classe a éclaté de rire.

Mais le sabbat est revenu, le chant, la danse. Des filles du séminaire connaissant la réputation de Zalman pour sa voix ont demandé à Atara de chanter. Après l'avoir entendue une fois, les filles ont réclamé qu'elle chante tous les vendredis soir. Les premières mesures étaient un peu tremblées, mais très vite les notes se libéraient. Des filles fermaient les yeux. Quand Atara cessait de chanter, certaines venaient lui serrer la main en file indienne. « Que ta force demeure ! » Mila, qui retrouvait dans le chant d'Atara les modulations de Zalman, était certaine qu'Atara saurait un jour trouver sa place, en tant que fille de Zalman et de toutes les générations passées.

*

Mila et Atara étudiaient dans la petite bibliothèque quand la porte s'est ouverte avec lenteur. Une barbichette grise triangulaire est apparue entre porte et chambranle, et a battu en retraite. Les filles ont failli pouffer de rire. « Je me demande pourquoi il fait ça », a murmuré Atara, avant de se replonger dans la Bible rabbinique, mais Mila ne pouvait plus se concentrer, consciente du profond silence environnant, et de ce qu'Atara et elle étaient, une fois de plus, les dernières dans la Maison d'études après les heures de classe, alors que toutes les autres filles étaient déjà dans les chambres avant l'extinction des lumières.

« ATARA ?... » La voix du rabbin n'avait plus cette attente chaleureuse quand il l'interrogeait en classe.

Les mots qu'Atara trouvait pour formuler sa question l'effaraient. La question pourrait commencer ainsi : « Quand la Bible commande de tuer des bébés et des animaux, en temps de guerre... » Ou bien : « Quand Dieu commande qu'un enfant doit payer pour les péchés de ses parents... » Ces questions lui semblaient pertinentes, avec des implications dans la vie *réelle*, des questions susceptibles d'intéresser Mila aussi, mais le pouls d'Atara s'accélérait quand les yeux du rabbin se posaient sur son bras levé, sa gorge se nouait ; sa voix tremblerait, s'étranglerait comme chaque fois qu'elle tentait de poser ce genre de question.

« Rien... Excusez-moi. »

Le bras se baissait pendant que de l'autre main elle griffonnait *Nuremberg*. Les arguments de la défense à Nuremberg, Atara les avait compris sans traduction, les mots étaient les mêmes en yiddish : *Befehl ist Befehl, un ordre est un ordre* ; ils avaient obéi aux ordres, avaient dit les nazis. Pour Atara, demander s'il faut jamais obéir aveuglément à des ordres semblait une bonne question, mais le rabbin Braunsdorfer allait peut-être la tourner en dérision : « Est-ce que vous confondriez, Dieu nous en garde, le commandement du Seigneur avec un commandement de Hitler ? »

Le stylo d'Atara hachurait le mot *Nuremberg*, des petits traits inclinés dans un sens puis dans l'autre, puis des pointillés serrés – son stylo dessinait un autre tampon de censure, pour honorer le Seigneur. Les points remplissaient la marge, la marge débordait sur la page…

« Mademoiselle Étoile, voudriez-vous traduire le texte ? » Le rabbin Braunsdorfer aimait à faire des jeux de mots avec les noms des filles et *Atara Stern*, qui évoquaient, selon les langues, la couronne pour le prénom, l'étoile ou la rigueur pour le nom, stimulaient chez lui cette inclination.

Atara a lu le texte en hébreu et traduit : « *Mesure pour mesure, le Seigneur punit, le Seigneur est juste…*

— Merci. Le saint Hazon Isch, paix à son âme, explique : avant la guerre, des parents juifs envoyaient leurs enfants dans des écoles laïques ; ils gardaient en vie le corps de leurs enfants tout en sacrifiant leur âme. *Mesure pour mesure*, le Seigneur a frappé ces parents ; Il a détruit le corps de leurs enfants. » Le rabbin Braunsdorfer parlait haut d'une voix nasillarde : « Et ce fut un acte de pitié ! Dans un acte de pitié HaShem a délivré ces communautés polonaises du libre-arbitre, avant qu'elles ne s'avilissent entièrement.

» Parmi les enfants assassinés, certains provenaient de familles qui craignaient Dieu ? Alors leur souffrance doit être imputée au Bitul Torah : au manque de Torah. Et si la Torah était présente dans leur vie, alors leur souffrance doit être imputée aux yesurim shel ahava, aux tourments de l'amour : Dieu tourmente ceux qui ne pèchent pas pour leur permettre d'accéder à une position encore plus favorable dans l'autre monde. »

Atara avait cessé de prendre des notes. Elle n'a pas attendu que le rabbin lui donne la parole.

« Le Seigneur assiste-t-il au martyre des enfants qui brûlent ? »

Toutes les têtes se sont tournées.

Le rabbin Braunsdorfer a reculé sa chaise.

La cloche a sonné.

Le rabbin Braunsdorfer a fermé le Livre saint et il est descendu de l'estrade. Il y eut un silence, puis le vacarme habituel des voix retenues des filles a éclaté dans la salle de classe. Le cœur d'Atara s'est calmé.

Il ne s'était rien passé. Elle avait posé une vraie question et il ne s'était rien passé.

Elle sortait de la petite bibliothèque sous les toits quand elle est tombée sur le directeur qui se redressait brusquement comme s'il avait eu l'oreille collée contre la porte. Ils se sont retrouvés nez à nez sur le palier, elle dans sa robe à carreaux et son col de dentelles, lui en costume gris et barbichette grise – il était petit pour un homme. Il ne la regardait pas droit dans les yeux, il fixait un point situé au-delà de son épaule droite. Il a ravalé sa salive et sa barbichette s'est soulevée.

« Des mains zales z'emparent des textes zacrés zans la médiazion autorisée.

— Pardon ? »

Il a énoncé lentement : « Des mains zales z'emparent des textes zacrés zans la médiazion autorisée. »

Des mains sales ? Elle avait étudié les livres saints, pas les livres interdits.

« Je ne dois pas étudier les livres de la bibliothèque ? »

La main droite du directeur décrivait des cercles pendant qu'il parlait. « Zertains penzent : ze n'ai pas à étudier zezi, mais ze vais le faire par zoix. Mais ze n'est pas mieux. Ze qu'on étudie zans avoir rezu l'ordre de le vaire est un exerzize mental – comme les mots-croisés ou les ézecs, mais izi, dans zette école, nous ne zerzons pas à ztimuler l'ezprit.

— Non ?

— Dans zette école, nous zerzons à ztimuler l'âme – l'âme, pas l'ezprit. Zi une fille veut élever zon âme et ze rapprozer du Créateur, elle étudie ze qu'on lui *commande* d'étudier. Connaizez-vous les règles du double au tennis ? En double, on reste de zon côté du court. Zeule une mouche du coche ze prézipite du côté de zon partenaire. Zouer les coups de l'autre ne paie zamais : vous ouvrez un couloir de votre côté et vous gâzez la partie. Quand vous ouvrez un livre zaint, demandez-vous : ez-que peut-être z'entre zur le territoire de quelqu'un ? Penzez-y. Bonne nuit. »

Le directeur a descendu l'escalier. Atara l'imaginait en tenue de tennis, courant vers la balle de son côté du court…

En dépit de l'avertissement du directeur, Atara est retournée dans la bibliothèque au plafond bas. Désormais, chaque fois qu'elle ouvrait un livre saint, les lettres grondaient : « Tss, tss… *mains sales* ! Moïse a reçu la Loi au mont Sinaï et il l'a transmise à Josué, qui l'a transmise aux anciens, qui l'ont transmise aux Prophètes, qui l'ont transmise aux Hommes de la

Grande Assemblée ; ils ne l'ont pas transmise à Atara, fille de Hannah. »

*

Le directeur a convoqué Mila dans son bureau avant les vacances de Pâque.

« Alors, vous retournez à Paris... Êtes-vous curieuse de connaître le monde ? »

Mila a protesté. Comme ses camarades, il lui arrivait d'être curieuse, mais son désir le plus profond était d'épouser un Fils de la Torah et d'élever une famille juive.

« Bien, bien. Alors vous ne devez pas être amie avec zeux qui font le mal. »

Mila a hoché la tête.

« Vous voulez aider Atara, n'ez-pas ? »

Le cœur de Mila s'est mis à battre plus vite.

« Que veut Atara ? Quelles zont zes penzées, zes prozets ? »

Les mots qu'aurait employés Atara ont failli sortir des lèvres de Mila, *Atara veut faire ses propres choix*, mais elle a préféré dire : « Atara étudie plus assidûment que n'importe quelle autre fille ici. »

Le directeur s'est éclairci la voix. « Atara z'intérezet-elle aux garzons ?

— Bien sûr que non !

— Alors, pourquoi, pourquoi n'atzepte-t-elle pas les réponzes qui zont claires ? Vous et toutes vos amies vous devez montrer à Atara votre désapprobazion. »

Il agitait un doigt. « Z'est une obligazion de haïr les mézants. Montrez-lui qu'elle rizque de vous perdre. » Il s'est interrompu. « Vous auzi, vous êtes en danzer. La réputazion est un vase frazile, un seul faux-mouvement et le vase ze brise… Pauvre orpheline, qu'est-ze que vous avez d'autre ? » Les verres épais de ses lunettes brouillaient la couleur de ses yeux. « Penzez-y. » Il s'est levé. « Faites bon voyage et une Pâque kasher. »

Mila est sortie, vacillante. Les questions d'Atara leur attiraient des ennuis à toutes les deux. Une fille avait même demandé si Atara venait d'un foyer de *freier* (libres-penseurs), et pourquoi elle avait été admise au séminaire. Mila, d'ordinaire affable, avait rétorqué : « Le père d'Atara est une grande sommité de la Torah, Zalman Stern, qui révère chacun des décrets du Rebbe. »

*

Atara et Mila ont posé un baiser sur la main de Zalman. Les petits tiraient sur leurs manches et leurs jupes quand elles ont embrassé Hannah et leurs frères et sœurs. Atara a aperçu Schlomo, tout juste treize ans, qui était arrivé la veille de sa yeshiva à l'étranger. Schlomo se tenait à distance en se mordant la lèvre inférieure – un garçon qui a fait sa bar-mitsva n'embrasse pas sa sœur, même après une longue séparation. Atara lui a fait un signe, un peu gauche ; le garçon a rougi et s'est enfui.

Hannah a pressé la main au bas de son dos et a laissé échapper un soupir. Atara s'est précipitée vers elle avec une chaise. « Assieds-toi, Mama, assieds-toi ! »

Mila est accourue avec un petit tabouret. « Tiens, tante Hannah, tiens ! »

Hannah s'est assise et a soufflé, soulagée. « Mes filles sont de retour à la maison. »

Atara a soulevé le pied enflé de Hannah, l'a placé sur le tabouret. Mila a soulevé l'autre pied. Hannah a souri et allongé les jambes. La lumière se reflétait sur les mailles serrées des bas de contention comme sur une plaque de métal.

Dans le creux des genoux de Hannah, les veines gonflées se nouaient, et les vaisseaux pourpres sur ses pieds se regroupaient comme les branches d'un fleuve à son estuaire. Le médecin avait mis en garde et menacé, mais pour Hannah, l'hypertension, les varices et l'épuisement étaient si peu de chose par rapport au sort de ses frères et sœurs qui n'étaient jamais revenus. Le ventre de Hannah était de nouveau enflé.

Appuyée contre le dossier de la chaise, Hannah a dit : « Dites-moi, mes petites sommités de la Torah, ce que vous avez appris. Racontez-moi tout. »

Mila s'est tournée vers Atara : « Maintenant, quand nous ouvrons un T'nach, nous lisons non seulement Rachi, mais aussi Sforno et Ibn Ezra et… »

Hannah a bondi pour s'emparer de la pièce de monnaie qu'un des enfants essayait de fourrer dans son nez.

Atara avait bondi plus vite encore. « Assieds-toi, Mama, assieds-toi ! »

Jour après jour, Mila et Atara ont multiplié les ruses et les stratagèmes pour que Hannah accepte de reposer son ventre qui s'arrondissait. Elles ont pris en charge le grand nettoyage de Pâque. De l'aube jusqu'à tard dans la nuit, elles traquaient les miettes de pain. Elles chantaient en récurant les rainures du parquet et derrière les bibliothèques et les armoires, elles chantaient des chansons françaises qui rendaient Atara nostalgique du lycée et les chansons nouvelles du séminaire, les préférées de Mila. De temps à autre, Mila s'approchait d'Atara pour l'embrasser sur la joue – meilleures amies, sœurs pour la vie. Atara lui rendait son baiser, pour la vie.

Une fois, Mila a manqué un accord. Atara a tenu la note pour que Mila retrouve l'accord, mais Mila est sortie de la pièce en courant.

Qu'est-ze que vous avez d'autre, pauvre orpheline ?

Au séminaire, où aucune fille n'avait ses parents près d'elle, Mila s'était sentie un peu moins orpheline, jusqu'au moment où le directeur avait décidé de le lui rappeler.

Mila s'est penchée sur le berceau, a pressé sa joue contre la peau douce du bébé. Tout semblait clair quand son regard plongeait dans les yeux grands ouverts du bébé, quand elle le chatouillait sous le menton et qu'il se mettait à babiller de plaisir.

« Milenka, a appelé Hannah, le bébé a besoin de dormir. »

Mila s'est écartée du berceau.

Et si le Seigneur réclamait le bébé ? Mila est revenue sur la pointe des pieds devant le berceau. Le bébé gazouillait, il remuait ses bras et ses jambes. Bras croisés sur la poitrine, Mila se dodelinait, puis elle s'est penchée sur le berceau, a posé des baisers frénétiques sur les joues et les orteils minuscules. Le Seigneur ne réclamerait pas ce bébé-là.

Pendant les jours intermédiaires, mi-fériés de la semaine de Pâque, les filles ont convaincu Hannah d'accompagner les enfants au jardin du Luxembourg. Les filles jubilaient quand Hannah s'est assise sur un banc du parc, quand elle a aspiré profondément, son visage pâle tourné vers le soleil, sous les magnolias qui déposaient leurs pétales roses et blancs sur la pelouse – Hannah avait enfin le temps d'apprécier la vie, cette vie. Mais l'instant n'a pas duré. Quelqu'un quelque part exigeait l'attention de Mama, des devoirs la réclamaient, plus pressants que la nécessité de se reposer. D'un mouvement brusque, Hannah attrapait un petit par la main, et les filles dépitées la suivaient, tandis qu'elle s'éloignait, ventre en avant, dans l'allée des magnolias où les autres mères restaient tranquillement assises sur les bancs.

Le retour au séminaire approchait et Mila se sentait de moins en moins sûre d'elle, elle ne cessait de changer d'avis. Qu'est-ce que le directeur attendait d'elle ? Atara était-elle en danger ?

Schlomo est reparti pour sa yeshiva à l'étranger, puis les filles se sont préparées pour le voyage.

Hannah les a appelées dans le salon ; elle a ouvert l'armoire en noyer foncé et leur a montré les beaux édredons et les chemises de nuit blanches, plus jolies que toutes celles que Mila et Atara avaient jamais portées. « Si Dieu veut, l'armoire sera bientôt pleine. » Hannah a embrassé ses filles, leur recommandant de veiller à leur réputation. La famille entière était sur le balcon quand le taxi a tourné au coin de la rue. *Que le Seigneur vous bénisse. Qu'Il protège vos pas...*

*

La répartition des pensionnaires dans les différentes maisons avait changé. Mila partageait une chambre avec les filles les plus populaires du séminaire, dont deux cousines d'une famille fortunée qui avaient passé les années de guerre en Suisse.

Atara partageait une chambre avec des filles qui consacraient tout leur temps à la prière ; des filles timides qui rougissaient quand c'était leur tour de lire un verset à haute voix ; des filles qui n'auraient jamais levé la main pour poser une question.

« Mila, ici ! » Au premier rang de la salle de classe, Zissi et Goldie, les deux cousines de Suisse, agitaient la main et indiquaient la chaise vide entre elles.

Mila n'a pas vu Atara entrer dans la classe, n'a pas remarqué sa surprise quand elle a constaté que Mila ne lui avait pas réservé une chaise près d'elle. Pendant tout le semestre, Atara et Mila ne seraient pas assises l'une à côté de l'autre. Il était considéré inamical de demander à changer de place.

Quand la cloche du déjeuner a sonné, les voisines de Mila l'ont entraînée à leur table au réfectoire, où elles s'extasiaient sur l'intelligence et l'humour du rabbin Braunsdorfer ; les filles étaient du même avis : les classes de pensée juive du rabbin Braunsdorfer étaient les plus édifiantes.

Mila a remarqué qu'il n'y avait pas de place pour Atara à leur table. Quand Atara est entrée dans le réfectoire, Mila a eu un pincement au cœur. Il serait difficile de changer de tables par la suite.

Atara a trouvé une place au fond.

Quand Mila s'est retournée, Atara émiettait une tranche de pain, pétrissait les miettes et les roulait en boulettes. Mila a repoussé sa chaise et s'est levée.

« Mais Mila, tu dois dire la prière d'après le repas à la table où tu as béni le pain ! »

Mila a agrippé le bord de la table. Il était important d'avoir de nouvelles amies. Vouloir tout faire avec Atara était puéril. Elle s'est laissée retomber sur sa chaise.

Zissi a repris le récit de son histoire : « Je te parlais de notre excursion sur le lac Léman… »

Mila a tourné la tête. Une fille de E3 chuchotait à l'oreille d'Atara, qui a cessé de pétrir ses boulettes et a chassé les miettes du revers de la main. Gâcher du pain était interdit.

Le jour du sabbat, Atara est venue chercher Mila pour leur promenade hebdomadaire, mais Mila avait été invitée chez un de leurs professeurs rabbins pour s'occuper des bébés. Les camarades de chambre de Mila ont rappelé à Atara que c'était une bonne action de s'occuper des bébés du professeur et aussi une façon de s'entraîner.

Mila n'est revenue que pour assister au Troisième Repas.

Quand les filles ont fait cercle pour célébrer la sainteté du sabbat, Zissi et Goldie ont pris chacune une main de Mila qui cherchait des yeux Atara. Lorsqu'elle a aperçu Atara debout près de la porte, Mila l'a implorée du regard, de venir la rejoindre, mais la ronde a tourné plus vite, et tous les trois pas, la ronde sautait, Mila entre Zissi et Goldie.

Atara a remarqué le bandeau de Zissi dans les cheveux de Mila.

Elle entendait encore les filles chanter en gravissant les marches de l'escalier qui menait à la bibliothèque. Elle a ouvert la Bible rabbinique. Dans la pénombre du crépuscule, les lettres se brouillaient et se détachaient de la page, elles pivotaient, sautillaient, tournoyaient. Atara a plaqué la main sur la page ; les lettres ont repris leur place, le texte des Écritures au centre en haut, la glose en bas et sur les côtés.

Elle s'est remise à lire mais les lettres ont de nouveau bougé, les lignes rédigées à des siècles d'écart se joignaient et marchaient en cadence, encerclant son avenir d'une foi immuable – rien de nouveau ne devait se produire, rien depuis Moïse au mont Sinaï.

Mais une lettre s'est échappée et, dans un mouvement de spirale, a quitté la pièce. Bientôt d'autres lettres se soulevaient et partaient chacune dans sa propre direction. Elle pressait les mains sur la page, mais les lettres se déplaçaient, sautillaient, se déployaient en figures libres qui tournaient, tournaient… tournaient en poèmes interdits, en formules mathématiques interdites. Laboratoires, expérimentations, alambics, jupes cloches à la mode oscillaient sur l'horizon en constellations… Ah, pouvoir penser sans autre dessein que penser !

Zalman pourrait-il permettre qu'elle aille à l'université ? Permettrait-il seulement le baccalauréat ? Le lycée ? Si elle lui expliquait combien elle avait fait d'efforts au séminaire ?

Après le baccalauréat, elle proposerait d'étudier… pas la peinture, que Zalman considérerait trop frivole ; pas la littérature non plus, où des personnages avaient la liberté de choisir. Certainement pas la philosophie… La médecine ? Si elle demandait l'autorisation d'étudier la médecine, mener une vie inspirée de celle d'Albert Schweitzer en Afrique, une telle vie ne serait pas indigne, et quand elle ne serait pas en Afrique, quel mal y aurait-il à vouloir gagner sa vie ?

Elle parlerait à Zalman pendant les vacances d'été, il le fallait.

En juin, la rumeur a couru dans les classes que le régime israélien allait peut-être s'effondrer. Il n'y avait ni journaux, ni radio, ni télévision au séminaire. Les filles se demandaient si la chute du gouvernement sioniste impie signifierait que le Seigneur allait pardonner les péchés du Peuple d'Israël, si le messie allait venir, si les morts allaient ressusciter. Elles ont dansé avec une ferveur particulière au cours de ce sabbat. Elles ont demandé à Atara de conduire le chant *J'ai une foi absolue.* Atara a fredonné la mélodie et le réfectoire s'est empli de voix pleines d'espoir : *J'ai une foi absolue en la venue du messie…*

Été 1956

De retour à Paris pour les vacances d'été, les filles se sont partagé les corvées. Atara s'est chargée du bureau de Zalman. Tous les matins, elle époussetait les étagères avec les tomes du Talmud de Babylone et du Talmud de Jérusalem, les livres saints qui étaient venus de Transylvanie avec la famille et les livres saints que Zalman commandaient chez des éditeurs juifs partout dans le monde. Elle trouverait le moment opportun pour parler à son père. Elle époussetait le dossier arrondi du fauteuil en noyer, les accoudoirs de cuir cloutés, les pieds griffus, et elle se prenait à rêver d'une journée de cours à la Sorbonne, suivie d'un dîner à la maison avec ses parents et ses frères et sœurs. Elle humait l'odeur du sac en peau de vache qui contenait le châle de prière et les phylactères de Zalman. Elle remettait d'aplomb la pile de *Der Yid*, l'hebdomadaire venu d'Amérique qui diffusait les discours et les décrets du Rebbe.

L'éditorial fulminait contre les dirigeants sionistes qui n'avaient pas averti les communautés hongroises des déportations, qui avaient choisi de secourir des sionistes et d'écarter des centaines de milliers de juifs qui vivaient dans la crainte de Dieu, jugés indignes de vivre dans leur État. Il était interdit de participer à l'abomination sioniste, il était interdit de s'engager dans l'armée sioniste, interdit de voter – le Rebbe de Satmar offrait l'équivalent de quinze dollars de nourriture à quiconque acceptait de ne pas participer aux élections sionistes –, six millions de sacrifiés ne suffisaient donc pas ?

*

En août, Atara attendait encore le moment opportun pour parler à son père. Tous les jours, elle se tenait devant le bureau de Zalman et l'écoutait se préparer pour l'office des Grands Jours de Fête, sa voix qui chantait avec tant de grâce et de mesure. Un après-midi, quand tout était silencieux derrière la porte, elle a rassemblé son courage et frappé.

« Oui ? a répondu Zalman et ses yeux bleu clair se sont levés du volume de Talmud quand elle a ouvert la porte.

— Tatta ?

— Oui ?

— Je me suis appliquée… J'ai fait ce que j'ai pu… » Sa voix tremblait. « Tatta, est-ce que tu permettrais que je ne retourne pas au séminaire ? »

Zalman a eu un large sourire. « Bien sûr que tu peux rester à la maison. Je me méfie encore de ces nouvelles écoles pour filles. D'innombrables générations de mères juives ont élevé des érudits de la Torah sans même savoir lire les Écritures. Et ton aide dans la maison serait une bénédiction. Bien sûr que tu peux rester.

— Je m'occuperai du ménage et des enfants.

— Bien », Zalman souriait toujours.

« Est-ce que tu autoriserais… Est-ce qu'il serait acceptable… le soir, quand le travail est terminé… Est-ce que tu accepterais que j'étudie ? Dans des livres. Dans ma chambre. Je n'entrerai en contact avec personne.

— Quel genre de livres ?

— Je pensais… j'espérais… après mon mariage bien sûr, j'espérais étudier la médecine pour venir en aide…

— La médecine ? a répété Zalman, incrédule. Tu penses qu'il n'y avait pas assez de *médecins* juifs en Allemagne ? Et tu sais bien qu'il est interdit de suivre un cursus laïc.

— J'espérais apprendre à sauver des vies… apprendre… »

Zalman s'efforçait de garder son calme. « Tu es presque une adulte et bientôt ce sera à ton mari de décider, mais, jusque-là, il est de mon devoir de te protéger, même contre ta volonté. Je dois m'assurer que tu ne jetteras pas le discrédit sur notre famille et que tu ne mettras pas en péril ton avenir ni celui de tes frères et sœurs.

— Tatta, j'ai fait tout mon possible. Cela fait un an que je ne lis plus de livres interdits.

— Tu as subi de mauvaises influences et tu vas retrouver ton bon sens, il le faut, ou je devrai t'enfermer dans cet appartement jusqu'au jour de ton mariage. Écoute-moi bien : si tu ne suis pas la voie de nos pères, tu échoueras dans tout ce que tu entreprendras. Tu sombreras dans la dépravation. Tu erreras à travers le monde sans être nulle part chez toi. »

Les derniers après-midi d'été au jardin du Luxembourg, pendant que Mila surveillait les enfants sur le terrain de jeux, Atara faisait le tour du bassin, le tour des allées, elle longeait les grilles du parc. Elle accordait ses pas avec ceux des passants pour qu'ils l'entraînent vers des destins différents. Le facteur sur sa bicyclette, elle l'enviait, elle enviait ses roues qui embrassaient les pavés, qu'il n'ait à connaître qu'une seule langue, qu'un seul pays ; elle enviait son passé sans rupture, et son avenir dans la continuité.

Septembre 1956

E2

« Si vous étiez parmi les Sages d'Israël, vous pourriez vous permettre de poser des questions sur la Création. Mais *nous* ? *Nous* ? » Le rabbin Braunsdorfer postillonnait, des gouttes de salive s'envolaient au-dessus du pupitre pour atterrir sur le premier rang. « Confronté à des questions déplacées, le croyant répond : Je *refuse* ! Interrogé sur des prétendues contradictions dans la Genèse, le croyant, par respect pour le Seigneur, répond : Je *refuuuse*, je refuse d'y penser ! » Bang ! Le poing a frappé le pupitre. Pause. « Dans notre chère Toraleh (la voix n'était plus qu'un murmure), le Seigneur nous apprend tout ce que nous avons besoin de savoir. »

Pour Atara assise au dernier rang, les cours se fondaient les uns dans les autres. Le doigt menaçant du rabbin qui scandait « les choses que nous ne devons pas questionner » semblait éloigné.

L'année précédente, Atara était impatiente de suivre les cours d'histoire, mais, au séminaire, les cours d'histoire n'étaient qu'un prétexte de plus pour parler de la foi ; c'était l'absence de foi qui avait provoqué les pogroms et toute personne qui ne faisait pas le lien entre les tragédies juives et le péché provoquait des souffrances supplémentaires.

En se penchant sur le côté, Atara pouvait voir Mila au premier rang, dos bien droit quand elle suivait le cours, dos voûté ou menton en l'air quand elle rêvassait. Mila était rassurée par ce monde ordonné où le péché expliquait la souffrance. De temps à autre, elle tournait la tête, et ses longs cils battaient juste avant que son regard ne croise celui d'Atara. Puis Mila prenait des notes et sa tête s'inclinait, la nuque ombragée par quelques mèches qui s'échappaient de son haut chignon, copié sur celui de Zissi.

Atara a commencé à sécher les heures d'étude. Elle s'éclipsait après le déjeuner, au moment où les filles se pressaient hors du réfectoire. Elle courait au-delà du carrefour de Bewick et Eyre, qu'elle n'avait jamais dépassé lors des promenades avec Mila les jours de sabbat.

Au sommet de la colline, une haute cheminée crachait une flamme orange. Elle est revenue sur ses pas.

La porte d'un bar s'est ouverte. Une silhouette en est sortie, cigarette au bec, a titubé devant le parechoc d'une voiture. Des voix éraillées chantaient une histoire de canari qui devenait muet au fond d'une mine. Dans une autre vie, elle aurait pu comprendre de quoi il s'agissait, elle aurait pu parler avec ces gens ; mais dans sa vie à elle, il n'était pas question d'être surprise en train de bavarder avec un non-juif.

Elle a continué à marcher, la rue se terminait par un terril. Elle a fait demi-tour.

En aval de la riviere, une péniche a mugi. Sur la rive goudronnée, des ouvriers en bleu de chauffe étaient penchés sur des feux allumés dans des barriques métalliques, petits enfers dans la nuit précoce.

Dans High Street, une voiture a tourné brusquement et éclaboussé son manteau.

Dès qu'elle est entrée dans la rue du séminaire, elle a entendu les filles, les pieds qui frappaient le plancher – les passants se demandaient-ils les raisons de tant de chants et de danses ? Régulièrement, les tables du réfectoire étaient poussées contre les murs, les chaises empilées à l'occasion de l'annonce des fiançailles d'une élève ; alors Atara se sentait soulagée, personne n'avait remarqué son absence dans l'excitation ambiante. Dans l'espace dégagé, formant des cercles, des filles faisaient face au centre, d'autres étaient tournées vers l'extérieur. Bras dessus, bras dessous, Zissi, Mila, Goldie dansaient.

La camarade d'étude d'Atara l'a vue et s'est détachée de la ronde. « Je t'ai cherchée, Dieu merci, te voilà… »

La façon de parler des filles, leurs expressions toutes faites agaçaient Atara.

Une voix a fusé : « Atara est ici !

— Est-ce qu'elle va chanter, est-ce qu'Atara va chanter ?

— Pas maintenant, a murmuré Atara sans s'adresser à personne.

— Atara va chanter ! »

Atara a reculé.

Une fille de E3, qui se tenait près de la porte, a réprimandé Atara : « C'est un commandement, une mitzvah, de se réjouir lors d'un événement aussi heureux. »

Atara voulait faire taire les chants ; elle voulait s'exprimer haut et fort, pour que toutes les filles l'entendent ; qu'elles sachent ce qu'elle avait lu à la bibliothèque à Paris, qu'elles sachent que les nazis auraient pu être vaincus beaucoup plus tôt si les différentes forces s'étaient alliées, mais les chefs religieux, par crainte de l'assimilation, avaient choisi de se liguer *contre* les bolcheviques qui combattaient les nazis, avaient refusé de s'allier avec des juifs moins religieux ou laïcs. Atara a ouvert la bouche, mais la plainte qui en est sortie ressemblait au bêlement d'un mouton conduit à l'abattoir. Elle a plaqué ses mains sur les oreilles pour ne pas entendre les bêlements qui lui faisaient écho. Elle est sortie précipitamment.

Chaque matin, elle se réveillait dans la même impasse. Pourrait-elle épouser un hassid qui attendait d'une femme qu'elle vénère la vie orthodoxe ? Allait-elle élever des enfants qui, à leur tour, n'auraient pas le droit de lire des livres profanes ?

Elle montait vers la salle de classe, des crampes dans les mollets. Son crâne la démangeait quand elle s'asseyait devant la Bible rabbinique.

Ne valait-il pas mieux *choisir* le jour de sa mort, plutôt que cette mort à petit feu ?

Mars 1957

Mila et Atara étaient au séminaire depuis un an et demi quand le directeur a convoqué Atara dans son bureau. Zalman avait écrit une lettre l'informant que Hannah avait une grossesse difficile et que le docteur lui avait prescrit un repos complet. Zalman demandait que l'une des filles rentre. Le directeur pensait qu'Atara devait être désignée. Mieux valait laisser Mila profiter un peu plus longtemps des enseignements du séminaire puisque son année de E2 serait peut-être écourtée… Des renseignements avaient été pris à son sujet.

« Mila va se fiancer ?

— Chut… des renseignements seulement. Vous ne devez pas troubler la tranquillité d'esprit de Mila. »

Atara était en train de faire sa valise quand Mila est entrée en trombe.

« Tante Hannah n'est pas bien ? Je viens avec toi. Absolument ! »

Les filles sont montées dans le train de Londres, elles ont jeté un coup d'œil aux sièges recouverts de tissu élimé, elles ont poussé tant bien que mal leurs lourdes valises au milieu d'un rang vide, se sont assises.

« Tu crois que tante Hannah est très malade ? a demandé Mila.

— Non, c'est sûrement comme mon père l'a écrit, qu'elle a une grossesse difficile et a besoin d'aide pour les enfants et la cuisine. Si c'était sérieux, il aurait demandé que nous rentrions toutes les deux. N'aie pas peur, Mila.

— Alors pourquoi tu as l'air si préoccupée ?

— Mais non… Je… Mila, tu te sens prête à te marier ? »

Mila a souri en haussant une épaule ; elle a chassé sa nouvelle frange sur le côté.

« Moi, je ne me sens pas prête », a dit Atara.

Les filles regardaient le paysage défiler, les rangées de maisons identiques, les puits de mine, conscientes une fois de plus de la distance qui les séparait. *Deaf Hill, Stony Heap…* Comment était-ce arrivé ? *Newton Aycliffe, Doncaster…* Elles gardaient le silence.

À Londres, elles sont descendues à King's Cross et ont pris la correspondance pour Charing Cross, où elles ont attendu le train de Douvres. Les feuilles de journaux bruissaient dans la salle d'attente bondée.

Un titre a attiré l'attention d'Atara :

UN RESPONSABLE SIONISTE ABATTU
Il avait collaboré avec Eichmann

Atara était habituée aux diatribes du Rebbe contre les sionistes, mais cette fois il s'agissait d'un journal laïc. D'un petit coup de coude, elle a alerté Mila. « Regarde ! »

Mila a soulevé une épaule. « Qu'est-ce que tu crois ? Les sionistes n'ont aucune morale. »

Atara s'est dirigée vers le kiosque à journaux. Elle a fixé la photo en noir et blanc sous *Il avait collaboré avec Eichmann* : des wagons de marchandises aux portes ouvertes, des gens qui montaient et descendaient, qui attendaient, certains portaient des vêtements hassidiques.

Elle a cherché quelques pièces dans son sac, regardé à gauche et à droite pour s'assurer de n'être vue ni par quelqu'un du monde de son père ni par quelqu'un du séminaire.

« Tu achètes un journal goy ? » a demandé Mila, alarmée.

Mila a soulevé péniblement sa lourde valise et s'est dirigée vers le train qui entrait en gare. « Je ne m'assieds pas à côté de toi si tu lis ça », a dit Mila quand Atara l'a rejointe.

Atara a traîné sa valise dans l'étroit couloir central du wagon, elle a remercié l'homme qui l'a aidée à la placer sur le porte-bagages, elle s'est assise. Une nouvelle fois, elle a examiné la photo.

Le Train de Kasztner, Budapest, 30 juin 1944, indiquait la légende.

Elle a commencé à lire. Un agent du Comité de Secours sioniste en Hongrie, Rezsö Kasztner, avait été accusé de collaboration. Un long procès en Israël avait révélé des récits contradictoires. Kasztner se considérait comme un héros ; il avait eu l'audace de négocier avec Eichmann dans Budapest occupée par les nazis et avait sauvé autant de gens qu'il avait pu. Mais le tribunal avait jugé que Kasztner avait négocié un sauf-conduit pour un petit nombre de juifs, s'engageant en contrepartie à convaincre les autres de ne pas résister à la déportation.

Des témoins qui avaient perdu leurs familles à Auschwitz avaient affirmé que les hommes de Kasztner avaient distribué des cartes postales trompeuses venues de Kenyérmezö, le grenier à blé de la Hongrie : *Nous sommes réinstallés. Nous avons trouvé du travail, nous avons de quoi manger*... Ceux qui entendaient parler des cartes postales se disaient : pourquoi chercher à fuir et à mettre nos vies en danger ? Ils étaient montés dans les wagons de marchandises.

D'autres avaient témoigné que Kasztner avait envoyé des Halutzim, des pionniers sionistes, pour mettre en garde les communautés hongroises, mais les gens ne les avaient pas écoutés. Une femme se souvenait que, dans la ville de Szatmár, le rabbin, Joel Teitelbaum, avait menacé d'excommunier le jeune sioniste qui essayait de mettre en garde la congrégation.

Atara a levé les yeux du journal. Le nom du Rebbe semblait incongru dans un journal laïc, un quotidien national. De nouveau, elle a regardé la photo et soudain elle a compris où elle avait déjà vu cette image : dans les nombreux récits du rêve de Mila.

Des wagons de marchandises ouverts avec des juifs à l'intérieur.

Atara s'est levée d'un bond, impatiente de confirmer la version donnée par Mila de la mort de sa mère : il y avait bien eu un train de marchandises avec des wagons aux portes ouvertes, en Hongrie, au printemps 1944. Elle s'est arrêtée – la légende de la photo mentionnait Budapest, mais les parents de Mila fuyaient les déportations de Kolozsvár. Et le Rebbe vivait à Szatmár. Il lui fallait des informations supplémentaires avant de ranimer les souvenirs de Mila, il fallait être sûre, il fallait connaître l'itinéraire du train, la date de son départ, la liste des passagers...

À Douvres, elle a aperçu les titres des journaux dans un kiosque :

KASZTNER DANS UN ÉTAT CRITIQUE
L'AFFAIRE KASZTNER

Elle a acheté deux autres journaux. Une fois encore, le Rebbe de Szatmár était mentionné. Les *Prominenten*, les gens que Kasztner avait sauvés, n'étaient pas venus témoigner en sa faveur pendant le procès, qui avait duré dix-huit mois ; ils ne voulaient pas être identifiés comme ceux qui lui devaient la vie sauve.

Kasztner espérait le témoignage du grand rabbin Joel Teitelbaum, le Rebbe des hassidim de Szatmár, mais ce dernier a refusé.

« Kasztner ne m'a pas sauvé, Dieu m'a sauvé », a déclaré le Rebbe de Szatmár.

Le Rebbe de Szatmár était dans le train de Kasztner ! De nouveau, Atara a voulu courir vers Mila, mais Mila aurait été furieuse si Atara avait suggéré que le Rebbe avait un lien quelconque avec une histoire sioniste. Il lui fallait davantage d'informations. Elle a repris sa lecture.

Le journal publiait le verdict du juge : Kasztner avait *vendu son âme au diable* quand il avait, en faveur de quelques privilégiés, sacrifié la masse des juifs hongrois.

Un éditorial signalait que les négociations de Kasztner reflétaient la position de nombreux dirigeants juifs, qui avaient accepté la distinction établie par les nazis entre élites et masses juives – acceptation particulièrement problématique en Hongrie, où les dirigeants juifs connaissaient la destination des wagons scellés. En avril 1944, deux évadés d'Auschwitz, Rudolf Vrba et Alfred Wetzler, avaient informé les dirigeants de Hongrie de l'existence des fours crématoires.

Atara a cessé de lire. Le Rebbe de Szatmár avait-il été informé ? Avait-il averti sa communauté avant de prendre la fuite ? Elle a parcouru la page imprimée en caractères serrés à la recherche de *Joel Teitelbaum, Szatmár, Satmar, Rebbe de Satmar…*

Un premier contingent, 388 juifs choisis sur les 18 000 du ghetto de Cluj-Kolozsvár, en Transylvanie…

Kolozsvár, la ville natale de Mila.

Si le Rebbe faisait partie du contingent de Kolozsvár, alors la mère de Mila pouvait l'avoir vu.

En montant à bord du ferry à destination de Calais, Atara a dépensé ses dernières pièces pour acheter un magazine.

Le contingent de Cluj est arrivé à Budapest le 10 juin 1944 et a été placé dans un camp gardé et réservé, situé dans la cour de l'institut Wechselmann pour les sourds, dans la rue Columbus.

Le 10 juin 1944 était un jour de sabbat. Se conformant aux prohibitions rituelles, le Rebbe des hassidim de Satmar, Joel Teitelbaum, avait refusé de porter, depuis la gare, son châle de prière et ses phylactères…

Le Rebbe était dans le contingent parti de Kolozsvár.

Atara s'est levée. Elle voulait s'excuser d'avoir douté du récit de la mère de Mila courant vers le Rebbe, le récit dont Mila avait eu tant besoin de la convaincre…

Sur un banc du ferry, Mila lisait *Les Vies de nos saints Rebbes*. Elle a levé la tête quand Atara l'a appelée et froncé les sourcils quand elle a vu le paquet de journaux dans les mains d'Atara. Au même moment, le haut-parleur a grésillé, les passagers devaient récupérer leurs bagages pour passer la douane. À travers les larges fenêtres, Atara pouvait voir les matelots amarrer le ferry. Elle attendrait d'avoir passé la douane pour parler à Mila.

Leurs papiers d'apatrides en main, les filles se sont présentées à l'officier des douanes. Le cœur d'Atara battait plus fort, comme chaque fois qu'elle passait une frontière, mais d'autres pensées la travaillaient : que signifierait pour Mila que soient confirmées l'existence du train spécial et les circonstances de la mort de sa mère ? Elle pensait à la façon dont cette information nouvelle allait affecter ses relations avec Mila. Quand elle apprendrait que le Rebbe devait sa survie à une opération sioniste, au sioniste qui avait négocié avec Eichmann, Mila comprendrait certains doutes d'Atara, et se mettrait peut-être à son tour à questionner l'infaillibilité du Rebbe.

Pendant le trajet de Calais à Paris, dans l'intimité du compartiment qu'elles avaient pour elles seules, Atara s'est assise à côté de Mila et lui a pris la main. Elle a montré à Mila la photo avec les wagons aux portes ouvertes. Elle s'est excusée auprès de Mila de ne pas avoir cru la version qu'elle avait donnée de la mort de sa mère.

Mila examinait la photo.

« C'était un train spécial, a expliqué Atara, c'est pour cette raison que les portes étaient ouvertes. C'était un train pour les *Prominenten* et le Rebbe était dedans. Le premier contingent est parti de Kolozsvár…

— Kolozsvár ? » La voix de Mila a tremblé quand elle a prononcé le nom de sa ville natale. « Mais le Rebbe vivait à Szatmár, pas à Kolozsvár. »

Atara a raconté à Mila ce qu'elle avait lu au sujet de la fuite du Rebbe : il s'était échappé de Szatmár en secret, au milieu de la nuit, mais il avait été pris avant de pouvoir atteindre la Roumanie et détenu dans le ghetto de Kolozsvár, où il avait entendu parler du train sioniste pour les Prominenten.

« Le Rebbe n'aurait jamais traité avec un sioniste, a dit Mila d'une voix éteinte. Et le Rebbe a été déporté.

— Il n'a pas été déporté.

— À Bergen-Belsen.

— As-tu jamais entendu parler de juifs déportés quittant, *pendant* la guerre, Bergen-Belsen pour se rendre en Suisse ? Le Rebbe a passé cinq mois à Bergen-Belsen parce que les négociations de Kasztner étaient compliquées, mais tous les passagers sur le train de Kasztner étaient considérés comme *monnaie d'échange*. Ça veut dire qu'ils avaient suffisamment à manger, qu'ils ne travaillaient pas, que les familles n'étaient pas séparées. Même les nouveau-nés et les vieux ont survécu. Le Rebbe n'a pas été déporté.

— À Bergen-Belsen… », a répété Mila, à peine audible. Puis : « Et ce train spécial s'est arrêté là où mes parents étaient cachés ?

— Je ne sais pas pourquoi il s'est arrêté, mais ça s'est passé comme tu l'as toujours dit : tu as vu le Rebbe.

— Et si je ne l'avais pas vu ? Et si j'avais cru le reconnaître et que ce n'était pas lui ?

— Ta mère l'a vu. Tu as dit qu'elle a crié "Rebbe !" au moment où elle a couru vers le train. »

Mila s'est effondrée sous le poids de la tragédie qui lui revenait. Elle a fermé les yeux. Comme si elle proférait un doute indicible, elle a murmuré : « Mais si le Rebbe a pu faire arrêter le train devant notre cachette, pourquoi ne nous a-t-il pas sauvés ? »

Atara n'a pas eu le cœur de dire à Mila que le Rebbe, quand il était monté dans le train de Kasztner, avait déjà décidé d'abandonner la famille de Mila à son sort. « Tu as dit que d'autres trains avaient ralenti dans le virage. Ce n'est pas le Rebbe qui a fait arrêter le train.

— Mais quand ma mère est partie en courant, voulait-elle le sauver ou espérait-elle qu'il nous sauverait ?

— Elle devait espérer… Tes parents ont dû entendre parler du train de Kasztner, tout le monde dans le ghetto savait, tout le monde essayait… » Atara s'est interrompue. Elle craignait que Mila, en apprenant d'elle les circonstances de la fuite du Rebbe, ne rejette ces informations comme autant de soupçons infondés. Il valait mieux confronter Mila directement à ces informations. Atara a retenu les faits et les émotions qui l'agitaient et les a condensés dans une seule question risquée : « Mila, il y a des cartes, des horaires de train. Il y a des récits de témoins. Nous pouvons trouver tous les détails sur le train de Kasztner et sur le sauvetage du Rebbe : retrouver la date exacte du départ de Kolozsvár et tracer l'itinéraire du train sur une carte, nous pouvons chercher à savoir ce que les gens du train de Kasztner connaissaient de la destination du reste de la communauté. Mila, est-ce que tu viendrais avec moi à la bibliothèque ?

— La bibliothèque ?

— Pour savoir ce qui s'est passé, ce qui s'est passé dans *ta* vie. »

Mila n'a pas répondu, mais elle n'a pas refusé.

Le soir de leur arrivée à Paris, la pensée qu'elles pourraient se rendre ensemble à la bibliothèque rapprochait les filles. Enhardie par cette perspective, Atara a descendu la petite radio qu'elle cachait sur l'armoire, un transistor minuscule qu'elle avait troqué avec une ancienne camarade pendant sa dernière année au lycée. L'oreille collée au haut-parleur, les cheveux mêlés sur le même oreiller, les filles ont écouté les informations espérant des nouvelles de Kasztner et de l'affaire. Son état de santé avait empiré. Les filles pensaient à cet homme agonisant. Un juif avait-il vraiment collaboré avec les nazis ? Le Rebbe était-il monté dans le train spécial négocié par un sioniste ? Pour les deux filles, avoir à poser ces questions était inimaginable.

Elles n'ont pas éteint la radio après les informations et elles se sont laissé porter par des chansons françaises où juifs et non-juifs éprouvaient les mêmes émotions, garçon et fille marchant main dans la main sans se lâcher…

Au réveil, Atara a rappelé à Mila qu'elles avaient prévu de poursuivre les recherches. Mila a hoché la tête d'un air solennel. Au cours de la matinée, elles ont fait le ménage. Après le déjeuner, Hannah les a encouragées à aller se promener au Luxembourg avant le retour des enfants qui avaient été placés dans différentes familles orthodoxes, quand le docteur avait prescrit le repos complet à Hannah.

Une fois dehors, Atara a reparlé de la bibliothèque. De nouveau, Mila a hoché la tête, mais lorsqu'elles sont arrivées au coin de la rue Soufflot, qui menait à la bibliothèque Sainte-Geneviève, Mila a pris le bras d'Atara et l'a entraînée vers le Luxembourg.

Pour la première fois depuis des années, les deux filles sont entrées dans le jardin sans landau ni frères et sœurs. Elles se sentaient étourdies et un peu coupables, en descendant l'allée bordée de marronniers. La fin de l'hiver était dans l'air. Elles se sont appuyées sur la balustrade qui donnait sur le bassin. Les pigeons, plumes ébouriffées autour de leurs têtes minuscules, se réchauffaient au soleil. L'horloge du Sénat a sonné l'heure et Mila et Atara espéraient qu'il en serait toujours ainsi, toutes les deux ensemble, à accompagner le changement des saisons.

Après le dernier coup de cloche, Atara a déclaré : « Il n'y a personne à Paris, ni dans toute la France, dont le pedigree conviendra à Zalman Stern. Nous allons être mariées loin de Paris…

— Nous ne serons pas mariées sans notre consentement.

— Mais nous n'avons pas d'autre choix que consentir. Mila… si j'étais assez courageuse… si je préparais le baccalauréat et si j'allais à l'université, est-ce que tu…

— Si tu étais assez courageuse pour aller à l'université ? Ce qui est courageux, c'est de rester juive.

— Mais si j'allais à l'université et que mon père me reniait, je te perdrais toi aussi ? »

Mila a fait quelques pas vers les grandes jardinières que des hommes en bleu de travail sortaient de l'orangerie. Elle a lu les étiquettes : « *Palmier-dattier, Laurier-rose, Grenadier…* » Elle s'est tournée vers Atara. « Lorsque mes parents vivront de nouveau, je veux être juive pour qu'ils puissent me reconnaître. Je veux qu'ils reconnaissent mes enfants. Je veux qu'ils reconnaissent *tes* enfants.

— Et si tes parents ne… si le messie ne venait pas de ton vivant ?

— *Aneini !* Réponds-moi ! » a lancé Mila vers le ciel et ses bras se sont levés quand, sur la pointe des pieds, elle a tourné sur elle-même face au parterre de tulipes ; des tulipes bleues, blanches, rouges, aux couleurs de la France, étirant leurs ombres sur la pelouse fraîchement replantée. « Le messie viendra et nous nous envolerons vers Jérusalem… »

Des jardiniers qui poussaient des brouettes remplies de plantes en pots ont tourné la tête et sifflé. La jupe de Mila lui couvrait les genoux, son chemisier à manches longues était boutonné jusqu'au cou, mais elle était gracieuse, virevoltant avec sa taille fine et son chignon vertigineux. Mila et Atara sont reparties bras dessus, bras dessous. Elles ont sauté à cloche-pied sous les marronniers et sont sorties du Luxembourg ; elles ont sauté par-dessus les joints des grandes dalles de la rue Servandoni, elles ont traversé le boulevard Saint-Germain, descendu la rue de Seine. Au milieu de la passerelle des Arts, elles se sont penchées sur le parapet et ont recueilli les premières gouttes de pluie dans leurs paumes. Le ciel s'est déversé et, comme autrefois, elles ont tournoyé, les bras en croix, et leur langue cherchait à goûter les nuages. Les réverbères étaient des étoiles scintillantes. Atara volait au-dessus du fleuve et des toits, franchissait toutes les frontières. Mila tourbillonnait plus vite encore, jusqu'au moment où elle s'est laissée tomber à terre, trop étourdie pour répondre aux appels d'Atara. Quand Mila a ouvert les yeux, ils étaient remplis non pas de l'ivresse d'Atara, mais de la culpabilité, d'avoir survécu. Atara passait ses doigts dans les cheveux en désordre de Mila, en leur donnant un mouvement dans le sens qu'elle espérait être celui d'une libération.

Sur le quai de la Mégisserie, les commerçants rentraient les cages stridentes de pépiements d'oiseaux et refermaient bruyamment les stores métalliques. Il était tard. Elles iraient à la bibliothèque demain. Elles se sont mises à courir.

Elles sont arrivées à la maison, les joues rouges comme lorsqu'elles étaient enfants. Traversant l'entrée sur la pointe des pieds, elles ont trouvé Hannah et Zalman qui les attendaient dans le salon. Ils souriaient sans même demander d'où elles venaient ni pourquoi elles étaient aussi exaltées.

« Allez vite vous sécher ou vous prendrez froid, a dit Hannah. Et revenez tout de suite. » Elle a souri de nouveau. « Nous avons quelque chose à vous dire. »

Une serviette enroulée autour de leurs cheveux, les filles se sont assises et Zalman a pris la parole. « Nous sommes loin de la cour du Rebbe, mais ton ascendance, Blimela, et la bonne réputation de notre maison font de toi un excellent parti. Le téléphone a beaucoup sonné, des appels d'Amérique… »

Le sourire de Hannah s'est épanoui. « Les gens se sont passé le mot que tu es d'une grande beauté. Nous continuons à dire que tu es encore jeune, mais aujourd'hui nous avons reçu un appel dont nous avons discuté tout l'après-midi.

— Une sommité de la Torah, un favori à la cour du Rebbe.

— Beau, nous a-t-on dit.

— Tu te souviens sûrement de Josef Lichtenstein ? »

Mila a retenu son souffle.

« Des années durant, notre Josef était plongé trop profondément dans l'étude pour envisager un mariage, a continué Zalman, mais quelqu'un a mentionné ton nom et que tu serais bientôt en âge... Il semble que Josef a maintenant trouvé le temps nécessaire. » Zalman a hésité et a fini par dire : « Josef Lichtenstein a passé sept ans dans une ferme non juive, il a appelé *mère* une femme d'une autre confession. » Zalman a continué. « Blimela, je te parle comme à ma propre fille : si la façon dont ce jeune homme a été élevé, dont il n'est en rien responsable, si tu as la moindre hésitation concernant Josef Lichtenstein, rien ne t'oblige à le rencontrer, mais tous les renseignements concordent. Ses maîtres font son éloge, ses camarades d'étude aussi, et les familles chez lesquelles il passe le sabbat. Oui, le mérite des pères échoit aux fils, l'âme du saint Rebbe Elimeleh Lichtenstein a veillé sur notre Josef. Je dois ajouter, Blimela, que tes parents, qu'ils reposent en paix, tes parents se seraient sentis honorés par une union avec le petit-neveu du saint Rebbe Elimeleh Lichtenstein. »

Ce soir-là, Mila était trop agitée pour s'allonger. Entre les deux lits en cuivre, elle allait et venait, parlait de Josef, de l'improbable, de l'étonnant Josef – Josef, le brave garçon de la ferme qui était aussi un hassid. En riant, puis de plus en plus grave, elle a tressé le récit de sa vie et de celle de Josef ; un mariage avec Josef serait le couronnement de leurs enfances détruites et reconstruites ; des enfants avec Josef seraient la victoire du monde de leurs parents sur les forces organisées pour le détruire.

Atara aurait voulu partager l'excitation de Mila. Elle se souvenait avoir bien aimé ce garçon, et Josef serait différent de Zalman, mais était-il maintenant inévitable qu'elle perde Mila ?

Les cloches voisines de Saint-Paul ont sonné, chaque coup puissant, isolé. Mila a soupiré. « Si je ne devais plus entendre ces cloches…

— Nous avons toujours su qu'un mariage approuvé par nos parents nous contraindrait à renoncer à Paris et à ses cloches.

— Ce n'est pas une coïncidence si j'ai appris cette nouvelle le jour où j'ai failli me rendre à la bibliothèque. C'est comme si Josef me sauvait une seconde fois.

— De la *bibliothèque* ? Josef te sauve de la *bibliothèque* ?

— Je n'ai pas besoin de faire des recherches. Je sais : le Rebbe devait survivre pour sauver le judaïsme.

— Oui, je suis sûre qu'il existe un texte sacré, quelque part, un texte qui dit qu'on peut… qu'il faut abandonner sa communauté si par ce geste on croit sauver le judaïsme, a dit Atara de plus en plus désespérée.

— Il fallait que le Rebbe vive. Qui sait quelles souffrances pires encore ses prières ont empêchées.

— Si le Rebbe est monté dans le train croyant sauver le judaïsme, alors il a fait exactement ce qu'il reproche aux sionistes qui, dit-il, ont choisi des jeunes pionniers pour réaliser *leur* vision du destin juif. Au bout du compte, les sionistes ont sauvé leur ennemi juré, le Rebbe de Szatmár, tandis que lui sauvait sa propre personne, sa femme…

— Je ne t'écoute pas. Le Rebbe a fait ce que HaShem lui a dit de faire.

— Ça ne te dérange pas qu'il ait conseillé à tes grands-parents de déchirer leurs visas pour la Palestine ? Qu'il ait fui avec l'aide d'un sioniste ? »

Toutes les deux pensaient aux visas pour la Palestine que les grands-parents de Mila avaient obtenus avant la guerre, et déchirés sur le conseil du Rebbe, une histoire que Zalman avait racontée bien des fois pour que Mila soit fière de son ascendance, de ses grands-parents gazés à Auschwitz.

« C'était avant la guerre, a dit Mila, tremblante. Il a donné ce conseil avant la guerre.

— Horrible conseil. Il a aussi chassé de la communauté quiconque avait des rapports avec des sionistes, puis quand ça a été trop tard pour tous les autres…

— Atara, tu deviens vraiment une *apikoress* (mécréante). Je n'écoute plus.

— Il s'est sauvé lui-même. Il ne lui est pas venu à l'esprit de demander pourquoi les Allemands laissaient partir cet unique train de notables juifs ? Et si ça ne lui est pas venu à l'esprit alors, pourquoi maintenant déciderait-il pour nous…

— C'était la volonté de Dieu que le Rebbe vive. »

Atara a jeté par terre son petit transistor.

Mila a regardé, bouche bée, la coque de plastique brisée, le bouton du volume rouler sous le lit.

« Et ce sera la volonté de Dieu et celle du Rebbe si toi tu m'abandonnes ?

— Le Rebbe n'est pas responsable de ce qu'ont fait les nazis », a murmuré Mila.

Les yeux d'Atara se sont remplis de larmes. « Bien sûr que le Rebbe n'est pas responsable de ce qu'ont fait les nazis. Et les sionistes non plus. Le Rebbe s'est comporté comme ceux qui voulaient désespérément vivre, et nous aussi, nous pouvons vivre. Nous n'avons pas besoin de demander la permission au Rebbe ou à qui que ce soit. Mila, si j'allais à l'université et que mon père me déclarait morte, tu ne me reverrais plus ?

— Tu n'iras pas. Tu ne peux pas faire ça à tes parents. Tu ne peux pas me faire ça. » Mila a commencé sa prière du soir après laquelle il n'était plus permis de parler. « *Michael est à ma droite, Gabriel à ma gauche…* »

*

Mila et Josef ne s'étaient pas vus depuis dix ans. De temps à autre, des gens de Williamsburg apportaient des nouvelles : l'orphelin avait chanté sa bar-mitzva comme un véritable hassid ; l'orphelin vivait à la yeshiva dans une chambre qu'il partageait avec sept autres garçons, mais il passait le sabbat avec

Mila a presque les larmes aux yeux ; en dehors des Stern, personne à Paris n'aurait pu nommer ses parents.

Ils savent tout ce qu'ils ont à savoir l'un de l'autre pour se connaître selon la tradition hassidique : Blimela, fille de Rachel, fille de Haye-Esther ; Josef, fils de Yekutiel, fils de Mendel-Wolf. Et ils savent aussi des particularités qu'ils n'auraient pas dû connaître : lui, l'odeur des cheveux couverts de terre de Mila ; elle, le goût des larmes de Josef.

Ils baissent les yeux vers la nappe ivoire que Hannah a brodée dans le style de là-bas, ils baissent les yeux et, à la dérobée, échangent un regard. Ils savent qu'ils auront la vie entière pour se raconter la chaîne des histoires qui les a amenés à cette table, *b'shert, destinés l'un à l'autre*, au cours des générations.

La porte d'entrée s'est refermée sur Josef.

« Je crois qu'elle va dire oui ! s'est écriée Hannah. *B'shert*, ils sont *b'shert* ! » Hannah a pris Mila par la taille et l'a fait valser autour de la table de la salle à manger. « *Yadidadidam !*

— Tante Hannah ! Le docteur a dit repos complet ! »

Elles ont glissé jusqu'à l'entrée et se sont arrêtées devant le bureau de Zalman. « Mazel tov ! » s'est écriée Hannah.

Les mains de Zalman se sont jointes. Il s'est levé, radieux. Il n'avait plus rien à craindre pour celle de ses filles qui allait se marier à la cour du Rebbe. « Mazel tov ! »

Mila et Josef se sont vus deux autres fois avant le mariage, mais jamais seuls. La première fois, Josef a apporté à Mila la broche de sa mère et une bague de fiançailles sertie d'un petit diamant. Mila a épinglé la broche sur le revers de son tailleur. La seconde fois, il a apporté deux cadeaux empaquetés, une boîte blanche, plate, avec un ruban violet ; une boîte violette avec un ruban blanc. Mila a défait le ruban violet, déplié le papier de riz et déployé une étole de soie. Elle a caressé les rayures gris perle et lavande, mais elle n'a pas pressé la soie contre son visage, de peur de paraître impudique. Elle a défait le ruban blanc, effleuré la fleur peinte sur le flacon de parfum en verre dépoli, et avec une légère intonation hongroise, elle a lu : « *Anémone des bois.* »

Dans son grand manteau noir, boutonné, Josef a reculé les hanches en se voûtant légèrement pour masquer son ammah d'homme de vingt-deux ans, qui se levait à la gloire de Mila et de HaShem.

Après les fiançailles, Hannah a annoncé qu'une future mariée devait avoir une chambre à soi. Mila a protesté. Comme la plupart des filles hassidiques, elle ne savait rien des inspections intimes précédant la nuit de noces. Mais après ses premiers cours privés de future jeune mariée, Mila s'est installée dans le salon. Atara venait lui rendre visite tous les soirs. Elle coiffait Mila ; la brosse lissait les ondulations et les reflets de la longue chevelure qui, Mila et Atara le savaient, allait bientôt tomber en boucles épaisses au fond d'une corbeille, chevelure que Josef ne toucherait jamais ; leurs regards se croisaient dans le miroir.

Une fois de plus, Mila a soulevé le papier de riz qui enveloppait les cadeaux de Josef. Elle a caressé l'étole. « Je la porterai tous les mois pour lui faire savoir quand je serai permise, a-t-elle dit un soir.

— Permise ? » a demandé Atara sans attendre de réponse.

Atara ne voulait rien savoir de ce qu'elle allait vite comprendre être le décompte des jours de sang et des jours purs, le décompte que Mila tenait dans un nouveau cahier sur lequel elle avait écrit, de son écriture aux jambages bien déliés : *Le Livre des Jours de Mila – Personnel.*

*

Les hommes accompagnaient le marié jusqu'au dais en chantant une marche joyeuse : « *Il y avait un roi parmi les justes...* » Zalman s'est tourné face à l'allée centrale, pour attendre la mariée, et les invités se sont tournés aussi. Il a fredonné le même air qu'au mariage de son compagnon d'étude, Gershon Heller, là-bas, en Transylvanie, *Bilvovi mishkan evneh* (Dans mon cœur je construirai un temple), il l'a fredonné jusqu'à ce que la fille de Gershon fasse son apparition, entièrement voilée de blancheur satinée, tenant un bouquet pâle entre ses mains jointes.

Mila ne pouvait pas voir où elle posait le pied, mais Hannah et Mme Halberstamm la guidaient. Lorsque Mila est arrivée sous le dais, Zalman a lancé : « Bénie soit celle qui vient ! » puis il a chanté, et au rythme de la voix qui avait été jugée la plus belle à l'est de Vienne, Mila a tourné sept fois autour de Josef pour les sept ciels, les sept jours de la création, les sept tours de lanière du phylactère sur l'avant-bras ; comme l'homme se lie à Dieu, Mila se liait à Josef.

Josef a passé une alliance au doigt de Mila. Il a prononcé le vœu ancien : « *Harei at mekudesheth li b'taba'ath zo kedath Moshe v'Yisroel.* » (Par cet anneau tu m'es consacrée selon la Loi de Moïse et d'Israël.)

Hannah a relevé le voile qui recouvrait le visage de Mila.

Du côté des deux mariés, aucun membre de leur propre famille n'assistait au mariage.

Se tenant par le bras, les yeux étincelants, les époux ont quitté le dais.

La danse a commencé. Les hommes ont formé une chaîne de leur côté, les femmes du leur. La danse s'est poursuivie dans la nuit, jusqu'au moment où Zalman a donné le signal de la fin des festivités. En quoi une telle joie était-elle appropriée quand le Temple était détruit et que la présence divine était en exil ?

*

Mila est allongée dans l'obscurité, le silence, la solennité.

Elle imagine ses longs cheveux, coupés en vue de cette nuit, se regroupant en prière dans le livre sacré rangé dans la table de chevet, elle imagine les boucles d'Anghel, se regroupant dix ans plus tôt.

Maintenant Josef psalmodie au pied de son lit.

Elle s'étonne de se trouver seule avec lui sans enfreindre la Loi.

Il s'est penché sur elle, a posé un baiser sur sa joue.

Un mince espace sépare leurs corps, et la chemise de nuit de Josef, et celle de Mila, qu'à présent il soulève.

Il la tient avec douceur, comme un duvet de fleur, craignant de l'écraser ou de la voir se volatiliser.

Que notre union soit sanctifiée… que nos enfants…

Elle sent sa rigidité chercher à entrer en elle, là où elle ignorait tout, jusqu'à ce qu'on lui apprenne à se préparer pour cette nuit.

Il s'engage en elle ; elle retient son souffle. Il s'immobilise – faisait-il ce qu'il fallait ? Il voudrait penser à la Torah comme les sages le recommandaient, mais tout son être se tend vers elle.

Il pousse plus fort ; de nouveau, elle retient son souffle.

Sa semence en elle, elle comme dans ses rêveries, en elle comme jamais il ne l'avait vécu à ce jour.

Il touche ses lèvres, ses cils – interrompt son geste. L'acte consommé, les jeunes mariés devaient se séparer. Il sort du lit précipitamment, reste debout dans l'obscurité, indécis. Quand était-il permis de se parler à nouveau ?

« Je suis bien », murmure-t-elle.

Sa tendresse l'a bouleversé et il a presque tendu la main pour la serrer contre sa poitrine, où elle entendrait battre *Mila MilaHeller…*

« Mila Heller, il a murmuré.

— Lichtenstein, désormais mon nom est Lichtenstein. »

Il a approché une chaise en s'assurant qu'elle ne touchait pas les couvertures, *Et le lit où elle est couchée sera impur.* Il s'est assis et tous les deux ont pensé à la cachette dans l'escarpement où ils s'agrippaient l'un à l'autre. Il leur semblait qu'ils ne s'étaient jamais quittés, que jamais ils ne se quitteraient.

Il était toujours assis près du lit de Mila au lever du jour. Son turban avait glissé de sa tête lisse, et il était stupéfait d'émerveillement et de gratitude devant sa beauté. Les yeux de Mila se sont ouverts, si grands dans son visage dénudé, et il a prononcé la première prière du matin, « *Modeh ani… shehechzarta bi nishmati…* » *Je Vous remercie… de m'avoir rendu mon âme…*

*

Hannah appelait désormais Atara la kaleh meidel, la prochaine fille en âge de se marier. Elle l'a emmenée acheter des robes de kaleh meidel. Atara a protesté. Elle n'avait pas besoin de ces tenues, pas encore. Hannah a tendu avec fierté au propriétaire de la boutique les billets de banque épargnés. « Une fille Stern en âge de se marier a une garde-robe convenable. »

Atara a retenu ses larmes.

Quelques mois après le mariage de Mila, Atara s'est levée au milieu de la nuit. Elle a plié sa robe de kaleh meidel dans un sac qu'elle a suspendu à la poignée de porte de la chambre d'Etti.

Une brosse à dents, des sous-vêtements.

La minuterie n'a pas fonctionné dans la cage d'escalier, elle est descendue dans l'obscurité. Les malédictions ancestrales de Zalman se répercutaient d'étage en étage :

Tu échoueras dans tout ce que tu entreprendras.
Tu sombreras dans la dépravation.
Tu erreras à travers le monde.

Atara a pressé le bouton qui ouvrait la porte cochère donnant sur la rue. Le lourd battant de chêne a pivoté. Dans l'aube fraîche, une vague de coquelicots ondulait, chaque corolle fragile une liberté écarlate oscillant sur sa tige.

LIVRE III

Williamsburg, Brooklyn

Après les sept jours traditionnels de célébration, les jeunes mariés ont pris l'avion pour New York. Le compagnon d'étude de Josef est venu les chercher à l'aéroport. Il a donné des nouvelles de la cour du Rebbe, des enfants de condisciples nés pendant le séjour de Josef à Paris. Mila avait l'impression de reconnaître des noms de son enfance en Transylvanie, des noms d'enfants montés dans les wagons à bestiaux, des noms portés maintenant par d'autres enfants. Des perspectives comme elle n'en avait jamais vu défilaient de chaque côté du break familial : des maisons individuelles séparées les unes des autres par un espace étroit, au lieu des façades continues des villes françaises. La circulation devenait plus dense, stridente à mesure que les bâtiments s'élevaient plus haut, mais, à l'intérieur de la voiture, les noms familiers rassuraient.

La courbe de câbles d'un pont suspendu, un brusque virage – soudain, des panneaux en yiddish et en hébreu : GLATT SUPERVISION, ÉCOLE DE GARÇONS YETEV LEV, 100 % LAINE…, la mention kasher affichée partout, non pas indiquée discrètement comme à Paris ; des juifs qui n'avaient pas peur de proclamer qu'ils étaient juifs, des juifs reconstruisant un monde qui n'avait jamais existé.

Impatients de passer leur premier sabbat dans leur propre appartement, Mila et Josef ont décliné toutes les invitations. Mila s'est absorbée dans la lecture des recettes qu'elle avait notées sous la dictée d'Hannah ; Josef a épluché les carottes et les navets pour la soupe de poulet. Quand les odeurs de cuisine du sabbat ont envahi leur petit appartement, Mila et Josef se sont regardés, enchantés – un foyer, leur foyer.

Ils ont pris un bain et ont revêtu leurs habits de sabbat. Mila portait la coiffe blanche que Hannah avait brodée au fil d'or ; Josef, le shtreimel, le chapeau en zibeline que Zalman lui avait offert en cadeau de mariage. Dix-huit minutes avant le coucher du soleil, les mains de Mila dessinaient des cercles autour des bougies, dans un sens pour rassembler, puis dans l'autre pour protéger. Les yeux clos, elle prononçait l'ancienne prière, *Que ces lumières aident à m'établir comme elles l'ont fait pour tant d'autres avant moi…*, et des doigts enserraient les doigts de Mila, des doigts qui eux aussi allumaient des bougies, une chaîne de mains qui s'étirait depuis le passé lointain jusque dans le futur. Quand elle a ouvert les yeux, l'étoffe du caftan de Josef chatoyait comme le feuillage après la pluie.

Lui, les yeux rivés sur les flammes des bougies qui se reflétaient dans la coiffe brodée d'or de Mila, s'est permis d'accueillir le souvenir de sa première mère, de ses étreintes et de ses baisers. « *Gut Shabbes, kleiner*

Yideleh ! » (Bon sabbat, mon adorable petit juif !) Et, cette fois, le souvenir ne l'a pas brisé.

Dans son Livre des Jours, Mila a compté cinq jours de sang et sept jours propres. Pendant les sept jours propres, elle portait des sous-vêtements blancs et dormait dans des draps blancs. Matin et soir, elle insérait un tissu blanc, profondément ; elle le tournait, le retirait, l'examinait, comme il est prescrit. Si elle trouvait une tache de couleur rougeâtre, elle devrait noter sur le tissu blanc ou la culotte le jour du décompte et l'heure : une tache rouge ne signifiait pas la même chose qu'une tache rose ou brune ; seul un rabbin pouvait déterminer quelle nuance imposait une séparation plus longue.

Mila observait scrupuleusement les lois concernant la pureté de la famille, qui contrôlaient les pulsions, accroissaient la fertilité, et garantissaient une âme pure aux enfants à venir.

Le septième jour propre, elle a attendu le coucher du soleil et s'est rendue au bain rituel. Elle s'est nettoyé les dents au fil dentaire, elle s'est limé les ongles. S'est savonnée, rincée. Une responsable contrôlerait l'absence de toute *hatzitza* (barrière), un poil égaré ou une salissure qui pourrait s'interposer entre la peau et les eaux rituelles.

Mila a descendu les marches du petit bassin d'eau *naturelle*, une eau recueillie par simple gravitation. Les bras en croix, la bouche et les yeux clos sans être serrés, elle s'est laissée couler.

« Kasher ! » s'est écriée la responsable quand la tête de Mila a émergé.

Bras croisés sous le cœur pour séparer les parties supérieures des parties inférieures, Mila a murmuré la bénédiction pour l'immersion rituelle, et deux fois encore elle s'est laissée couler.

« Kasher ! Kasher ! »

S'enveloppant dans son peignoir, Mila se sentait pure et blanche, et fière d'être une femme que les rabbins déclaraient kasher. Une larme de gratitude coulait sur sa joue, de gratitude envers HaShem pour son soutien et sa protection contre les tentations de Paris.

Comme les rabbins le conseillaient, elle a revêtu des sous-vêtements de couleur afin de ne pas rendre perceptible une irrégularité minime pendant les jours permis. Sur le chemin du retour, elle marchait d'un pas rapide pour réduire les risques de croiser un animal impur, ou une personne inculte, ou un Gentil – rencontres qui pourraient compromettre ses chances de concevoir un érudit de la Torah.

Dans la chambre, devant le miroir à trois pans, elle a drapé ses épaules de l'étole de soie gris perle et lavande à la lueur de la lampe, pour signaler à Josef qu'elle était permise, et, dans la chambre silencieuse, il lui semblait entendre ses parents prier pour revivre dans les générations que Josef et Mila seraient à même d'engendrer.

Josef se tenait debout, au pied du lit de Mila. Il tendait l'oreille pour saisir le froissement léger de l'édredon, quand elle en relèverait le coin. Enfin l'essence subtile de l'*Anémone des bois* sur la peau de Mila. *Que notre union* – ses cuisses sous lui s'écartaient… *Seigneur, accordez-nous des âmes saintes pour nos enfants…*

Cette deuxième fois, ils ne se sont pas séparés immédiatement ; c'est uniquement à cause du *dam betulim* (saignement de l'hymen) que les nouveaux mariés se séparent. À présent, ils n'auraient à se séparer qu'au moment où Mila aurait ses règles – si elle les avait.

Ils sont restés couchés dans le noir. Tout était prescrit, jusqu'à et pendant l'acte, mais ce moment, simplement allongés côte à côte, leur semblait entièrement libre, incontrôlé.

Elle s'est pressée contre lui et sa barbe avait la douceur de la soie, comme la barbe de son père sous le châle de prière, quand son père murmurait, « Blimela, ma Blimela… »

Pendant les deux semaines qui ont suivi, Mila se précipitait vers la porte d'entrée dès qu'elle entendait le pas de Josef sur le palier. Un jour, elle s'est mise à chanter, timidement ; Mila n'avait pas chanté devant un homme depuis l'âge de douze ans. Mais Josef était son mari et c'était permis.

« *Oyfn veg, shteyt a boym* – tu ne connais pas les paroles ? Répète après moi : *Oy, Mama, je voudrais tant être un oiseau…* » Et elle l'a entraîné dans sa danse. « *Yadiyadidam !* » Une main levée tenant une extrémité de l'étole, l'autre bras encadrant sa tête, elle tourbillonnait sur ses hauts talons parisiens, et parfois elle allait chercher le sac à main assorti aux souliers et l'agitait en rythme comme un tambourin, d'un côté de sa taille fine, puis de l'autre. « *Yadidadam !* » Les battements de cœur de Josef s'accéléraient. Avec les talons hauts, les chevilles de Mila paraissaient plus délicates, ses mollets plus allongés…

« Viens Josef ! Danse ! »

Il aimait sa façon de passer du sérieux à la coquetterie, il aimait plus que tout l'inflexion de sa voix, ses intonations hongroises. Il s'est avancé et a frappé du pied le parquet. Ils ont glissé face à face, de la table jusqu'au sofa ; leurs yeux brillaient dans le petit appartement.

Les nuits de séparation, dans les lits jumeaux, ils se parlaient. Josef a raconté à Mila la traversée vers l'Amérique, le navire qui allait de l'avant, toujours de l'avant, cognant la houle, tandis que dans le sillage s'éloignaient les adieux inachevés. « Je voulais retourner, expliquer… expliquer quoi ? J'étais sorti du sous-bois, j'avais parlé au juif… Tous les matins, je retournais sur le pont, j'essuyais les embruns de mes cils. Reb Halberstamm me ramenait dans la cabine, devant le livre ouvert. C'est pour ça que j'étais prêt pour ma bar-mitsva. Et quand le navire est entré dans le port de New York et que tous les passagers sur le pont se tournaient vers la statue de la Liberté, nous sommes revenus dans la cabine pour répéter ma haphtorah. Quand nous avons débarqué, Reb Halberstamm a dit qu'il ne fallait regarder ni à droite ni à gauche : « Qu'y avait-il à voir dans la treifenah medinah, dans le monde non kasher de la modernité ? » J'ai regardé quand même… » Josef s'est tu.

Il n'a pas raconté à Mila que, pendant le trajet du débarcadère jusqu'au Williamsburg hassidique, son cœur avait bondi quand la voiture était passée devant une croix au coin d'une rue, qu'il avait touché dans sa poche la carte postale qu'il enverrait à Florina dès qu'il aurait labouré les champs de l'Amérique et pourrait la faire venir.

Quand Josef s'est remis à parler, il a dit : « À Williamsburg, Reb Halberstamm m'a conduit dans un couloir, près de portes entrouvertes derrière lesquelles des garçons chantonnaient des paroles dont je me souvenais presque, *Et Dieu dit à Moïse*... Des garçons juifs remuaient sur leur chaise et levaient la main pour répondre à la question du maître, ils n'avaient pas peur d'être le premier de la classe. Pendant les offices, des hommes me pinçaient les joues. « Belle ascendance, Josef, fils de Yekutiel fils de Mendel-Wolf. » Les hommes semblaient savoir qui j'étais, ils semblaient penser que c'était une bonne chose d'être Josef Lichtenstein, fils de Yekutiel fils de Mendel-Wolf petit-neveu du Rebbe Elimeleh...

« Je n'avais pas l'habitude d'être entouré de tant de garçons, de garçons vêtus comme des juifs... J'avais du mal à garder ma kippa, à rester enfermé toute la journée. Je faisais de longues marches. Les vergers me manquaient, les oies, l'odeur de la terre labourée me manquait... et aussi...

— Florina ? Florina te manquait ? »

Il y a eu un long silence avant que Josef ne se remette à parler. « Puis, un jour, je marchais sur Lee Avenue et j'ai compris que c'était moi, le garçon juif qui me suivait dans les vitrines, c'était moi le garçon juif qui mimait tous mes mouvements. Ce jour-là, à l'office, ma voix s'est jointe à celles des hommes et moi aussi j'ai prié pour que mes morts se relèvent, qu'ils se relèvent intacts. J'ai prié aussi pour que les morts de Mila Heller se relèvent.

— Tu pensais déjà à moi ? »

Au cours d'une autre nuit de séparation, Mila a demandé : « Pourquoi n'écris-tu pas à Florina ?

— Je suis perdu pour elle.

— Elle aimerait quand même avoir de tes nouvelles.

— Elle aimerait avoir des nouvelles d'Anghel, pas de Josef.

— Mais elle comprend que tu devais retourner parmi les tiens. »

Josef n'a pas répondu. Il voyait Florina, dans la brume au-dessus de la rivière Nadăş, il la voyait tendre la main vers le garçon aux yeux couleur d'ortie, il voyait sa main retomber, vide.

Le lendemain, Mila a préparé le premier colis pour Florina : des fruits en conserve, du sucre, un tablier infroissable, un pull en laine. Elle pliait un tissu de soie à fleurs quand Josef a demandé : « C'est pour quoi faire ?

— Une jolie robe, a dit Mila.

— Mais Florina ne porte que du noir.

— Même aujourd'hui, tu crois qu'elle ne porte que du noir ? »

Josef a soupiré.

Sans hésiter, Mila a rangé l'étoffe de soie dans le colis.

À la poste, tout en faisant la queue devant le guichet pour envoyer le colis en Roumanie, Mila a inscrit sur une carte postale son nom et son adresse à Williamsburg. Comme elle ne connaissait pas l'adresse d'Atara, une fois rentrée, elle a glissé la carte entre deux pages de son Livre des Jours.

*

Le jour de la Fête de la Loi, Simhath Torah, Mila et Josef se sont rendus dans la synagogue principale. Mila était toujours enchantée par ce monde où chacun était habillé comme Josef et elle, les femmes avec le foulard blanc, les hommes avec le shtreimel. Des gens qu'elle n'avait jamais rencontrés l'accueillaient comme s'ils se retrouvaient après une longue séparation ; certains avaient connu ses parents, d'autres se souvenaient d'elle toute petite, et les jeunes mariés avançaient avec un sens accru de leur mission – eux aussi relèveraient en Israël le nom de leurs parents et de leurs frères et sœurs assassinés.

Devant la synagogue, Josef a indiqué une porte latérale. « L'entrée des femmes est par là. Ne sois pas timide. Fraye-toi un chemin jusqu'au premier rang sinon tu ne verras rien. »

Une vague de foulards blancs avançait dans l'escalier, qui la porterait dans la galerie des femmes, espérait Mila, mais ne faisait que la rejeter en arrière. Une voisine a reconnu la jeune mariée de Paris et l'a prise par le coude. Ensemble, elles ont gravi les marches et se sont propulsées jusqu'au premier rang de la galerie.

Contrairement à la galerie de la synagogue à Paris, où un écran ajouré de rosettes de bronze permettait aux hommes de la nef, en tournant la tête, de faire des signes à leur épouse, dans la synagogue de Williamsburg, la galerie des femmes se trouvait derrière un haut treillis serré de lattes de bois. Mila a collé un œil sur une petite ouverture en forme de losange. La première ronde avait commencé. Les hommes tapaient du pied en rythme. Elle a cherché Josef du regard sans le trouver au milieu de cette foule d'hommes habillés comme lui, d'un caftan noir chatoyant, et coiffés d'un chapeau en zibeline.

Au centre du cercle, vêtu d'un caftan blanc, le Rebbe dodelinait de droite à gauche, un petit rouleau de la Torah dans les bras. Son châle de prière lui couvrait la tête et le visage. Puis le Rebbe a fait quelques pas rapides comme porté par le chant des hommes ; les hommes se sont reculés comme un champ de roseaux. « *Aye mamale mamale aye* », a crié le Rebbe. « *Ayeyaiyaiyai* ! » ont répondu ses hassidim.

Mila regardait les hommes danser et elle croyait danser ; elle les écoutait chanter et elle croyait chanter, et quand le Rebbe a sauté, le rouleau serré sur la poitrine, un frisson a parcouru Mila.

Le Rebbe a soulevé le rouleau de la Torah ; les deux lions brodés sur la gaine du rouleau, dressés sur les pattes arrière, avançaient, reculaient en tournant autour du cercle, présentant fièrement la couronne de Juda.

Le Rebbe balançait la tête d'un côté et de l'autre, et son châle de prière a glissé sur ses épaules.

Le visage du Rebbe découvert, Mila l'a reconnu immédiatement : c'était bien lui, l'homme au grand front, aux boucles épaisses sur les tempes, aux orbites profonds ; l'homme qui n'avait pas levé les yeux de son livre pendant que la mère de Mila courait vers lui – l'homme du wagon aux portes ouvertes.

Derrière elle, les femmes jouaient des coudes pour entrevoir la danse et cherchaient à l'écarter du treillis. Les mains de Mila ont agrippé les lattes. Sa voisine lui a dit à l'oreille : « Regarde comme la lumière émane de son visage. »

Le Rebbe a couru sur quelques mètres, s'éloignant, puis il s'est retourné et Mila a pensé qu'il courait vers elle, dansait devant elle en chantant « *Aye mamale aye...* » Puis le Rebbe a fait demi-tour, se pliant d'un côté, de l'autre, comme une flamme, et, dans cette flamme, Mila a vu le train disparaître, et elle tendait les bras d'un côté, de l'autre, vers sa mère et son père, elle tendait les bras...

Mama ? Elle a levé la main vers une ombre au plafond ; son autre main, articulations blanchies par la crispation, agrippait les lattes. Ses genoux se sont dérobés et elle a perdu l'équilibre. Dans le silence qui se faisait dans la synagogue pour entendre le Rebbe chanter, Mila a appelé à haute voix : « Mama ? Rebbe ? » et elle s'est effondrée.

Josef a entendu l'appel ; il a entendu l'agitation dans la galerie.

« Tout va bien, elle revient à elle », a dit quelqu'un alors qu'il tirait précipitamment la porte qui donnait sur l'escalier de la galerie.

Mila est apparue en haut des marches, soutenue par deux femmes.

Josef l'a aidée à sortir de la synagogue.

La danse a repris dans le hall principal, mais, dans la galerie, les femmes s'interrogeaient au sujet de la jeune mariée parisienne : une femme qui élevait la voix en public, en présence du Rebbe ? D'une santé fragile, à Dieu ne plaise…

Une fois Mila bordée sous l'édredon, Josef a demandé ce qui s'était passé.

« Bien sûr que c'était lui, a dit Mila, c'est pour ça que nous nous sommes rendus dans la grande synagogue, pour voir le Rebbe danser.

— Tu l'avais déjà vu, le Rebbe ?

— Mon père m'a portée pendant tout un sermon pour que je voie le visage du Rebbe. Comment oublier son regard enflammé quand il menaçait, suppliait, quand il prévenait contre le sionisme ? Et je l'ai vu une autre fois… Josef, que disent les gens d'ici, sur la manière dont le Rebbe a échappé à la déportation ?

— Un miracle. Il y a une grande fête tous les ans, le 21 du mois de Kislev, la date anniversaire de son arrivée en Suisse. Nous irons. Toute la communauté y va.

— Personne ne demande comment le Rebbe s'est retrouvé dans ce train pour *Prominenten* ?

— L'homme qui a négocié le train a fait un rêve : tu dois prendre avec toi le Rebbe de Szatmár ou ta mission échouera.

— Un rêve ? C'est comme ça que le Rebbe s'est retrouvé dans un train en route pour la Suisse ?

— Tout le monde à Williamsburg est au courant.

— Ah oui ? » Les mains de Mila tapotaient l'édredon. « Personne ne demande pourquoi ce train est arrivé en Suisse au lieu d'Auschwitz ? Ne t'en fais pas, Josef, je vais mieux. Je suis contente que le Rebbe ait échappé mais... tout est vrai, n'est-ce pas ? Ce qui m'est arrivé a vraiment eu lieu ? Les wagons aux portes ouvertes, ma mère qui court en criant "Rebbe !".

— N'y pense pas... ou si tu y penses, pense à nous, à notre avenir, à nos futurs enfants.

— Oui, c'est ce que je ferai. Et toi, retourne à la shoul. Il le faut. Les gens vont se poser des questions si tu manques une autre ronde... Josef ? Apporte-moi s'il te plaît mon T'nach. Ce soir, nous lisons le passage où Dieu dit que Moïse n'entrera pas en Terre promise, n'est-ce pas ? » De nouveau, ses mains tapotaient l'édredon. « Vas-y, va. Je vais mieux. »

Mila a ouvert son Livre des Écritures. Suivant la tradition de Simhath Torah, elle a lu la fin du Livre et le début :

> *Tu n'y entreras pas. Ainsi mourut Moïse... et les enfants d'Israël pleuraient Moïse... il ne s'est plus levé en Israël de prophète tel que lui... pour toutes les œuvres grandes et terribles qu'il fit à la vue de tout Israël.*

Au commencement Dieu créa les cieux et la terre. La terre était informe…

*

Dans son Livre des Jours, Mila a compté : *Sang : 1, 2… 5. Propre : 1, 2, 3… 7.*

Elle a drapé ses épaules de l'étole couleur argent et violet.

Quand le sang est revenu, elle voulait se blottir contre Josef pour qu'il la console, mais elle savait que ce désir était une manifestation de son mauvais penchant. Pourquoi autrement désirait-elle si fort ses bras justement les jours où il leur était interdit de se toucher ? Josef n'avait même pas le droit de souffler une plume de sa robe, *de peur que cela ne conduise à une transgression.*

Tous les mois, Mila se rendait au bain rituel, mais son ventre ne s'arrondissait pas. Ce n'était pas une bonne chose de ne pas être enceinte pour une jeune femme de Williamsburg.

Il n'y avait pas d'autre destinée, pour une jeune femme à Williamsburg, que d'être enceinte.

De la fenêtre de son appartement mal aéré, Mila observait les mères poussant des landaus, suivies d'une file d'enfants main dans la main, le plus jeune tenant le guidon du landau. Elle pouvait presque distinguer les doigts potelés serrer le tube de métal. *Le mois prochain, Seigneur, faites que ce soit moi.*

Jours de sang, jours propres, à chaque coin de rue, le ventre d'une voisine tendait l'étoffe de sa jupe – un hassid de plus, impatient de réparer la terrible destruction. *Le mois prochain, Seigneur, souvenez-vous de moi.*

Lorsque Mila s'approchait, les femmes baissaient la voix pour parler biberons et couches. Aux offices du sabbat, elles lui prenaient la main. « Je prie pour vous, madame Lichtenstein. » Les femmes plongeaient leur visage dans leur livre de prières en balançant le haut du corps. *Lui qui fait de la femme stérile une mère joyeuse...*

Au cours de leur troisième année de mariage, Mila a consulté ses voisines, qui ont recommandé un médecin à Manhattan.

« Le docteur dit que vingt et un ans, c'est encore jeune, a annoncé Mila à Josef dès son retour. Il ne voit rien d'anormal.

— Bien sûr qu'il n'y a rien d'anormal », a dit Josef.

Pendant les Grandes Fêtes de la nouvelle année, Mila priait avec une ferveur décuplée. *Tekiah !* appelait la corne de bélier ; *Teruah*, gémissait la trompette, et Mila suppliait : *Inscris notre enfant, ô Seigneur, dans le Livre de Vie.*

Josef, lui aussi, priait pour que des enfants leur soient donnés. Jamais il n'exprimait de déception, mais la nuit, il rêvait de Mila enceinte. Qu'elle était ravissante dans ces rêves, le ventre arrondi, le visage bien rempli. Il rêvait qu'elle chantait à l'enfant, *Yadi-dadidam !*

Ils avaient prévu que Josef étudierait jusqu'au moment où les enfants arriveraient, mais les enfants n'arrivaient toujours pas et Josef commençait à être un permanent dans la Maison d'étude. Seule dans le petit appartement, Mila contemplait le dos raide des tomes du Talmud. De temps en temps, elle en ouvrait un : des passages en araméen, qu'elle ne déchiffrait pas aussi bien que l'hébreu. Elle prenait la Bible rabbinique qui lui était plus familière, elle lisait comme on le lui avait appris dans la maison de Zalman et au séminaire, s'arrêtant après chaque mot, après chaque groupe de mots, pour lire les interprétations rabbiniques qui dévoilaient le sens du texte. Mais, sa mélancolie grandissant, Mila s'arrêtait de moins en moins fréquemment sur les caractères plus petits de la glose. De quelle exégèse Mila avait-elle besoin pour comprendre la supplication de Rachel : *Donne-moi un enfant ou je meurs* ?

Les murs étaient nus, comme ils l'étaient dans la plupart des foyers hassidiques, à l'exception d'un cerf avec ses bois près d'un point d'eau, brodé par Hannah. Une feuille de verre protégeait la table cirée, un cadeau de mariage des Halberstamm, en prévision de la venue des enfants.

La nuit tombait. Mila regardait par la fenêtre de la salle de séjour. Elle essayait de reconnaître le manteau de Josef au milieu des hommes qui traversaient la passerelle d'un pas pressé. À Paris, Josef se distinguait, ses vêtements exotiques, son chapeau noir sacerdotal ; elle avait vu qu'il était beau, l'homme qui venait du pays de son enfance déchirée, mais au milieu des dizaines de silhouettes noires qui se hâtaient sur la passerelle, elle ne pouvait le discerner. Elle reprenait sa broderie de la Tombe de Rachel, qui avait tant supplié pour avoir un enfant et à qui il en avait été accordé deux – *Mère Rachel, montre-moi les herbes qui guérissent.*

*

« Le docteur dit que vingt-deux ans, c'est encore jeune. Il n'y a rien d'anormal.

— Bien sûr que c'est jeune, vingt-deux ans », a dit Josef.

*

Tous les deux ans, Mila et Josef allaient passer Pâque à Paris chez les Stern. Comme si son ancien foyer pouvait restaurer sa promesse d'alors, Mila était enchantée comme une enfant quand le taxi longeait les Tuileries, les haies d'ifs, les ormes toujours en fleurs à cette saison. Le taxi a fini par tourner le coin de la rue à la plaque familière, lettres blanches sur fond bleu marine : RUE DE SÉVIGNÉ. La main de Mila s'est attardée sur l'arrondi de la rampe qui, autrefois, freinait sa vitesse, quand elle la descendait la poitrine collée sur le noyer qui sentait la cire. Elle a grimpé les trois étages. La mezuzah patinée sur le chambranle de la porte, le seuil, puis les bras d'Hannah. Après la joie des retrouvailles, après le thé et les gâteaux, Mila a demandé : « Je peux ? Maintenant ? »

Hannah a souri. « Va, mon enfant, va. »

La lourde porte cochère s'est ouverte. Mila a exploré la rue du regard. Moulures en pierre de taille, balcons en fer forgé, volets en bois à la peinture écaillée, tout paraissait précieux après la morne fonctionnalité de Williamsburg. Elle a tendu le bras pour sentir la caresse familière du mur. Une note s'est échappée de la boutique d'un luthier. Des bribes de conversation lui parvenaient ; elle tendait l'oreille aux liaisons tant aimées, aux voyelles adoucies par les *l* et les *z*, et les *t* veloutés, les cadences régulières qui rythment la vie de ceux qui n'ont pas à partir.

Dans le jardin du Luxembourg, elle a suivi l'allée de marronniers jusqu'à l'aire de jeux de son enfance, jusqu'aux recoins ombragés de son adolescence. À chaque tournant, elle s'attendait presque à voir surgir Atara. *Meilleures amies, sœurs pour la vie.*

Quand Hannah et Zalman avaient trouvé le mot d'Atara, Zalman avait engagé des détectives pour la retrouver et la ramener à la maison, mais ils avaient échoué. Mila avait été le témoin de l'inquiétude, puis du désespoir de Zalman et d'Hannah. Elle avait vu les plus jeunes frères et sœurs face à leurs parents désemparés. Quand Zalman avait décrété que le nom d'Atara ne serait plus prononcé dans la maison, Mila n'avait pas protesté. Mais en dépit de la déclaration de Zalman, lors de chacune de ses visites à Pâque, Hannah murmurait à l'oreille de Mila : « Tu as appris quelque chose ? »

Mila pensait aux cartes postales d'Atara à Hannah. Toujours les mêmes trois mots : *Je vais bien.* Une fois : *Ma chère Maman, je t'en prie, ne t'inquiète pas pour moi.*

Mila comprenait pourquoi Atara n'essayait pas de la joindre – comment Mila pourrait-elle regarder Hannah et Zalman en face si elle était un instrument de l'évasion de leur fille ?

Mila s'est arrêtée devant la fontaine de Médicis. Sous les grands platanes non élagués qui se reflétaient dans le bassin sombre, elle a jeté un coup d'œil vers les représentations interdites du corps humain, l'enchevêtrement voluptueux des membres en marbre, vers la nymphe s'abandonnant sur les genoux de son amant, et elle a détourné les yeux. Elle a pris la sortie face à la rue Servandoni, a fait un détour en passant par la place Saint-Sulpice et la rue de Seine, jusqu'au pont des Arts.

Elle s'est penchée sur le parapet du pont. Le ciel serpentait dans le fleuve qui, contrairement à elle, pouvait voyager loin, tout en s'attardant langoureusement à Paris. Des rubans de fenêtres et de toits mansardés encadraient les quais ; ici des flèches, là des coupoles ; elle voulait cambrer son corps sur les dômes, le courber sur les ponts et enlacer les balustres bombés. Les cloches sonnaient le quart, puis la demi-heure.

Quand son ombre s'est étirée, elle est rentrée. Elle s'est lancée dans le nettoyage frénétique de Pâque, traquant la moindre miette de pain levé. L'effervescence de la famille qui ne cessait de s'agrandir décuplait les efforts de Mila. Elle pouponnait le dernier-né d'Hannah, le changeait, babillait avec lui.

Pâque a fini par arriver et le récurage a pris fin.

Pendant le *seder*, Mila aimait la reconstitution de la sortie d'Égypte de Zalman. Il arpentait la salle à manger, voûté, un sac de pain non levé sur l'épaule. « C'est ainsi que nos ancêtres ont fui le pays où nous étions esclaves… » Elle aimait que Zalman la sollicite encore pour accueillir le prophète Élie. Dans l'entrée plongée dans l'obscurité, elle retenait son souffle à l'instant où elle ouvrait la porte.

« Béni soit celui qui vient ! » clamait Zalman depuis la salle à manger.

Elle essayait d'apercevoir la silhouette du prophète dans la cage d'escalier obscure et vide.

Le matin, elle allait à la synagogue ; l'après-midi, elle accompagnait les enfants au jardin du Luxembourg. Dans l'étourdissement du printemps, du ciel éclatant et des vasques en fleurs, elle poussait le landau et surveillait les petits. Le cri ou le babillage d'un bébé lui rappelait son appartement vide à Williamsburg, ses fenêtres et la plaque en verre sur la table qu'aucune trace de doigts d'enfants ne salissait. Elle frappait son ventre du plat de la main : *Pourquoi pas moi ?*

Les enfants la suivaient en silence sur le chemin de la maison.

*

Chaque retour à Williamsburg était un peu plus difficile. La quatrième année de son mariage, en descendant du taxi, Mila ne s'émerveillait plus des panneaux en yiddish et en hébreu, mais elle se demandait comment elle n'avait pas remarqué, dès son arrivée, les poubelles devant chaque entrée, les ordures répandues sur les trottoirs. Elle souhaitait presque ne pas avoir fait le voyage en France, tant la nostalgie lui succédait. Des voitures klaxonnaient sur la chaussée en contrebas, et Mila se languissait des cloches qui égrenaient le temps dans la mélancolie ou dans la joie, elle se languissait de Paris déserté au mois d'août, et de septembre avec son bruissement de feuilles mortes qui annonçait des commencements…

Et, chaque mois, le retour du sang et du désespoir.

Son reflet dans le miroir l'irritait ; sa beauté l'exaspérait. Des seins sans lait ! Des bras sans enfants ! Des suppliques franchissaient ses lèvres, aux femmes stériles d'Israël : « *Mère Sarah, Mère Rivka, comme j'ai soif du souffle de mon bébé !* »

La cinquième année de leur mariage, Mila a annoncé à Josef que le médecin insistait pour obtenir un échantillon de son sperme avant de prescrire des médicaments pour la fertilité.

« Mais c'est un péché grave, a répliqué Josef. La Torah l'interdit.

— Même pour des raisons médicales ? Le médecin dit que certains de ses patients orthodoxes ont fait ces analyses.

— Notre Rebbe ne le permettrait pas.

— Même pour des couples qui ne peuvent pas avoir d'enfants ?

— Mila, comment un médecin pourrait-il nous venir en aide si le problème vient de moi ?

— Mais si le problème ne vient pas de toi, le médecin pourra alors traiter ma stérilité.

— La Torah elle-même l'interdit, pas seulement la loi rabbinique. Pas un rabbin qui vit dans la crainte de Dieu ne le permettra. » Il a hésité. « De nombreuses femmes ont été aidées par la bénédiction du Rebbe.

— Demande-la-lui, toi. Je n'irai pas voir le Rebbe. »

*

Elle feuilletait un magazine dans la salle d'attente du médecin quand le nom de *Kasztner* a surgi de la page. Son pouls s'est accéléré. Un livre venait d'être publié sur le train de *Prominenten* de Kasztner. Le magazine sur les genoux de Mila a glissé et est tombé par terre – Josef avait raison, mieux valait ne pas penser à cette époque. Elle s'est levée et a demandé à la réception combien de temps elle devrait encore patienter. L'attente se prolongeant, elle a tendu la main vers le magazine. Elle a lu le compte-rendu et fourré le magazine sous une pile de *Femmes enceintes.*

Elle avait le cœur lourd quand elle est sortie du cabinet médical. Elle a dépassé la bouche de métro et continué à marcher. Elle s'est arrêtée devant la bibliothèque de la 42e Rue.

Le visage empourpré, elle a gravi le grand escalier. La sérénité qui régnait dans la longue salle de lecture l'a troublée. Comment un endroit où hommes et femmes se côtoyaient, comment un repaire d'hérésie pouvait-il présenter un aspect aussi tranquille ?

La bibliothécaire lui a indiqué où trouver un atlas historique d'Europe centrale. Mila a suivi du doigt la frontière qui divisait la Transylvanie pendant la Deuxième Guerre mondiale ; elle a suivi du doigt la ligne bleue parallèle de la rivière Nadăş, qu'elle avait traversée sur les épaules de son père ; elle a suivi la ligne noire de la voie ferrée qui, près de Kolozsvár, touchait presque la frontière pendant la guerre. Au nord : la Hongrie ; au sud : la Roumanie. Et là, en lettres minuscules dans une boucle de la rivière, *Deseu,* où Anghel avait vécu avec Florina. En effet, un train allant de Kolozsvár à Budapest aurait pu passer – serait passé – devant la cabane où ses parents et elle s'étaient cachés.

À compter de ce jour, Mila est retournée à la bibliothèque de la 42e Rue chaque fois qu'elle avait un rendez-vous chez le médecin. On avait dit à Mila que l'insistance d'Atara pour savoir ce qui s'était passé était un passe-temps facile, une façon de se distraire avec des sujets futiles au lieu de s'intéresser aux enseignements sérieux de la Loi, mais, à présent,

Mila comprenait que l'urgence qui la poussait à retourner à la bibliothèque, Atara l'avait ressentie dès son plus jeune âge.

En regardant l'employée s'emparer des livres sur un chariot et les ranger sur les rayons, Mila imaginait Atara travaillant dans un endroit identique, imaginait qu'elle apparaîtrait un jour à la place de la bibliothécaire. Mila a trouvé le courage de demander à la femme du guichet des prêts si elle connaissait quelqu'un du nom d'Atara Stern, qui aimait tout particulièrement les bibliothèques. La femme a expliqué poliment que des milliers d'usagers fréquentaient la Bibliothèque publique de New York.

Dans la salle de lecture, la lumière se déplaçait sur les hautes fenêtres. Mila est tombée sur un article d'un professeur de la City University, sur la Cinquième Avenue. L'adresse était près de la bibliothèque. Elle a descendu l'avenue et a trouvé le professeur dans un petit bureau, derrière une porte vitrée. Oui, le train de Kasztner était un sujet qui l'intéressait particulièrement, parce qu'il était historien et parce qu'il devait la vie à Kasztner : sa mère était enceinte de lui quand elle avait fui dans le train de Kasztner et avait ainsi été sauvée. Oui, il était au courant des circonstances qui avaient abouti à ce que le Rebbe de Szatmár trouve une place dans le train, il avait des documents, des témoignages…

Un jeudi soir, Josef épluchait des carottes pour la soupe du sabbat lorsque Mila a dit : « À propos du rêve dont tu m'as parlé, de la mère de Kasztner, ou de la mère de son assistant apparaissant dans un rêve et le pressant, Kasztner ou son aide, de secourir le Rebbe de Szatmár – est-ce ainsi que le Rebbe explique sa survie ?

— Je crois que c'est le Rebbe qui a raconté l'histoire du rêve, mais moi je ne l'ai jamais entendue.

— Il y a des gens qui sont furieux contre le Rebbe. Ils disent que lui et d'autres dirigeants de la communauté qui ont fui dans ce train se sont comportés de façon honteuse. Ils disent que les dirigeants étaient au courant pour les camps, savaient que le train de Kasztner ne pourrait partir que si les autres juifs ne résistaient pas à la déportation. C'est pour ça que le convoi de Kasztner a quitté Kolozsvár après que les autres juifs ont été déportés : pour s'assurer que les *Prominenten* ne les avertiraient pas. “C'était une bonne affaire”, a dit Eichmann au cours de son procès.

— Mais de quoi parles-tu ?

— Kolozsvár n'était qu'à quatre kilomètres de la frontière et on ne tuait plus les juifs en Roumanie au printemps 1944. Si les juifs de Kolozsvár avaient su pour les camps d'extermination, ils auraient fui. Il y avait vingt mille juifs et seulement quelques gardes armés. Certains auraient été tués en prenant la fuite, mais la plupart auraient survécu.

— Qu'est-ce que tu veux dire par “s'ils avaient su pour les camps” ? Personne ne savait.

— Les dirigeants avaient été prévenus. Notre Rebbe, certainement, en savait assez pour fuir avec l'aide d'un sioniste, alors que lui-même avait banni de la congrégation quiconque frayait avec les sionistes.

— Le Rebbe n'a jamais demandé l'aide d'un sioniste. Il n'a jamais demandé à monter dans ce train.

— Il a supplié. "*Nem mir, Ich bin der Rebbe auf Szatmár.*" (Prends-moi, je suis le Rebbe de Szatmár.)

— *Nem mir* ? a dit Josef en riant. Notre Rebbe a demandé à participer à une opération négociée par un sioniste ?

— *Supplié.* Josef, notre Rebbe n'aurait jamais transgressé le sabbat s'il n'avait pas su que c'était une question de vie ou de mort. Il savait, Josef, il savait pour les camps d'extermination...

— Notre Rebbe a transgressé le sabbat ?

— Atara me l'avait déjà dit, il y a des années. Elle l'avait lu dans les journaux. Il y a eu un procès... Je ne voulais pas y penser... Je suis allée à la bibliothèque.

— Tu es entrée dans une bibliothèque ?

— Il fallait que je sache, Josef. Et si le Rebbe connaissait le sort de ceux qui restaient à l'arrière ? S'il avait fait ce qu'il accuse les sionistes de faire, s'il avait omis de prévenir sa communauté...

— Mila ! Où as-tu entendu des choses pareilles ?

— Je n'en veux pas au Rebbe d'avoir survécu ; je lui en veux parce que, lorsqu'il a été question de sa vie, il s'est autorisé un compromis, mais lorsqu'il est question de notre vie, nous ne pouvons même pas faire les analyses préalables à un traitement de fertilité.

— Tu parles des analyses ? Mila, je te l'ai dit, il ne s'agit pas seulement du Rebbe. Aucun rabbin qui vit dans la crainte de Dieu ne permettrait ce qui est expressément interdit dans la Torah. »

La voisine de Mila a recommandé un médecin qui accepterait de la traiter sans exiger, au préalable, des analyses de sperme ; un médecin qui prescrirait des médicaments pour réguler le rythme des ovulations de Mila, qui n'était pas irrégulier, et des hormones qui stimuleraient ses ovaires, qui ovulaient normalement. Les médicaments, les courbes de température, le compte des jours de sang et des jours propres, les inspections intimes, tout se confondait dans un lancinant échec à concevoir. Mila remarquait à peine Josef cherchant à se rapprocher d'elle, sa tendresse, son étreinte.

Propre : 1, 2, 3, 4, 5, 6, 7.

Sang.

De nouveau, elle se recroquevillait sur le lit.

Josef aurait tant voulu la prendre dans ses bras. Rien d'anormal chez elle, disaient les médecins. La honte envahissait Josef quand il voyait les chevilles enflées de Mila, ses nausées, son désespoir. Si c'était lui qui était stérile, alors elle prenait les médicaments pour rien – les médicaments qui altéraient tant son humeur. Il ne l'avait jamais méritée, sa tendresse, sa beauté qui, elle aussi, maintenant suppliait d'être sauvée. Il désirait son rire, cela faisait si longtemps qu'elle ne l'avait pas entraîné dans sa danse – *Yadidadidam !*

*

Mila savait qu'au bout de dix ans d'un mariage stérile un juif orthodoxe ne pouvait plus s'abstenir d'observer le commandement, *Soyez fécond et multipliez-vous.* Un soir, elle a dit : « Voilà presque dix ans que nous sommes mariés. Quelqu'un a-t-il suggéré… que tu divorces ?

— Divorce !

— C'est un commandement pour un homme d'avoir des enfants. »

Il a caressé le visage de Mila, embrassé ses paupières. « Ça fait trop longtemps que tu prends ces médicaments. Tu ne penses pas que…

— Je n'arrêterai pas le traitement pour la fertilité. »

Josef a ouvert un volume du Talmud, cherché une clause qui permettrait de procéder à des analyses du sperme, et une fois de plus il a échoué :

Si sa main touche son pénis, que sa main soit coupée sur son ventre.
Son ventre ne serait-il pas ouvert ? Il est préférable que son ventre soit ouvert…
Si une épine est plantée dans son ventre, ne devrait-elle pas être retirée ? Non.
… Mais tout cela, pourquoi ?
Émettre sa semence en vain équivaut à un meurtre.

*

Le jour du dixième anniversaire de leur mariage, Mila copiait pour la première fois les versets qui pesaient si lourdement sur leur union, le passage de la Genèse sur la condamnation à mort d'Onan, pour avoir répandu sa semence sur le sol. Son écriture commençait régulière, s'appliquant à une transcription fidèle, mais alors qu'elle recopiait les mêmes versets, son écriture s'est mise à trembler quand elle a compris que cette histoire n'était pas tant celle d'Onan – Onan meurt dès qu'il est mentionné – que l'histoire de Tamar. La loi et la coutume exigeaient de la veuve d'Onan, Tamar, qu'elle épouse le frère d'Onan, mais son beau-père, Juda, avait renié sa promesse de sceller cette union. Face à la perspective de ne pas avoir d'enfants, Tamar avait pris les choses en main.

Une fois de plus, Mila copiait les versets dans son Livre des Jours :

> *Et il fut annoncé à Tamar : « Voici, ton beau-père monte à Timna pour tondre ses brebis »… et Tamar quitta ses vêtements de veuve… et s'assit à l'entrée d'Enayim, qui est sur le chemin de Timna… et Juda l'aperçut et la prit pour une femme vénale… et il dit : « Je te prie, laisse-moi venir vers toi… » Et il vint vers elle, et elle conçut.*

Au cours d'un autre soir de séparation – Josef était penché sur un volume du Talmud sur la table débarrassée, Mila lisait la Bible rabbinique dans le fauteuil près de la fenêtre –, elle a demandé : « Que veut dire

“Tamar était assise à Enayim” ? Y avait-il vraiment un endroit qui s’appelait “Les Yeux” ?

— Ah, tu lis l’histoire d’Onan, toi aussi.

— De Tamar. Le verset dit : “Tamar était assise *bepetach Enayim.*”

— Un commentateur propose : “Tamar était assise près de la porte des Deux Fontaines.” Bien sûr, comme *enayim* signifie aussi yeux, et *petach* signifie aussi ouverture, il n’est pas incorrect de lire : Tamar était assise devant ou près de l’“Ouverture des Yeux”. Le Targoum Jonathan dit : “Elle était assise près d’une division des chemins où tous les yeux regardent, près d’un croisement qui exige que tous les yeux soient ouverts et considèrent quelle voie prendre.”

— Et le roi David descend de Tamar ?

— Oui, et le messie descendra d’elle aussi. Avant que Juda ne connaisse Tamar, il lui donna en gage son sceau. Le Midrash dit que ce sceau était gravé d’un lion pour signifier que de cette union naîtrait la lignée royale d’Israël, le lion de Judée. »

Mila est revenue à un commentaire et l’a noté dans son carnet :

Pour qu’une mission sainte réussisse, il est parfois nécessaire de tromper Satan en lui faisant croire qu’un acte saint est comme lui-même : satanique. Il est parfois nécessaire de masquer par une impiété un acte saint. C’est ce qu’ont fait Rebecca, Jacob, Juda, Tamar… Rebecca et Jacob ont trompé Isaac. Jacob a épousé deux sœurs. Tamar a partagé la couche de son beau-père, et cependant Tamar est à l’origine de la lignée du roi David dont il est dit :

VOICI, DAVID ÉTAIT BEAU À REGARDER,

DE TOUS LES HUMAINS, DAVID ÉTAIT LE FAVORI DU SEIGNEUR.

Au-dessous, Mila a écrit et encerclé deux mots : *Nem mir* (Prends-moi).

Par ces deux mots, Mila a introduit le train impie dans l'histoire et à compter de ce jour, tout se reliait dans son esprit en une seule et même histoire : Tamar, Juda, le Rebbe, chacun voilant un acte saint sous le manteau satanique.

La gématria, la numérologie, qui avait tant enchanté Mila au séminaire, débordait des marges des Écritures sur son Livre des Jours, à mesure qu'elle tentait ses propres calculs et ses interprétations.

ותהר, *vetahar* (et elle conçut), dont la somme donnait 611 → 6 + 1 + 1 = 8.

Huit enfants ?

עינים, *enayim*, dont la somme donnait 740, soit 7 + 4 + 0 = 11 → 1 + 1 = 2.

Deux enfants ? Si elle ouvrait les yeux et voyait ce que le Seigneur voulait qu'elle voie, elle aurait deux enfants ? Deux, ce n'était pas autant que les autres femmes de Williamsburg, mais comme elle serait reconnaissante.

Peut-être devait-elle additionner *bepetach Enayim* ? Ou, mieux, *petach* seulement puisque *be* était une simple préposition ? *Petach* dont la somme donnait 488 → 4 + 8 + 8 = 20 → 2 + 0 = 2.

Si elle s'asseyait près de la Porte d'Enayim, elle aurait deux enfants ? Non, ils resteraient deux, tous les deux, seuls…

Pendant les longues heures dans l'appartement vide, au milieu du compte des jours de sang et des jours propres, Mila additionnait et additionnait encore. Les lettres donnaient 8, 4, 2…

Désespérément, Mila sondait le texte sacré ; les versets de la Genèse n'étaient plus l'Écriture ou la Loi, mais une histoire, l'histoire dont elle avait besoin pour vivre – son histoire. Le jour, elle puisait dans les mots pour donner vie à son ventre ; la nuit, elle agrippait la main de Tamar pour qu'elle ne la lâche pas, même pendant son sommeil.

1968

Paris

Mila et Josef sont allés à Paris fêter Pâque avec les Stern. Au cours du voyage, Mila a feuilleté les magazines que les hôtesses de l'air distribuaient : des photos de Martin Luther King assassiné, d'une guerre au Vietnam, d'émeutes à Paris, des photos de femmes défilant dans les rues, pour prendre les choses en main… comme Tamar.

Enayim → 2. Petach → 2.

Et Paris ?

פאריז (Paris) → 298 → 2 + 9 + 8 = 19 → 1 + 9 = 10 → 1 + 0 = 1.

Un enfant ? Si elle s'asseyait près d'Enayim à Paris, si elle ouvrait les yeux, elle aurait peut-être un enfant ?

Les policiers en tenue anti-émeute ont arrêté le taxi près du centre de la ville. Mila a expliqué que sa famille vivait dans le Marais, derrière la rue Saint-Antoine. La police leur a fait signe de passer. La voiture a avancé lentement entre les cars indigo aux vitres teintées. Des affiches aux couleurs vives, sur fond rouge et noir, étaient collées sur toutes les façades, sur les poteaux des feux tricolores, sur les abris-bus, et les slogans du printemps 1968 trouveraient sous peu leur place dans le cahier de Mila :

LE DROIT DE VIVRE NE SE MENDIE PAS, IL SE PREND
ON NE MATRAQUE PAS L'IMAGINATION

Avec dans la marge, sur la même page :

VOICI, DAVID ÉTAIT BEAU À REGARDER,
DE TOUS LES HUMAINS, DAVID ÉTAIT LE FAVORI DU SEIGNEUR.

Le taxi a tourné, RUE DE SÉVIGNÉ. Mila a grimpé les marches des trois étages, et s'est jetée dans les bras de Hannah. Après le thé et les gâteaux, Mila a demandé : « Je peux ? Maintenant ? » Mais Hannah n'a pas répondu comme d'habitude : « Va, mon enfant, va. » Elle a expliqué : « Les rues ne sont pas sûres, les Gentils manifestent les uns contre les autres. Tu ne dois pas sortir. »

Mila est allée sur le balcon. Un drapeau noir claquait sur un toit. Plus loin, deux drapeaux rouges. Des sirènes hurlaient de tous côtés. Josef a rejoint Mila. Il voulait profiter de ce moment seul à seul pour lui dire qu'il avait décidé de consulter un rabbin à Paris, un rabbin plus indulgent que le Rebbe, qui autoriserait peut-être les analyses de sperme.

Mila regardait fixement une affiche sur la façade opposée.

« *Nous sommes tous des juifs allemands*, a-t-elle lu à voix haute.

— Qu'est-ce que ça veut dire ? a demandé Josef.

— Peut-être… qu'ils veulent corriger le passé. Regarde cette affiche, là-bas, c'est le même visage. Elle dit : *Libérez Cohn-Bendit*. Qu'est-ce que ça peut vouloir dire ? Ils veulent peut-être réparer le monde ?

— Josef, tu as vu cette *baraita* ? a appelé Zalman depuis son bureau. Le Yismach Moshe dit… »

Mila et Josef sont revenus dans l'appartement. Josef n'a pas pu confier à Mila ses dernières réflexions concernant les analyses. Mila a soulevé le plus jeune de Hannah, humé l'odeur de bébé, et prise d'une impulsion soudaine, elle l'a reposé et a ouvert la porte d'entrée, l'a refermée derrière elle et a dévalé l'escalier.

La manifestation était bloquée sur la rive gauche. Les ponts étaient barrés, le pont Louis-Philippe et le pont Marie, mais Mila avait besoin de voir, de se rapprocher de cette agitation qui faisait écho à son propre trouble. Elle a couru en direction du sud, vers le pont Sully, puis en direction du nord, vers le boulevard Saint-Michel. Un policier l'a arrêtée.

« Ma p'tite dame, il faut rentrer chez vous ! »

Avec son tailleur rose gansé de gris perle, son chapeau tambourin gris perle, cette femme n'était pas à sa place au Quartier latin un jour comme aujourd'hui, un jour d'émeutes.

Mila s'est dressée sur la pointe des pieds pour voir au-delà de l'épaule du policier, pour mieux entendre les clameurs des étudiants.

La matraque s'est mise à osciller.

« Mila ! »

Elle s'est retournée.

Josef, hors d'haleine, avait remarqué son absence et avait couru derrière elle. Les lèvres de Josef remuaient, mais les sirènes et les slogans couvraient sa voix. Elle pensait qu'il devait dire : *Mais nous sommes sacrés. Séparés. Nous, nous devons nous soucier des six cent treize commandements...*

Avec une rapidité qui l'a surprise et a pris de cours les policiers, Mila a fait demi-tour et plongé sous le cordon de police. Josef a tenté de la suivre, mais le bout de deux matraques poussait contre sa poitrine. « Mila ! » Josef a crié. Les matraques ont poussé plus fort.

Le chapeau tambourin émergeait et replongeait derrière les uniformes de drap épais, bleu marine, de la police.

« Mila ! Mila ! Mila ! »

Un roulis impétueux l'a emportée, projetée en avant. Des poings se dressaient dans l'air, de colère et d'exaltation. « C-R-S, S-S ! » scandaient les étudiants. Le bras de Mila s'est levé. Sa voix, qui ne devait pas être entendue en public, pas par un homme autre que son époux, a fusé – exquise dislocation des barrières, son timbre, son intonation se mélangeaient à ceux de la foule ; elle tanguait d'un poing levé à l'autre, sa voix interdite s'amplifiait, « C-R-S, S-S ! ».

Josef s'est écarté du cordon de police. Il s'est précipité dans une rue adjacente, puis une autre. Toutes les voies d'accès à la manifestation étaient bloquées. *S'il te plaît, Mila, c'est dangereux. Tu n'es pas bien. Je voulais te dire, j'y pense… aux analyses interdites…* Poussé dans la cohue, il s'est retrouvé sur un seuil ; la porte s'est ouverte et il a été projeté à l'intérieur. Hors d'haleine, désorienté, il s'est assis sur un banc. *Pas pour mon mérite, mais pour le leur, au nom d'Abraham Isaac Jacob, Seigneur, préserve de tout danger Blimela, fille de Rachel, protège son corps, veille sur son âme…*

Avait-elle pris la fuite parce qu'ils étaient dans la dixième année de leur mariage ? Craignait-elle qu'il l'abandonne ? Essayait-elle de mettre sa vie en danger ?

Lorsque Josef a relevé la tête, il a vu des bleus chatoyants qui étaient à la fois les plis du tailleur en taffetas bleu que Mila portait le jour où ils s'étaient retrouvés face à face dans la salle à manger rue de Sévigné, et les plis de l'habit de Marie… Mais il était dans une église ! Il s'est débattu comme s'il était pris dans le bouffant du vêtement de Marie, et sa main a cogné la pierre du bénitier qui était, dans le prisme de son angoisse et de ses deuils passés, le bénitier où Florina trempait deux doigts pour asperger son front d'eau bénite. *Vis Anghel, Mama veut que son Anghel vive…*

Les manifestants défilaient maintenant, trente de front, se tenant le bras, sous un alignement de drapeaux rouges et de drapeaux noirs. Un chant s'est élevé, porté par des milliers de voix : *Debout les damnés de la terre !* Mila ne connaissait pas les paroles de *L'Internationale*, mais elle a entendu l'appel à l'insurrection. Puis, comme les étudiants à côté d'elle, elle a entendu le grondement des brodequins sur le pavé. Elle a pris place dans la chaîne qui se formait pour faire passer les pavés vers l'avant d'où ils s'envolaient vers les boucliers et les casques. Un groupe a surgi d'une rue latérale. « *Libérez nos camarades !* » Mila a lancé son propre cri de ralliement : « *E-na-yim !* » Un adolescent qui agitait un drapeau noir a repris son cri : « *U-na-nimes ! U-na-nimes !* » Les yeux de Mila, sous l'effet de la fumée âcre, se sont emplis de larmes. Une bousculade l'a jetée à terre. Une matraque a voltigé – trop près, la couture de sa jupe a craqué, la perruque et le chapeau tambourin se sont soulevés et ont disparu… des bras l'agrippaient, la soulevaient, l'aidaient à se remettre debout… un escalier en colimaçon, une terrasse surplombant la fumée et les explosions…

« Du désinfectant ! Un bandage ! »

Un jeune homme a défait l'écharpe rouge qu'il avait autour du cou et s'est agenouillé aux pieds de Mila, dont le regard s'est fixé sur le fil écarlate de l'écharpe :

… Et lorsque vint le temps des couches de Tamar… elle avait deux jumeaux dans son ventre… l'un d'eux présenta la main et la sage-femme y attacha un fil écarlate…

Après avoir pansé l'entaille du talon de Mila, le jeune homme a passé la main sur le crâne rasé de Mila. « Comme la muse de Brancusi : lisse et totalement parfaite ; parfaitement belle.

Mila a compris que sa perruque avait disparu. Elle a rougi.

« Camarades ! a crié le jeune homme en tendant le bras vers elle.

— La révolution est belle », a murmuré quelqu'un.

Mila a levé les bras ; ses mains ont couvert son crâne glabre tandis qu'elle boitillait vers l'escalier.

« Non ! Ne sors pas ! » se sont écriés les étudiants.

La main du jeune homme sur son épaule la retenait. « Ces salauds, ils matraquent tous ceux qui leur tombent sous la main après une manif.

— Il le faut… il faut que j'y aille, a bredouillé Mila.

— Alors je t'accompagne.

— Non, a-t-elle répliqué brusquement, pensant au choc de Josef et de Zalman s'ils la voyaient en compagnie d'un sheigets. Reste avec les autres. Je peux rentrer seule. »

Le jeune homme a hésité.

« S'il te plaît ! » elle a supplié.

Il a reculé. « N'oublie pas, demain quinze heures devant la Sorbonne. Mets des talons plats, c'est plus facile pour courir. À demain ! » Il l'a embrassée sur les deux joues.

Elle a descendu l'escalier à cloche-pied, une main sur la rampe, l'autre là où les lèvres du jeune homme avaient effleuré sa peau. Elle est sortie dans la ruelle et s'est immobilisée en sentant l'air sur son crâne nu. Elle a défait l'écharpe rouge de son pied et l'a enroulée autour de sa tête. Elle boitait dans la rue quand elle a entendu les étudiants appeler depuis la terrasse : « Ton nom ! Xavier veut connaître ton nom ! »

Josef arpentait l'entrée mal éclairée. Il entendait les enfants crier du balcon : « Mila ! Josef ! » Il se demandait s'il allait devoir dire à Hannah qu'elle avait perdu une autre de ses filles quand la porte cochère s'est ouverte.

Mila se tenait là, un chiffon sur la tête, la jupe déchirée, sans chaussures. « Je ne suis pas blessée, a-t-elle dit. S'il te plaît, va vite chercher mon autre perruque. Dans la valise noire. Vite ! »

Josef a grimpé les marches, mais la porte s'est ouverte avant même qu'il ne sonne ; les enfants sur le balcon avaient vu Mila. Hannah descendait l'escalier. Elle tenait ses mains serrées, consternée, incrédule. « *HaShem yerachem* (Dieu de miséricorde), où est ta perruque ?

— C'est ma faute, a dit Josef. Nous avons été pris dans la mêlée.

— Mais pourquoi, pourquoi êtes-vous sortis ?

— Nous… je… j'étais curieux, a répondu Josef. Je ne savais pas que ça tournerait comme ça. »

Et, pour la première fois, Josef a menti pour protéger Mila.

La France entière s'est mise en grève. La police a occupé la Sorbonne, puis elle est partie ; les étudiants ont occupé la Sorbonne, le calme est revenu dans les rues, mais après cette première incursion dans l'émeute, le jour de leur arrivée à Paris, Mila restait à la maison. Ce sentiment de participer au monde extérieur qu'elle avait eu le soir de la manifestation était sûrement une ruse de son mauvais penchant. Elle priait pour que la Torah soit une forteresse – avec de vrais murs, pas une métaphore – pour la soustraire aux chants et aux slogans.

Les journées passaient. Le retour à Williamsburg approchait et Josef était de plus en plus désespéré. Il avait tant misé sur ce voyage, mais à Paris aussi Mila ne sortait plus de l'appartement. « Les rues sont sûres à présent, plaidait-il. « Va au Luxembourg, au Palais-Royal. » Elle secouait la tête, non. Il demandait si ça l'aiderait, qu'il l'accompagne, mais il n'insistait pas ; il percevait le léger embarras de Mila, quand il se trouvait à son côté ; avec ses papillotes et son long manteau noir, leur couple devenait un objet de curiosité dans les rues de Paris et les gens les dévisageaient. « Tu ne veux pas emmener les enfants au parc ? » Toujours, Mila secouait la tête. « Nous repartons dans deux semaines. » « Dans une semaine. » « Nous repartons dans cinq jours. » Elle secouait la tête, non.

Le retour imminent à Williamsburg a porté le griffonnage dans le cahier de Mila à un degré frénétique. Elle pouvait à peine déchiffrer son compte des jours de sang et des jours propres, ses courbes de température, les valeurs numériques de ses gématries – les additions, les correspondances, les extraits sur

Tamar et Juda, les engendrements dans le Livre de Ruth, *Tamar engendra Peretz, Peretz engendra Herzon, Herzon engendra Ram, Ram engendra Amminadab, Amminadab engendra Nachshon, Nachshon engendra Salma, Salma engendra Boaz. Et Boaz engendra Obed qui engendra Jessé qui engendra David…*

DE TOUS LES HUMAINS, DAVID ÉTAIT LE FAVORI DU SEIGNEUR.

La veille du départ pour Williamsburg, Mila a noté dans son Livre des Jours une hausse de température : 37 ; 37,5.

Elle était en train de dresser la table du petit déjeuner quand elle a entendu la porte d'entrée s'ouvrir.

« Hallo, Josef se sent-il mieux ? » a appelé Zalman.

Mila s'est arrêtée.

Zalman est apparu sur le seuil. « Il se sent mieux ?

— Vous n'êtes pas rentrés ensemble ?

— Il ne se sentait pas bien, il est parti avant la fin de l'office. Il n'est pas rentré ? » Silence. Zalman a ajusté sa kippa. « Blimela, vous vivez… un moment difficile, Josef et toi. Dix ans… » Mila a évité le regard de Zalman, a fini de mettre le couvert. Zalman a repris : « Josef peut, c'est ce qui est attendu de lui, il peut divorcer. Blimela, tant que tu observes les commandements de Dieu, tu es ici chez toi. »

Mila s'est mordu la lèvre, elle a quitté la pièce précipitamment.

Dans la cuisine, elle a versé l'eau bouillante dans la théière, mais elle n'a pas apporté le thé à Zalman. Une fois dans sa chambre, elle s'est jetée sur le lit, ce lit qui avait été celui d'Atara et maintenant était celui de Josef, elle a enfoui son visage dans l'oreiller, puis elle s'est relevée, a attrapé son sac à main, est sortie de l'appartement en courant.

*

De nouveaux slogans couvraient les murs.

FAITES L'AMOUR ET RECOMMENCEZ

Le soleil jouait sur les volets verts et le crépi rose pâle des maisons de la rue Sainte-Catherine.

RÉVOLUTION, JE T'AIME

Sur le quai, des jeunes gens aux cheveux longs jouaient de la guitare sous les saules pleureurs. Les cloches répondaient aux cloches.

LE RÊVE EST RÉALITÉ

Dans le Quartier latin, la statue de l'archange Michel à la fontaine Saint-Michel portait un nœud papillon rouge. Ici et là, des tas de pavés ; une voiture retournée sur le toit ; mais l'atmosphère, à présent, était douce et euphorique. Des petits groupes discutaient avec animation, tout le monde parlait à tout le monde : des ouvriers en bleus de chauffe, des filles en minijupes, des jeunes gens en pantalon à pattes d'éléphant, et partout, comme si la ville était un livre et les murs ses pages :

LA RUE DU POSSIBLE

Mila a grimpé les cinq étages jusqu'à la terrasse où elle avait trouvé refuge avec les étudiants le soir de la manifestation. Une feuille de papier en lambeaux avait été collée au parapet :

MUSE REBELLE, RENDEZ-VOUS À LA PREMIÈRE PLUIE

Mila a compris que le mot était pour elle, la muse de Brancusi.

Avait-il plu depuis le soir de l'émeute ? Elle ne s'en souvenait pas.

Demain quinze heures devant la Sorbonne. Mets des chaussures plates…

Elle s'est dirigée vers la Sorbonne.

Dans la rue Champollion, elle a senti les premières gouttes de pluie. *Le Seigneur est avec moi !* Elle est revenue sur ses pas. Ses talons claquaient en gravissant les marches jusqu'à la terrasse. Déserte. Une averse de grosses gouttes a filtré à travers les rayons du soleil et elle s'est rappelée que c'était le printemps ; il avait dû pleuvoir à plusieurs reprises depuis que la feuille de papier avait été collée au parapet ; le jeune homme avait dû venir, attendre, repartir.

Elle regardait la gueule de la gargouille se déversant dans le ciel, ses yeux brillants. Elle a sorti l'écharpe du jeune homme de son sac, a enfourché le parapet et enroulé l'écharpe autour du cou de la gargouille. Elle se tenait en équilibre sur le rebord extérieur de la terrasse, cinq étages au-dessus du vide. Elle a caressé le museau allongé de la gargouille, fixé son expression grimaçante, posé un baiser sur les lèvres érodées par le vent. « Mais David était tout à fait beau à regarder », a-t-elle dit. Elle a observé les hirondelles qui tournoyaient dans le ciel et s'est penchée pour suivre leur vol plané. Elle pliait les genoux et se redressait.

*

Josef est arrivé à la clinique où il avait pris rendez-vous. Les versets de la Torah pesaient sur son épaule quand il est entré dans la petite cabine carrelée. Il a déposé à l'extérieur de la cabine la poche en velours qui contenait son châle de prière et ses phylactères, afin que les objets de culte n'assistent pas à la profanation. Il a éteint la lumière sans jeter un coup d'œil aux magazines avec les femmes nues.

La pluie tambourinait sur le rebord de la fenêtre.

Comme si j'étais avec elle, Dieu miséricordieux – n'est-ce pas la période où elle est permise ?

Ses mains se sont approchées de son ammah. Si Dieu le faisait périr comme Il avait fait périr Onan, la mort serait bienvenue, la mort qui libérerait Mila de son mariage stérile.

Il essayait, les mains sèches. *Mon épouse légitime, Mila MilaHeller, Seigneur, un enfant, un foyer, un foyer juif, Mila MilaHeller…*

*

Les gouttes de pluie giclaient sur les yeux béants de la gargouille. Conçut, conçut, répétait chaque goutte en frappant le rebord étroit… *Tamar s'assit à l'entrée d'Enayim et Juda la prit pour une femme vénale, il vint vers elle et elle conçut, conçut.*

Mila Heller n'allait-elle pas faire revivre le nom de *ses* morts ?

Elle s'est appuyée au parapet, a passé une jambe par-dessus et a posé les deux pieds sur la terrasse.

Devant la Sorbonne, la statue d'Auguste Comte portait une cravate rouge. Des gens entraient et sortaient par le portail. Dans la cour, les statues de Zola et de Pasteur brandissaient des drapeaux rouges. Des groupes débattaient devant les stands de fortune où s'entassaient manifestes, poèmes, proclamations : *Marx… Trotsky… Mao… Aliénation…*

Comment allait-elle retrouver le jeune Xavier dans cette foule ?

Sur le mur, une affiche :

IL EST INTERDIT D'INTERDIRE

Mila a entendu quelques notes, puis un accord grave. Là, au milieu de la cour dépavée, un piano demi-queue avait été installé. Au clavier, derrière un groupe qui débattait passionnément… Elle s'est avancée vers lui, mais il avait les yeux rivés sur les touches, le visage caché par de longues boucles qui tombaient sur une écharpe rouge.

Elle s'est appuyée contre le bord incurvé du piano, en lui tournant le dos. Les marteaux frappaient les cordes. Les notes résonnaient en elle. Elle s'est laissée glisser sur le sol et sous le piano. Elle était trop grande pour être assise confortablement ; elle s'est allongée. Une odeur de terre après la pluie s'élevait autour d'elle. Elle a fermé les yeux.

Les notes grimpaient le long de ses chevilles, de ses mollets, tournoyaient autour de ses genoux, s'attardaient sur son ventre. Elle a ouvert les yeux. Le dessous du piano formait au-dessus d'elle un ciel noir tremblant de mélodies.

Elle a calé la tête sur son bras replié.

Les notes voltigeaient dans une exubérance printanière. La bottine du pianiste pressait la pédale en cuivre puis s'en écartait, le pan de sa veste frôlait la cuisse moulée d'un jean. Une chaîne de clés pendait de la poche de sa veste. Au bout de la chaîne, un lion se dressait sur ses pattes arrière.

La mélodie s'est amplifiée au-dessus d'elle. Le pied du pianiste a pressé la pédale ; le lion s'est avancé, a reculé.

Les marteaux ont plaqué un accord grave.

Dix années vides battaient sourdement dans son ventre.

Quelques notes aiguës, éparses… Silence. Applaudissements. Le vent feuilletait les tracts sur les stands.

« *Nem mir* », a dit Mila.

Le jeune homme sur son tabouret s'est penché sur le côté, a regardé sous le piano, plissé les paupières comme s'il n'en croyait pas ses yeux.

Ce n'était pas l'étudiant du soir de l'émeute, pas Xavier.

Elle a battu des paupières. Leurs regards se sont croisés.

« *Nem mir* », a-t-elle répété.

L'étudiant a placé sa main derrière l'oreille pour lui faire comprendre qu'il n'avait pas entendu ou compris.

« *Nem mir !* Prends-moi ! »

Sa pomme d'Adam s'est agitée. Sa main a soulevé le lion de métal au bout de la chaîne et l'a glissé dans la poche de sa veste.

Elle marchait vite ; il suivait. Les hanches de Mila oscillaient dans l'escalier qui menait à la terrasse, devant les hauts rectangles de lumière projetés par les embrasures étroites. La main sur le ventre, *Calme-toi maintenant, aïe li lou li la…* La main sur la poignée. *Si c'est fermé, Dieu l'interdit.* La porte s'est ouverte.

*

Josef était debout dans la cabine, jambes vacillantes. Il avait le souffle court. Il avait supposé que cet acte serait dénué de tout plaisir sans elle… *Seigneur,*

Mila MilaHeller... Il transpirait dans son épais manteau noir et le tremblement était à présent un balancement qu'il n'avait connu jusque-là que dans la prière. L'épanchement auquel il avait donné le nom de Mila – dans la coupelle !

Sa main tremblotante a déposé la coupelle dans le tiroir métallique qui s'ouvrait des deux côtés du mur. Les pas de l'infirmière sur le carrelage de vinyle.

Il a remonté son pantalon noir, *Pardonnez ma faiblesse.* Il a posé les lèvres sur son vêtement à franges, *Ne me punissez pas au-delà de mes forces.*

*

L'écharpe rouge autour du cou de la gargouille ondulait dans la brise.

Mila s'est inclinée sur le parapet et ne s'est pas tournée pour lui faire face.

Elle a relevé sa jupe.

En bas, les arbres avaient cet éclat d'après la pluie.

« Tu es belle, a-t-il dit, belle et folle. » Il énonçait le mot « folle » comme si la folie, elle aussi, était une forme de désir. « Folle », a-t-il répété, sa langue roulant sur les « ll », ses bras enserrant sa taille. Il a relevé la jupe plus haut.

Elle a senti l'air frais frôler sa peau nue, entre les bretelles du porte-jarretelles et le haut des bas à couture.

Il a défait sa ceinture.

Comme si c'était lui, mon Anghel...

Il a baissé la culotte en coton de couleur, son sous-vêtement des jours permis. Il est venu vers elle.

Elle a gémi.

« Oui, ma chatte ! » a-t-il dit pour l'encourager.

Et parler aussi était une violation, comme l'était la lumière.

Il s'est enfoncé plus profondément en elle.

Le regard de Mila s'est détaché du faîte des arbres scintillants de pluie pour se fixer sur les nuages qui dérivaient et sur les portes du Ciel. *Inscris un enfant, ô Seigneur, dans le Livre de Vie.*

Elle frémissait autour de la rigidité qui était en elle, et ses lèvres se sont ouvertes pour la prière avant la mort : « *Shemah Yisrael Adonaï Elohenu…* (Écoute, ô Israël : le Seigneur est notre Dieu…)

« Oui, mon chaton, *Adonaï Ehad* ! » (Le Seigneur est Un) s'est exclamé le jeune homme en riant, au moment où sa semence se répandait en elle.

LIVRE IV

Williamsburg, Brooklyn

Mila attendait impatiemment que l'étreinte de Josef efface l'autre union et l'autre semence, tout en priant que subsiste quelque chose de cette autre semence.

Elle a fait en silence sa valise et celle de Josef ; elle a gardé le silence dans le taxi qui les conduisait à l'aéroport. Elle porterait le fardeau ; Josef partagerait la joie.

L'impiété des derniers mots du jeune homme la décontenançait encore. « Je connaissais ces prières quand j'étais enfant. Je n'aurais jamais pensé à les réciter à un tel moment ! » avait-il dit.

Pendant tout le vol du retour, elle aurait voulu pouvoir demander à Josef : est-ce mieux si la semence est juive ?

Chaque fois qu'elle se tournait vers lui, il lui souriait.

Josef souriait malgré son angoisse. Si les analyses établissaient qu'il était stérile, Mila se résignerait-elle ou bien le quitterait-elle ?

Le soir de leur retour à Williamsburg, Mila portait l'étole qui indiquait qu'elle était permise. Les joues pâles, elle pressait le poing contre sa poitrine, mais les fils de l'étole gris perle et lavande à la lueur de la lampe tissaient le désir de Josef. Il n'a pas remarqué les doigts de Mila, blancs d'être serrés si fort. Il a posé le broc et la bassine entre les deux lits, pour laver l'impureté du sommeil quand ils se réveilleraient. Au pied du lit de Mila, il se balançait, *Ce mois-ci, Seigneur, un enfant…*

L'édredon a bruissé quand elle en a relevé le coin.

Mila, bras ouverts : un foyer, son foyer.

Il s'est allongé près d'elle, puis sur elle comme il est prescrit. *Mila, MilaHeller, mon Pardès, mon jardin de paradis…* Il s'est souvenu qu'ils étaient dans la dixième année de leur mariage et cette pensée a libéré en lui une énergie désespérée. Dans l'obscurité, comme il est prescrit. En silence, comme il est prescrit.

Il ne craignait pas de montrer une passion sans retenue ; elle répondait à ses élans avec une ardeur nouvelle.

Il s'est rappelé sa semence émise en vain, et le meurtre que cela représentait.

Il s'est figé.

Se pouvait-il qu'il sente l'autre en elle ? s'est demandé Mila. Ses jambes ont enserré les hanches de son époux.

La chaleur de Mila a eu raison de l'anxiété de Josef. Ses intentions étaient bonnes, se rassurait-il. Il pénétra plus profondément.

Le dos de Mila s'est cambré et elle a poussé un cri qui l'a surprise plus encore qu'il n'a surpris Josef, et il se demandait : *Cela peut-il être le son de ma semence qui s'enracine en elle ?*

Les larmes de Mila ont coulé du dos de la main de Josef sur l'oreiller. Il a posé un baiser sur ses paupières, son nez, ses lèvres.

En se rendant à l'office du matin, il a remercié Dieu d'avoir créé *MilaHeller* et d'avoir fait de lui l'instrument de son cri. Elle avait été si réservée pendant le voyage du retour, mais la nuit dernière, son cri… *Vos voies sont impénétrables.*

Et les pas de Josef frappaient en cadence son nom, *Mila MilaHeller*, et son souffle gardait l'empreinte du plaisir de Mila.

Il désirait être près d'elle, il est rentré à l'heure du déjeuner.

Elle a regardé ses longs doigts déboutonner le manteau noir.

Il a remarqué sa pâleur. « Tu n'as pas l'air bien. Voilà trois ans que tu prends ces…

— Non, je ne peux pas… Je n'arrêterai pas mon traitement pour la fertilité.

— Mila, à Paris, je…

— Quoi ? À Paris… quoi ?

— Rien, mon cœur. » Il a caressé son visage. « Serais-tu plus heureuse si nous déménagions à Paris ? Cela déplairait à Zalman Stern que nous quittions la cour du Rebbe, mais je saurais lui faire comprendre – est-ce qu'à Paris tu serais plus heureuse ? Je n'aurais pas dû attendre si longtemps. Pardonne-moi, pardonne…

— *Pardonne-moi* ? Te pardonner, à *toi* ? »

Il a baisé ses cils mouillés. « Je n'aurais jamais dû t'emmener loin de la France.

— Tu ne m'as pas emmenée. Je voulais venir ici, pour être avec toi. »

Trois semaines plus tard, la lettre de la clinique de Paris est arrivée, informant Josef qu'il ne pouvait concevoir. Les analyses de sperme ne laissaient subsister aucun doute, il n'y avait pas de remède. Mila prenait les médicaments pour rien.

La honte l'a submergé. Il lui proposerait de la quitter ; il le devait, elle voulait tellement un enfant.

Il a placé l'enveloppe entre deux pages du Talmud. Il a attendu le bon moment pour le lui dire. « Mila ? » appelait-il depuis la porte d'entrée, d'une voix hésitante, ne sachant plus très bien si elle serait là, si son foyer était aussi celui de Mila, si son foyer était encore un foyer.

Le temps du sang de Mila est venu et elle a constaté qu'il n'y en avait pas. Elle a drapé l'étole sur ses épaules pour indiquer à son mari qu'elle était permise.

Cherchant les mots pour lui dire sa stérilité sans les trouver, Josef se tenait en silence, debout au pied du lit de Mila. Il n'est pas venu vers elle.

Le soir suivant, Mila portait de nouveau l'étole et Josef, de nouveau, ne l'a pas rejointe.

« Viens vers moi », a murmuré Mila en soulevant le coin de son édredon.

Mila n'avait jamais parlé de cette façon, ne l'avait jamais appelé de cette façon ; c'était toujours lui, au pied du lit, qui attendait le bruissement doux du coton.

« Josef, j'ai découvert… hier. »

Une lente panique en lui. Avait-elle vu la lettre de la clinique de Paris ? Mais alors pourquoi sa voix avait-elle cette tonalité joyeuse ?

Elle a pris sa main et l'a posée sur son ventre. « Je suis enceinte. »

Josef a senti une chaleur l'envahir. Un fol espoir l'a traversé du cœur à la tête : le cri de Mila, la nuit de leur retour de Paris, *était* le son de sa semence qui prenait racine ; Dieu avait répondu à ses prières, des miracles avaient bien lieu – mais au moment même où ce souhait ardent déchirait sa poitrine, il n'a pas fait un pas vers elle, il ne l'a pas prise dans ses bras. Elle a tendu le sien. L'étole a glissé de son épaule, est tombée par terre, mais Josef ne l'a pas ramassée. Les pieds rivés au sol, il hésitait entre la possibilité d'un miracle et la lettre de Paris, les résultats du laboratoire qui l'informaient de son incapacité à engendrer.

Elle a repoussé l'édredon. « C'est moi, *Mila Heller* ! »

Josef avait confié à Mila que, dans ses pensées, il l'appelait encore Mila Heller. Lich-ten-stein avait quelque chose de tellement décisif, avait-il dit. Trois coups de marteau. Tandis que Heller… l'aspiré de son *h*, la douceur de ses *l*, l'essor de son *r* : *Heller Mila-Heller…*

« Lichtenstein, ton nom est Lichtenstein à présent, a-t-il balbutié.

— Je suis enceinte, Josef ! »

Les mots sont sortis de lui, hébété : « J'ai fait faire les analyses interdites… »

« Et je suis enceinte ! » Sa voix était farouche, sauvage.

Il se balançait au pied du lit de Mila, comme Zalman près des tombes, *Dieu plein de compassion…* Puis, mains jointes, il est tombé à genoux comme elle ne l'avait jamais vu faire. Elle l'a regardé, bouche bée, puis elle a murmuré : « Josef ? »

Il s'est relevé précipitamment.

Ils se tenaient droits ; pâles et silencieux.

Il a fait un pas pour s'écarter d'elle, pas pour se rapprocher d'elle.

Il a refermé la porte de la salle de bains derrière lui. Penché au-dessus du lavabo, il a pleuré.

*

Un autre avait caressé sa joue, mis ses mains autour de ses seins ?

À Paris, bien sûr. Une ancienne connaissance du lycée, de la synagogue ? Le soir où elle était arrivée à la maison sans perruque ni souliers ? Dans quelle rue, sur quel quai ? L'ammah d'un inconnu avait écarté sa chair, l'écartant de lui.

La lapidation, si elle est promise.

La strangulation, si elle est mariée.

Le bûcher, si elle est fille d'un prêtre.

Le Seigneur l'avait-il puni parce qu'il avait joui du bonheur d'être avec Mila ? Le rabbin Nahman de Bratislava enseignait que le plaisir dans le mariage est un adultère contre le Seigneur ; celui qui est pieux ressent de la douleur pendant l'acte. Là où le nom de Mila avait caressé ses lèvres, Josef s'efforçait de placer Son nom ; au lieu de *MilaHeller : Kanah, Tsevaot, Shaddaï...*

Le jour, Josef se tenait à distance de Mila ; la nuit, il serrait le gartel sur ses reins, la ceinture à glands en étoffe noire portée pendant la prière pour séparer les domaines supérieurs et inférieurs, qu'il portait au lit désormais. Que pouvait offrir Josef pour apaiser le Seigneur, sinon son désir de MilaHeller ?

Le drap blanc de Mila, qui ondulait quand elle se tournait pendant son sommeil, réduisait tout à néant. Il serrait un peu plus fort la ceinture. Il s'enfonçait dans son rêve d'elle plutôt qu'en elle.

Le matin, son sexe endolori le ramenait à la chair, alors même qu'il nouait le premier phylactère sur son avant-bras, en faisant les sept tours avec la lanière de cuir noir, alors même qu'il fixait la parole du Seigneur à son front : *Prends garde que la flamme de la colère du seigneur ne soit dirigée contre toi.*

Josef était assis à l'extrémité du sofa, la tête entre les mains. Mila est entrée et s'est assise à l'autre bout.

« Non, a objecté Josef sans lever les yeux. *Assour* (Interdit).

— Qu'est-ce qui est *assour* ?

— Toi. Pour moi. »

Elle s'est levée. « Combien de temps ? *Assour*, combien de temps ? »

Il n'a pas répondu. Un garçon élevé à Williamsburg exclusivement se serait déjà rendu chez les rabbins.

« Pour toujours *assour* ? » a-t-elle demandé. Il n'a pas répondu. « Ce que tu dis est cruel.

— Ce que *je* dis ? Ce que dit la *Loi.*

— Quelle Loi ?

— La Loi selon laquelle nous sommes mariés ! *Tu es à moi consacrée, conformément à la Loi de Moïse et d'Israël.*

— J'ai toujours été fidèle. Réfléchis, Josef : Tamar, Ruth… le messie lui-même descendra de leur lignée. Regarde-moi. » Elle le fixait droit dans les yeux. « Je t'ai été fidèle, à toi et à notre Loi. Je suis allée à Enayim. *Nem mir*, j'ai dit. Josef, je suis enceinte. Nous avons attendu si longtemps. *Enceinte*, Josef ! »

De sa voix sans vie : « Il… il faut que je divorce.

— La seule chose qui manquait était un enfant !

— Un enfant, cet enfant…

— Cet enfant… ?

— S'il naissait… »

La voix de Mila a explosé : « S'il naissait ! »

Il a reculé.

Elle a avancé. « S'il naissait ! »

Il s'est enfui et a dévalé les étages.

*

Ouish. Mila a ouvert les yeux. *Ouish ouish.* Zalman était-il en train d'aiguiser les couteaux rituels dans la cuisine, au beau milieu de la nuit ? *Ouish.* Elle s'est assise sur son lit. Elle n'était pas à Paris. Elle s'est levée. Elle a ouvert la porte de la salle de bains. Le dos de Josef était strié de rouge. Dans sa main, il serrait une ceinture.

Il s'est retourné et l'a vue dans l'embrasure de la porte, interloquée. « Maïmonide commandait aux cours rabbiniques de faire fouetter les prêtres qui n'étaient pas mariés à des vierges...

— Tu n'es pas un prêtre. Tu as épousé une vierge.

— Ne sommes-nous pas des croyants, Mila ? L'enfant... »

Tout comme il avait peiné à trouver les mots pour dire à Mila qu'il était stérile, Josef peinait à présent pour lui dire que son enfant pourrait être *à jamais interdit de la Congrégation du Seigneur.* Il n'a pas trouvé les mots. Il a pris son manteau ; une fois encore, il a dévalé l'escalier.

Mais le Seigneur avait trouvé les mots et le Seigneur veillait. À la maison, Il veillait pour savoir si Josef s'approchait de sa femme interdite ; dans la salle d'étude, le Seigneur tenait le compte du délai que s'octroyait Josef, des jours et des heures d'atermoiement pour se décider à parler aux rabbins.

S'il est prouvé que la femme a commis l'adultère de sa propre volonté, elle est alors interdite à son mari. La Loi n'admet aucun plaidoyer en faveur de son épouse de la part du mari. L'homme ne peut pardonner ce que Dieu interdit. Dieu, tout comme le mari, est offensé.

La peur qui nouait le ventre de Josef, là-bas, revenait. Dans la pénombre de la Maison d'étude, Josef avait fini par croire que le mot *juif* ne contenait pas une menace ; mais à présent, la Maison d'étude elle-même était la menace ; à présent, les doigts crochus de la croix qui jadis semblaient tourner sur les brassards des hommes de la milice le déchiraient de l'intérieur.

Josef n'est pas rentré chez lui plusieurs nuits d'affilée.

*

Penchée sur le lavabo, Mila vomissait et se rinçait la bouche. Elle sentait des picotements dans les seins et elle souriait à l'enfant à naître. Si c'était une fille, elle l'appellerait Rachel, en mémoire de sa mère, Rachel Landau ; si c'était un garçon, elle l'appellerait Gershon, du nom de son père, Gershon Heller…

Josef est apparu soudainement. « Peut-être qu'il n'était pas juif ? S'il ne l'est pas, alors l'enfant… seul l'enfant d'un juif… d'un juif et d'une… » Des gouttes de sueur sur son front. « D'une juive déjà mariée à un autre…

— Tu ne comprends pas, Josef. Il y a des précédents…

— Un tel enfant… le statut de l'enfant… »

Mila s'est redressée. « Mon bébé, un *statut* ? Oui, il se trouve que la semence était d'un juif, mais…

— D'un juif ! »

Les yeux de Mila se sont écarquillés. « C'est donc pire ? »

Il s'est enfui.

Cette nuit-là, des femmes en foulard se frappant la poitrine ont remplacé le long rêve d'enfant de Mila, des femmes qui vociféraient : « Nous avons transmis un sang juif, modeste et pur, à travers les générations et Mila Lichtenstein a corrompu le sang. » Zalman se tenait debout à son pupitre, bouche ouverte, mais aucun son n'en sortait. Zalman la poursuivait, une ceinture à la main ; elle courait, ratait une marche, son appel à l'aide étouffé dans sa gorge, tandis que des flots de prières qui autrefois la guidaient la dépassaient et se fracassaient sur les rochers dans des nuages d'écume.

Le matin, elle a senti de nouveau des picotements dans les seins. Cette vie nouvelle en elle, cette réponse à ses appels, que pouvait-elle être d'autre qu'un bien ?

Ses voisines la félicitaient. L'une d'elles a apporté un kugel de pommes de terre. « Épargne tes forces, Milenka, Dieu a répondu à tes prières. » Une autre a apporté du poisson farci. « Tu portes un enfant spécial, un tzadik. » Zalman a ajouté quelques mots à la fin d'une lettre de Hannah : *Le Seigneur a entendu nos supplications. Joie sans égale à la nouvelle…*

Josef partait de bonne heure et rentrait tard. Ils ne prenaient pas leurs repas ensemble, sauf pour le sabbat. Le jeudi soir, il épluchait toujours les carottes, les navets et les pommes de terre pour la soupe de poulet, mais il le faisait après que Mila était allée se coucher. Il plaçait les légumes dans un bol d'eau, dans le réfrigérateur. Les mains de Mila tremblaient quand elle retirait le bol. Ses mains tremblaient quand elle posait chaque plat sur la table du sabbat.

Mila était enceinte de sept mois quand, débarrassant les plats du sabbat, elle a trébuché sur le tapis. Josef s'est précipité et l'a rattrapée à temps. Il l'a relâchée dès qu'elle a retrouvé son équilibre, mais ses mains sur le ventre rebondi ont senti qu'il y avait quelque chose de sacré dans Mila à l'enfant.

Le sabbat terminé, Josef a roulé le tapis.

À partir de ce jour-là, chaque fois que Josef passait près de la maison du Rebbe, l'arrondi du ventre de Mila barrait l'accès au perron et Josef battait en retraite.

*

Hannah est arrivée de Paris pour l'accouchement de Mila. « Dieu du Ciel, qu'est-ce qui ne va pas ? » a-t-elle dit quand Josef est venu la chercher à l'aéroport.

Plus tard, Hannah a demandé à Mila : « Josef est-il malade ? Tu dois me le dire. Une mère est prête à tout faire pour ses enfants. »

Les mains de Mila se sont posées sur son ventre. « Josef aussi est prêt à tout faire pour sauver l'enfant.

— L'enfant a besoin d'être sauvé ? Dieu de miséricorde, que disent les médecins ?

— Les médecins ? Non, non, le bébé est en bonne santé, tu sens, tu sens ses coups de pied, dis à Josef que tu les as sentis. Josef sera bientôt de retour, je vais mettre le couvert. »

Pendant le temps du travail de Mila, Josef n'a pas tenté de faire le tri entre ses sentiments et ses obligations ; seize heures durant, il a prié ; seize heures durant, il a arpenté les couloirs de l'hôpital en récitant des psaumes sans s'arrêter, pour que Mila soit saine et sauve, jusqu'à ce que l'infirmière vienne lui taper sur l'épaule et lui dire que mère et fille se portaient bien.

Il attendait devant la chambre de Mila à la maternité. Une infirmière apportait le bébé en pleurs, et les vagissements de l'enfant interdit ont imprégné le cœur de Josef.

« Notre trésor a faim ! » Josef a entendu Hannah annoncer. Puis : « Josef, c'est toi derrière la porte ? Tu ne viens pas dire Mazel tov à ta femme ? »

Il est entré.

La chemise de Mila était déboutonnée. Elle pressait un sein gonflé contre la bouche minuscule. Les bruits de succion emplissaient la chambre. Josef regardait le nouveau-né, recroquevillé contre Mila, il fixait le sein nu, sa rondeur, sa plénitude. Les odeurs nouvelles d'huile pour bébé et de lait maternel l'étourdissaient.

« Regarde ces petits doigts ! s'est extasiée Hannah. Parfaite perfection *keneinehoreh* (pas de mauvais œil). »

Et puis : « Quand vous viendrez à Paris pour Pâque, vous devez rester tout l'été – pourquoi pas ? Mila se reposera. Toi, Josef, tu étudieras avec Zalman – qu'est-ce qui ne va pas ?

— Une serviette, vite ! » s'est écriée Mila. Le bébé bavait, la bouche pleine de lait.

Hannah a pris le nourrisson, l'a posé contre son épaule et lui a tapoté le dos.

Dans l'appartement vide, Josef observait les silhouettes se hâtant vers le premier office du matin. Les manteaux noirs, les chapeaux noirs et les papillotes qui avaient dompté ces hommes en tant qu'individus et avaient procuré à Josef un sentiment de sécurité dans les rues de Williamsburg se regroupaient maintenant en une armée menaçante obéissant à un ordre unique.

Il pensait à Mila serrant l'enfant sur son sein, le visage enfin serein. Il a resserré la lanière de cuir du phylactère autour de son avant-bras jusqu'à ressentir des fourmis dans les doigts. *Seigneur, pardonnez-moi mais permettez à l'enfant de boire pendant un an le lait de sa mère, j'irai voir les rabbins quand elle aura un an.*

Hannah n'est pas restée les trois semaines prévues ; le comportement du couple la déconcertait. Elle redoutait que sa présence n'exacerbe ce qui les déchirait tout en les rivant l'un à l'autre.

En avril, les Stern ont reçu un télégramme. « Nous ne pouvons pas venir à Paris pour Pâque cette année. » Hannah fixait le berceau vide, la petite

couverture rose au crochet qu'elle venait de terminer.
Il faut qu'ils viennent.

Ils ne sont pas venus. Ni cette année-là ni les suivantes.

*

Comme si le fait de veiller sur elle pouvait rectifier le statut du bébé, Josef était attentif au moindre de ses pleurs. C'est Josef qui avait surpris le premier sourire de Rachel. Il était près du berceau et chuchotait : « Ruheleh, Ruheleh… » La petite Rachel de quatre semaines a souri à sa voix.

C'est Mila qui avait entendu le premier rire de Rachel qui, à huit semaines, gloussait en regardant ses mains bouger.

Les nuits se succédaient et Mila et Josef dormaient dans leurs lits jumeaux.

Mila chantait pour l'enfant et son cœur tanguait avec le berceau entre les deux lits : « *Aïe li lou li la…* »

Josef tendait l'oreille à la respiration de Rachel comme s'il pouvait y trouver une réponse à la question de savoir si Dieu voulait que cette enfant vive.

À mesure que les joues de Rachel se remplissaient et s'arrondissaient, Josef maigrissait. Quand elle a bredouillé ses premiers mots, Josef est devenu plus silencieux, et son silence était une transgression : il dissimulait le statut de l'enfant, il continuait de vivre avec sa femme – mais depuis la nuit de leur retour de Paris, Mila et Josef dormaient séparés quelle que soit la période du mois.

Le premier anniversaire de Rachel approchait. Josef a décidé qu'il était trop à l'écoute de son corps. Les rabbins conseillaient le jeûne ; moins nourrie était la chair, plus aisée en était la maîtrise. Josef a commencé à jeûner le lundi et le jeudi, jours de lamentation sur la destruction des Temples. Mais la faim ne faisait qu'aiguiser son désir, tout comme le faisait l'apport de nourriture à la fin du jeûne, après le coucher du soleil. Le glissement de la chemise de nuit de Mila quand elle la remontait sur son épaule, sa voix quand elle berçait l'enfant, « *Aïe li lou li la…* » Josef resserrait la ceinture autour de sa taille.

Nuit après nuit, Mila entendait le bruit sourd des volumes du Talmud posés sur la table de la salle à manger ; nuit après nuit, Josef perdait une nouvelle bataille. Il n'y avait aucune clause, aucune exemption. Un soir, elle l'a entendu s'écrier : « Israël Vous trompe et revient vers Vous, mais ma Mila ne peut pas revenir vers moi ? »

À présent, Rachel marchait à quatre pattes jusqu'à la porte d'entrée quand elle entendait la clé de Josef dans la serrure. Elle agrippait la jambe de son pantalon jusqu'à ce qu'il la prenne dans ses bras ; elle s'emparait du rebord du chapeau noir, le jetait par terre, éclatait de rire. Josef ramassait le chapeau, le remettait sur la tête. De nouveau, Rachel s'en emparait et le jetait par terre. Josef serrait sur son cœur la petite fille au nœud dans les cheveux. « *Aïe li lou li la…* »

Pardonnez-moi, Seigneur, quand elle aura deux ans, je parlerai au Rebbe.

À quinze mois, Rachel était sevrée, mais Mila n'a pas retiré le berceau de la chambre ; elle redoutait que Josef ne retourne sur le sofa de la salle de séjour si l'enfant ne dormait plus entre leurs lits.

Le sang de Mila est revenu et elle a repris les inspections intimes et les visites mensuelles au bain rituel. S'abstenir du bain rituel n'était pas une option possible quand bien même Josef ne la toucherait plus jamais : les perspectives de mariage pour la petite Rachel seraient réduites à néant si sa mère était soupçonnée de ne pas respecter les lois de pureté familiale. Et ces lois qui avaient tant surpris Mila quand elle en avait pris connaissance, adolescente à Paris, étaient désormais dépositaires du temps précieux où elle appartenait simplement à Josef et Josef lui appartenait. Chaque mois, en émergeant du petit bassin des eaux de purification, Mila ne pouvait s'empêcher de se préparer pour son époux. De retour du bain rituel, elle drapait ses épaules dans l'étole qui indiquait à Josef qu'elle était permise. Elle se tenait devant le miroir à trois pans et murmurait son nom avec les intonations de Josef, « *Mila MilaHeller…* » Elle passait l'oreiller de Josef sous son nez et se souvenait de l'odeur de foin et de lin rugueux, de l'odeur du garçon de la ferme, là-bas, mais l'oreiller à présent sentait les pages jaunies du Talmud que Josef tournait, et en dessous, son désir d'elle.

Elle a retiré l'étole de ses épaules et l'a pliée en un carré parfait qu'elle a placé dans le tiroir.

Le lendemain, Josef a ouvert le tiroir. Ses doigts se sont refermés sur l'étole. Il a approché le tissu soyeux de son visage. *Seigneur, calmez mes pensées pour qu'elles ne se tournent pas vers elle ; faites-moi trébucher et tomber pour que ma main ne se tende pas vers elle. Seigneur, ne répondez pas à ma prière…*

Rachel avait deux ans quand Josef a commencé à lui apprendre l'aleph-beth.

« א, *aleph*, un, comme dans : Notre Seigneur est Un.

« ב, *beth*, comme dans בראשית (*bereshith*), *Au Commencement…* »

Josef guidait la main de la petite fille sur le cube de bois sculpté en relief. « Pourquoi notre Torah commence-t-elle par la deuxième lettre de l'aleph-beth et non la première ? Tu sens comme la forme de la lettre ב se ferme d'un coté ? Tu sens comme elle s'ouvre de l'autre à ce qui est encore à venir ? C'est pour nous dire que nous ne devons pas nous préoccuper de ce qui vient avant le Commencement… »

À l'âge de trois ans, Rachel est entrée au jardin d'enfants. Chaque jour, elle faisait les marionnettes avec ses mains potelées tandis que les mots se précipitaient entre ses dents de lait. « Yuditel et Saraleh et… » C'était tous les jours la fonte des neiges dans les saisons de la petite Rachel.

« Parle plus lentement, nous avons tout l'après-midi », la calmait Mila, mais Rachel agrippait les jambes de Josef et d'autres mots se bousculaient sur ses lèvres. « Tatta pas tout ap'ès-midi… et Haya pousse le château et maît'esse a dit… » Quand Rachel redoutait que l'intérêt de Josef ne se détourne d'elle, elle criait : « Au dommencement ! Histoi'e des lett'es ! » et elle restait parfaitement immobile jusqu'à ce que Josef commence :

« Histoire des Lettres. Toutes les lettres étaient cachées. Dieu contemplait les lettres cachées et Il en tirait un grand plaisir. Puis Dieu pensa à la Création et chaque lettre se présenta pour défendre sa cause. Aleph a dit : "Ne serait-il pas convenable d'ouvrir la Création avec la première lettre de l'aleph-beth ?" Et Dieu a répondu, "Toi, Aleph, je t'ai déjà choisie pour ouvrir mes dix commandements." Après que chaque lettre a parlé, Dieu a décidé : "J'ouvrirai la Création avec Beth, parce que Beth, *deux*, enseignera qu'il y a deux créations : ce monde et le monde à venir." »

« Histoi'e de lumiè'e, Tatta ! » Rachel tapait des mains.

Et le ravissement de l'enfant brisait aussi le cœur de Josef.

Quand elle aura quatre ans, j'irai. J'irai sûrement.

Quand elle aura cinq ans.

Six ans.

Ce sera plus facile quand Hannah viendra nous voir.

Ce n'était pas plus facile quand Hannah venait.

À douze ans, elle sera adulte aux yeux de la Loi. J'irai avant son douzième anniversaire.

Josef gravissait les marches du perron de la maison du Rebbe quand il a vu Rachel, maintenant âgée de douze ans, agiter son bulletin scolaire ; elle arrivait en courant, le cartable bondissant sur ses épaules. « Regarde, Tatta, regarde ! »

Josef est redescendu. Ce semestre aussi, Rachel était la première de sa classe. « Mama va être fière de toi, a dit Josef.

— Et toi, Tatta, tu es fier ? »

Josef a caressé la tête de l'enfant. « Bien sûr que je suis fier. »

Ils sont partis en direction de la maison, Rachel sautillant à côté de Josef et demandant d'une voix chantonnante : « Et toi, Tatta, tu es fier, vraiment ? »

Il n'y a aucun péché nouveau jusqu'à ce qu'elle soit en âge de se marier. J'irai alors, je ne permettrai pas que la semence se mélange.

Rachel à douze ans aurait aimé être comme les filles de son âge, rarement dans la rue sans un landau ou sans tenir la main d'un petit frère ou d'une petite sœur. Chaque fois qu'elle en avait l'occasion, elle offrait de surveiller les frères et sœurs de ses amies, et le cœur de Josef était lourd quand il pensait que Rachel s'imaginait sans doute s'occupant de ses propres enfants, nés dans la joie au sein de la communauté.

« Ton père est étrange, disaient ses amies à Rachel, il est toujours si inquiet quand il te voit. » Rachel répliquait : « *Tous ceux de sa génération sont inquiets quand ils voient des enfants.* » Les amies insistaient : « C'est différent pour lui. » Mais Rachel ne percevait pas l'angoisse de Josef comme liée à elle. Elle attribuait la ferveur des prières de son père, ses craintes et son tourment, le souci qu'il se faisait pour elle, ses silences à un accablement dont les gens de là-bas ne pouvaient se départir, un accablement qui les marquait depuis la guerre contre les juifs dont ils ne parlaient pas.

*

Un jour, en rentrant de l'école, Rachel, âgée de dix-sept ans, a décrit la joie qui avait saisi sa classe le matin même. Les leçons avaient été interrompues, les tables et les bancs avaient été empilés contre les murs, et toutes les filles avaient chanté et dansé, en soulevant la chaise de la fille qui, la première de la classe, venait de se fiancer. « Vous auriez dû l'entendre hurler quand la chaise a presque basculé ! Tu connais ce pas de danse, Mama ? » Rachel a entraîné sa mère dans la salle de séjour ; une véritable fille d'Israël se retient de danser même devant son père.

Josef a entendu la mère et la fille exécuter le nouveau pas de danse entre le sofa et la table basse ; il a entendu leurs rires, il a baissé la tête.

Qu'est-ce que je suis en train de faire ? Qu'est-ce que j'ai fait ?

Le téléphone sonnait plus souvent chez les Lichtenstein. Une fille si accomplie et belle comme sa mère, grande comme son père…

« Ma Rachel a tout juste dix-sept ans ! protestait Mila.

— Vous voulez attendre que tous les garçons bien soient déjà pris ? »

Le vieux maître de Josef, Halberstamm, avait entendu parler de la dévotion de Rachel, de ses brillantes dispositions. Lui aussi a téléphoné. « Béni soit le Seigneur, ta fille est maintenant en âge. Je vais aller droit au but. Josef, tu connais mon benjamin… »

Le fils d'Halberstamm se consacrerait à l'étude de la Torah, le temps était trop précieux pour qu'une tête si bien faite se consacre à autre chose, mais une fille douée comme Rachel trouverait facilement un travail d'institutrice dans un jardin d'enfants ou une école primaire. Par la suite, quand enseigner deviendrait un obstacle à l'éducation de ses propres enfants, Dieu pourvoirait.

Rachel Lichtenstein, dix-sept ans, et Shai-Yankel Halberstamm, dix-huit ans, se sont rencontrés, face à face à la table de la salle à manger. Rachel voulait-elle un mari préoccupé par l'acquisition de biens matériels ou un mari tout dévoué à l'étude de la Torah ? La Torah, bien sûr. Où Rachel voulait-elle vivre ? Ici même, à Williamsburg, près de sa mère et de son père. Accepterait-elle de passer un an près de la yeshiva après…

Il voulait dire, après le mariage.

Ils ont baissé les yeux vers la nappe brodée en rougissant.

À la fin de la soirée, ils étaient fiancés.

*

Josef a commencé à jeûner tous les jours de la semaine, pas seulement les jours de lamentation sur la destruction des Temples.

Témoin du tourment de Josef, Mila se demandait si elle ne devait pas se présenter devant un tribunal rabbinique pour prouver son innocence à Enayim ; qui savait mieux que le Seigneur que Rachel avait été conçue avec Son nom sur les lèvres de sa mère ? Rachel était aussi pure que le Roi David, Rachel était aimée du Seigneur. Un tribunal rabbinique proclamerait l'innocence de Mila et Josef mangerait de nouveau, il se présenterait au pied du lit de Mila…

Mais les juges commettent des erreurs ; ils auraient brûlé Tamar et éteint la lignée du Roi David si Juda n'avait pas proclamé : *elle est plus vertueuse que moi.*

Mais qui prendrait les devants pour sauver Rachel si les juges se trompaient dans son cas ? Est-ce que le verdict d'un tribunal suffirait ? Qui, à Williamsburg, épouserait Rachel si le moindre doute pesait sur son statut ? Mila ne s'est pas présentée devant un tribunal rabbinique.

Le Rebbe lui-même a dansé à la cérémonie de cette mariée née de deux orphelins rescapés. Dans son caftan en brocard blanc, ses bas blancs, ses chaussures noires sans lacets, le Rebbe a dansé en tenant une extrémité de sa ceinture à glands en étoffe blanche ; la mariée tenait l'autre extrémité. Les pieds du Rebbe traçaient des combinaisons de lettres mystiques devant Rachel qui se mouvait à peine, le regard baissé : *Que Shaï-Yankel et moi puissions former un couple vertueux parmi le Peuple d'Israël...*

Puis vint le tour du père de danser avec la mariée. Josef prit les mains de Rachel dans les siennes. Il tanguait d'un pied sur l'autre, il savait que c'était sa dernière chance de parler avant que le mariage ne soit consommé, avant qu'une autre semence ne soit corrompue. Mais il pouvait entendre la plainte de Rachel au moment où ils quitteraient le tribunal rabbinique : *Mon mari m'est interdit ?* Il imaginait Rachel recroquevillée, assise sur le muret devant la salle de mariage, serrant son col relevé pendant qu'à l'intérieur les hommes dansaient pour célébrer un autre mariage.

L'enfant est innocente ! Josef a protesté.

Bien sûr que l'enfant était innocente. La Torah et les rabbins n'avaient jamais déclaré que l'infortune du mamzer était juste. Le Seigneur commande ; l'homme obéit.

Les Sages disaient que ceux qui connaissent le désespoir parce qu'ils sont des mamzerim seront placés sur des trônes d'or quand le messie viendra. Des larmes ont coulé sur les joues creuses de Josef. *Des trônes d'or* ? Rachel avait besoin de son Shaï-Yankel, elle avait besoin que son mariage soit valide, elle n'avait pas besoin d'un trône d'or.

Déjà des invités chuchotaient : gâter la joie du mariage de sa fille avec un tel chagrin !

*

Neuf mois après son mariage, Rachel donnait naissance à une petite fille qu'elle appelait Judith, en mémoire de la mère assassinée de Josef, Judith Lichtenstein.

La peau de Josef a pris un ton grisâtre. Quel degré d'abnégation allait pouvoir racheter son silence à présent ?

Rachel a appelé son deuxième enfant Haim-Yankel en mémoire du grand-père de son mari déporté à Auschwitz.

Les ongles de Josef sont devenus cassants comme du verre.

Elle a appelé son troisième enfant Gershon, en mémoire du père de Mila.

Son quatrième enfant, elle l'a nommé Pearela, en mémoire de la petite sœur de Josef, et elle a ajouté le prénom Alte afin que cette Pearela vive jusqu'à un grand âge.

La vue de Josef a faibli. Il avait toujours froid.

Quand Rachel a donné naissance à son sixième enfant, Josef a connu des phases de faiblesse musculaire pendant lesquelles il pouvait à peine marcher.

Au cours d'une transe provoquée par la faim, il vit sa propre barbe se balancer à un clou fiché dans la paume de Jésus.

Un article dans le Choulhan Arouh, le code de la loi rabbinique qui fait autorité, tenaillait Josef, même s'il lui procurait un certain soulagement concernant l'avenir des enfants de Rachel :

> *Si le mari déclare que le fils de son fils est un mamzer après que ce dernier a eu des fils lui-même, cette déclaration n'est pas recevable parce que la Torah ne confère pas un tel pouvoir au mari.*

Maintenant que Rachel avait des enfants, un tribunal rabbinique pourrait ne pas être autorisé à le croire, si Josef parlait.

La Loi lui permettrait-elle d'échapper à la Loi ? se demandait Josef.

Même s'il avait toujours su la vérité au sujet de la naissance de l'enfant ?

Un autre article rapportait la façon dont un rabbin avait déployé des trésors de subtilité pour éviter d'infliger le stigmate de mamzeruth, en admettant une période de gestation de dix mois, dans un cas où le mari avait été en voyage neuf mois avant la naissance.

Mais si les juges n'étaient plus autorisés à le croire, alors Josef serait condamné comme ceux qui transgressent la Loi sans jamais être jugés par un tribunal humain – les profanateurs cachés du sabbat, les masturbateurs, les adultères secrets –, il serait condamné au châtiment de kareth, son âme exilée loin de Sa Présence. Un éternel hiver.

Et il en serait de même pour Mila.

*

L'eau bouillait dans la casserole en émail bleu. Mila a versé des flocons d'avoine dans les bulles, saupoudré d'une pincée de sel, remué, baissé le feu.

« Mila ? » a appelé Josef.

La cuiller en bois s'est arrêtée. Mila s'est retournée au ton chaleureux de sa voix – c'était comme s'il avait oublié. « Oh, Josef, je peux ajouter des fruits dans les flocons d'avoine ?

— Pas aujourd'hui.

— Mais si tu ne manges pas mieux… » La cuiller a recommencé à tourner, étirant la pellicule qui plissait déjà la surface. Le docteur avait mis en garde contre une dégénérescence irréversible des cellules. Mila avait supplié, rappelant à Josef que ne pas manger était un suicide et que le suicide était interdit. Cependant, elle n'avait pas sollicité Zalman Stern ou le Rebbe, qui auraient nécessairement demandé quel péché Josef avait commis qui exigeait une telle expiation.

« Tes yeux… est-ce que les gouttes te font du bien ? a-t-elle demandé.

— Oui, elles me font du bien. »

Mila a vu le bol de flocons d'avoine intact, sur la table de la salle à manger. Elle s'est appuyée contre le papier peint défraîchi du mur. Elle se sentait si impuissante devant le corps affaibli de Josef qu'elle en venait presque à souhaiter un déclin plus rapide. Mais à quelques rues de là, Rachel vivait le rêve de Mila, d'une maison remplie d'enfants, et Mila se consolait : des garçons qui étudiaient la Torah, des filles qui se préparaient à être des mères au sein du Peuple d'Israël. Le foyer de Rachel confirmait que s'il y avait eu une faute, c'était une faute en vue d'une rédemption : *Tomber plus bas pour s'élever plus haut.*

Et la naissance d'un nouvel enfant de Rachel ravivait la résolution de Mila de ne pas agir, face à la détérioration de la santé de Josef.

*

Quand Josef, à soixante-deux ans, a été trop faible pour marcher, Mila l'a aidé à se lever. La première fois que leurs mains se sont touchées, ils ont retenu leur souffle. Le contact fugace, peau contre peau, a réveillé les joies passées de leurs corps et leurs renoncements, a réveillé la question de savoir si la Loi s'était peut-être assouplie.

Le Seigneur pardonne au pécheur, murmurait une voix que Josef avait entendue quand il se tenait près de Florina, à la messe. Mais d'autres voix clamaient : *Le Seigneur Lui-même est offensé.*

Le matin, Mila poussait Josef dans sa chaise roulante jusqu'au lieu de prière le plus proche. Elle attendait sur le perron s'il faisait bon, dans l'entrée près du portemanteau s'il faisait froid. Elle le ramenait à la maison après l'office et l'aidait à s'installer dans son fauteuil, où il restait penché sur une loupe à étudier les volumes du Talmud.

L'après-midi, Mila allait chercher le vieil édredon de Josef, celui que Florina avait enroulé et ficelé autrefois, que Mila avait lavé et rangé avec des sachets de lavande, et qu'elle avait ressorti un jour d'hiver quand Josef avait terriblement froid. Elle enveloppait ses genoux noueux et ses chevilles osseuses, elle ajustait les pompons délavés près de son cœur.

Emmitouflé dans l'édredon, Josef se souvenait de ses deux mères, même s'il ne parvenait plus à évoquer les contours de leurs visages. Il souriait et Mila, elle aussi souriait en sortant du bureau sur la pointe des pieds, laissant la porte entrouverte pour l'entendre s'il appelait.

Le soir, elle le ramenait au lieu de prière, puis à la maison dans son fauteuil près de la bibliothèque, où il restait bien après la lamentation de minuit sur la destruction des deux Temples. Elle l'aidait à se coucher. Quand la respiration de Josef devenait régulière, elle fermait les yeux.

*

Un après-midi, alors qu'elle enveloppait les pieds de Josef, Mila a murmuré : « L'aînée de Rachel, Judith…

— Quelque chose ne va pas avec Judith ?

— Non, non, rien de grave, tout va bien. Elle a… dix-sept ans.

— Judith est née le 21 du mois de Kislev 5749… c'est ça, dix-sept ans.

— C'est ce que j'essayais de dire. Judith est… »

Josef a été pris d'angoisse. « Avec qui ? a-t-il soufflé.

— Un bon parti, a-t-elle balbutié, un honneur pour notre famille. »

Il y a eu un long silence pendant lequel Mila s'est dit que Josef n'avait peut-être pas besoin de savoir.

« Qui ? » a murmuré Josef.

Un peu de fierté que Mila s'autorisait s'est glissée dans sa voix. « Notre Judith est fiancée à Yoel Stern, le fils de Schlomo, le petit-fils de Zalman. »

Josef a retenu sa respiration.

« Judith est tellement heureuse », a dit Mila.

Le téléphone a sonné. Mila a quitté le bureau et Josef l'a entendue remercier Mme Halberstamm pour ses félicitations. Il a fermé les yeux. La lignée des Halberstamm était *passul* (corrompue)… Était-ce le tour de Zalman à présent ? Est-ce que Rachel et ses enfants allaient corrompre la lignée de tous les Hassidim les plus vertueux ?

Non, les fiançailles de Judith à un petit-fils Stern n'étaient pas un accident. C'était un signe. Dieu envoyait Zalman Stern pour les sauver tous les deux une dernière fois.

Il irait voir le Rebbe.

Ou peut-être Zalman lui-même.

Zalman annulerait les fiançailles.

Josef pensait à l'aînée de ses petits-enfants, Judith, qui, à cinq ans, fourrait son nez dans son châle de prière parce qu'elle *aimait l'odeur de la sainteté*. Plus tard, Judith caressait les lettres d'or sur la couverture du Talmud de Josef en déclarant qu'elle deviendrait une *femme de valeur* et pourvoirait aux besoins de la famille pour permettre à son mari d'étudier la Torah. Elle demandait si elle ressemblait à celle dont elle portait le nom, à la mère de Josef, et elle avait cherché, au sein de la communauté, la recette du roulé aux noix et noisettes – pas la recette de Kolozsvár ou Szatmár ou Temesvár, mais celle de Maramureş, là où était né Grand-pa Josef. Comme elle avait rayonné quand Josef avait déclaré que l'arôme des roulés de Judith était le même que celui qui emplissait sa maison quand il était enfant.

Peut-être pas à Zalman…

Rachel, il devait parler à Rachel. Rachel avait la force qu'il n'avait jamais eue ; elle irait voir le Rebbe, elle irait immédiatement.

Que Rachel décide. C'étaient ses enfants.

Il parlerait à Rachel.

Il commencerait… viens, doux agneau innocent, il commencerait… comme un père qui bénit son enfant… *Que le Seigneur te permette d'être comme les mères du Peuple d'Israël, comme Sarah, Rebecca, Rachel* – trois fois il la bénirait, puis il parlerait et Rachel, qu'ils avaient élevée dans le respect du commandement du Seigneur, irait voir le Rebbe.

Il a imaginé les enfants de Rachel blottis contre leur mère devant la synagogue, après qu'il lui avait parlé ; Rachel se voilant la face, honteuse. Il a levé les yeux au plafond.

Vous dites bannir le sacrifice humain, mais c'est au nom du couteau d'un père contre la gorge de son fils que nous demandons le pardon.

Il a baissé la tête.

Oui, je parlerai à Rachel. Comme Isaac sur l'autel demandant à être bien attaché pour affronter la peur du couteau, notre Rachel cherchera à accomplir la volonté de Dieu, c'est comme cela que nous avons élevé notre Rachel.

Dans le sacrifice, l'homme et Dieu sont face à face.

Seigneur Dieu, déjà son cou saigne… Il n'y a ni fourré ni bélier ? Il n'y a pas d'ange pour faire dévier le couteau ?

Une mouche bourdonnait au-dessus de lui et Josef a tourné la tête à droite et à gauche ; il pouvait entendre la mouche, mais il ne la voyait pas. Il a fermé les yeux, les a ouverts. Il a respiré doucement, inspiré, expiré… et il pouvait à peine voir la table devant lui.

Seigneur Dieu, je Vous ai entendu. Je parlerai à Rachel, oui. Je commencerai : est-ce que tu as une grossesse facile ? Et les enfants, comment vont les enfants ? Je lui dirai… avant que Rachel ne se détourne de nous, je lui dirai que j'ai constaté qu'elle portait le parfum de sa mère à présent… Je lui parlerai des anémones sauvages, à Maramureş… les essences agréables plaisent au Seigneur, l'encens brûlait constamment sur l'autel d'or.

Oui Seigneur, je parlerai à Rachel.

Josef a fermé les yeux et vu Rachel prendre les petits-enfants, leurs corps pleins de grâce et leurs rires, vu Rachel conduire les enfants à la porte d'entrée. « Rachel ! Rachel ! » a-t-il appelé, mais Rachel ne s'est pas retournée avant de passer le coin de la rue et de disparaître, disparaître à jamais. « Rachel, tu dois prendre soin de ma Mila ! » s'est-il exclamé d'une voix rauque.

Mila est entrée précipitamment.

« Josef, tu n'es pas bien ? De quoi dois-je prendre soin ?

— Milenka ? Ah, c'est toi. Il faudrait que nous fassions revenir Rachel de la campagne, non ? Je ne vais pas bien, je dois la voir. » Josef a pointé le doigt vers les volumes du Talmud. « S'il te plaît, apporte-moi celui-ci… et celui-là… » Le bruit sourd de chaque volume atterrissant sur la table faisait trembler les membres frêles de Josef.

Il tournait les pages de Talmud que ses yeux ne pouvaient plus déchiffrer, il continuait à les tourner.

Lorsque Mila est revenue dans la pièce, elle l'a trouvé penché sur un volume qu'il tenait à l'envers. « Tu ne vois pas ? Tu ne vois pas du tout ? »

Josef a demandé le jeu de lettres en bois avec lequel il avait appris l'Aleph-Beth à Rachel et ensuite aux enfants de Rachel. Il a tapoté les surfaces en relief. Il a palpé chaque lettre jusqu'à ce que ses doigts trouvent ce qu'il cherchait. Quand il a retiré les mains, les lettres formaient :

הנני

Hineni, Me voici, prêt – la réponse d'Abraham quand Dieu lui dit : « *Prends ton fils… celui que tu aimes… et offre-le en holocauste…* »

« *Hineni ?* » a lu Mila à voix haute. Elle a brouillé les lettres d'une main fébrile.

Josef tendait son cou aminci d'un côté puis de l'autre tandis que les angles des cubes en bois se cognaient les uns contre les autres.

Après le départ de Mila, Josef a tapoté la table et a réarrangé les lettres :

הנני

*

Mila fixait le carrelage noir et blanc de la cuisine. Les stores baissés, la maison était sombre et silencieuse, privée des jeux d'enfants comme elle l'avait été pendant les années stériles. La chaleur oppressante avait permis à Mila de convaincre Rachel enceinte de rester à la campagne avec les enfants. Seule Judith – qui devait être en ville pour un dernier essayage de sa robe de mariée – allait passer les Grandes Fêtes du Nouvel An avec ses grands-parents.

Mila a sorti le Livre des Jours caché depuis qu'elle était rentrée de la maternité avec Rachel.

Les pages se lisaient comme un vieux livre de comptes :

עינים, (*Enayim*) → *740* → → *2*
אפזיר (Paris) → *298* → *19* → *10* → *1*
38,5 °
Sang 2, 3, 4, 5. Propre 2, 3… 5, 7
ET DAVID ÉTAIT LE FAVORI DU SEIGNEUR.

Mila a pris son stylo. Elle a écrit :

Et ma Rachel l'est aussi, favorite du Seigneur jusqu'à la dixième génération,
Et Judith l'est aussi, pure et blanche et favorite du Seigneur.

Mila a dessiné une guirlande autour de *David*. Elle a pris un autre stylo et colorié en rouge chaque pétale. De la guirlande jaillissaient des tigelles qui entrelaçaient les noms de *David, Rachel, Judith…*

Quand la sonnette a retenti et que Judith a appelé du perron, Mila a été tellement surprise qu'en se levant elle a fait glisser la nappe. Le carton de lait a explosé sur le carrelage, le bol de flocons d'avoine s'est brisé.

LIVRE V

Octobre 2005

Manhattan

Un coursier a livré le cahier sur lequel la main de Mila adolescente avait inscrit, de nombreuses années auparavant : *Livre des Jours de Mila, Personnel.* Agrafé à la couverture, un mot avait été griffonné au dos d'un ticket de caisse de pharmacie :

Très chère Atara,
J'aurais dû venir,
mais il est trop tard
pour faire le trajet de retour
avant le coucher du soleil.
Ma petite-fille
Judith a lu
mon cahier.
Elle va venir te voir.
Dis-lui tout
ce que tu peux.
— *Mila*

Atara avait souvent imaginé que Mila frapperait un jour à sa porte et que son grand amour d'enfance lui reviendrait, mais à présent, *trop tard pour faire le trajet de retour*, c'était la petite-fille de Mila qu'Atara attendait.

Les premières pages du cahier de Mila ont fait remonter les souvenirs d'Atara, les souvenirs de l'époque où Mila commençait le compte des jours de sang et des jours propres, et s'éloignait d'elle un peu plus, les souvenirs de l'aube à Paris quand elle se tenait devant la porte cochère, un filet à provisions à la main – une brosse, des sous-vêtements – et qu'elle tournait le coin de la rue, dans l'avenue, le vaste monde…

Atara s'est penchée pour allumer la lampe près du sofa et une carte postale est tombée du cahier. Sur la gauche de la carte : *Mila Lichtenstein* et une adresse à Williamsburg. Sur la droite, *Atara Stern*, mais pas d'adresse. La carte était datée de 1958, l'année où Atara était partie.

Il avait fallu dix ans pour que, dans l'euphorie du printemps de 1968, Atara envoie son adresse et son numéro de téléphone à Mila. À compter de ce jour, à chaque déménagement, Atara avait envoyé une carte postale, de New York, Cambridge, Los Angeles, New York, San Francisco, New York… Chaque carte restée sans réponse rappelait à Atara ce qu'elle savait avant son départ, qu'elle perdrait sa famille, que Mila ne pourrait ouvrir sa porte à une sœur renégate sans ruiner les chances de mariage de ses propres enfants. Mila prendrait contact, une fois ses enfants élevés et mariés.

Le temps du mariage des enfants était passé.

Atara a glissé la carte postale de Mila, jamais envoyée, entre les dernières pages du cahier et là elle a trouvé une enveloppe avion, postée de Paris. Un courrier tapé à la machine informait M. Lichtenstein qu'il était stérile.

La nuit est tombée dans le loft pendant qu'Atara lisait et relisait le cahier de Mila, en essayant de donner sens aux numérologies, aux passages de la Bible, à la lettre du laboratoire. À mesure que l'histoire prenait forme, ses yeux s'emplissaient de larmes.

Elle s'est levée et a regardé par la fenêtre. Pourquoi la jeune fille, Judith, viendrait-elle ? Il semblait à Atara qu'un marché avait été conclu il y a bien longtemps : elle prendrait sa liberté, mais perdrait toute existence au sein de sa famille. Ce marché allait-il être renégocié quarante-sept ans plus tard ? Son cœur battait fort.

Williamsburg, Brooklyn

Sur la galerie des femmes surplombant la nef, Judith pressait son front contre le treillis. *Je suis… Je suis et mes enfants sont…* elle ne parvenait pas à aller au bout de sa pensée.

En bas, dans la nef, ses frères dansaient avec le Fiancé de la Loi, ils dansaient sans se douter qu'ils avaient été engendrés en dehors de la Loi. En cadence avec ses frères, les épaules déjà voûtées d'avoir tant étudié, son Yoel. Les invitations avaient été postées, *Judith et Yoel, cérémonie à six heures et demie…*

Avant que les femmes ne voient ses larmes, Judith s'est frayé un chemin à l'arrière de la galerie, a descendu l'escalier bondé et traversé le labyrinthe de landaus sur le trottoir.

Deux sabbats plus tôt, elle avait parcouru ces rues en chantant presque à voix haute : *Comme tes tentes sont belles, Jacob !* Comme elles sont belles dans la douce lueur de la Maison de Prière, belles dans Williamsburg silencieux quand la circulation s'arrête les jours de Fête. Deux sabbats plus tôt, Judith savait que, elle aussi, elle porterait le foulard blanc et se pencherait sur une poussette pendant que son mari danserait les sept rondes ; elle aussi mettrait au monde des âmes qui attendaient de naître, et quand toutes les âmes seraient sur terre et que le messie arriverait…

Mais une âme comme la sienne facilitait-elle l'arrivée du messie ou la retardait-elle ? Toutes les nuits, depuis qu'elle avait lu le cahier de sa grand-mère, elle s'était documentée sur la semence telle qu'elle est émise selon les livres impies, telle qu'elle ne doit pas l'être selon les livres de son père.

Elle s'est dirigée vers le nord, vers le pont de Williamsburg. Elle tiendrait la promesse faite à sa grand-mère : avant de révéler le secret aux rabbins, elle irait voir celle qui était partie, *Que son nom soit effacé*.

Elle a pris la rampe pour piétons. Elle avait déjà traversé le pont, mais jamais dans l'obscurité et seule. Quatre hommes étaient appuyés contre la clôture grillagée orange et la regardaient approcher – elle aurait dû glisser le collier de perles sous son col, il ne fallait surtout pas courir, ils courraient plus vite qu'elle. *HaShem, ne m'abandonne pas.*

Après avoir dépassé les hommes, elle a agrippé le collier. Lui demanderait-on de rendre les perles, le cadeau de fiançailles de Yoel, une fois le secret révélé ? La honte qui lui enflammait les joues s'étendait à son cou.

Un grondement se rapprochait venant de l'arrière ; des rectangles de lumière défilaient ; le train passait dans des secousses de ferraille et s'éloignait, tirant son ombre derrière lui.

Une passerelle grillagée de part et d'autre franchissait les voies ferrées. Elle a pressé son visage contre le grillage. Sur fond de Klaxons tonitruants et du fracas d'un autre train, ses lèvres ont prononcé le verdict des livres de son père : « *Je suis interdite.* » Sa gorge s'est serrée. Judith se balançait derrière le grillage comme si la passerelle était la galerie des femmes et les rails au-dessous le dais du Rebbe ; dans son tailleur et ses escarpins à talons, elle se balançait comme si le monde était une maison de prière et la nuit, l'œil voilé du Seigneur ; et son corps s'est incliné dans la crainte que le Seigneur ne la regarde plus avec compassion, que le Seigneur ne l'ait abandonnée avant même sa naissance.

Les secousses d'un autre train ont mis fin à son balancement. Un J lumineux tremblotait et rapetissait à l'intérieur d'un cercle, à l'arrière du dernier wagon. Un haut réverbère éclairait la voie ; elle aurait voulu s'enrouler autour et rester là un moment. Elle est repartie.

Sur la rive de Manhattan, des jeunes de son âge visaient des anneaux en fer avec des ballons, sur un terrain inondé de lumière électrique. Certains déposaient le ballon dans l'anneau tout en courant, alors que d'autres essayaient de s'interposer. Elle a regardé les humains aux pieds légers jouer dans la nuit, puis elle a repris sa marche.

Les tours de bureaux étaient éclairées, mais rien ne bougeait à l'intérieur. Un étrange halo planait sur la ville. C'était là que vivait Atara Stern.

Manhattan

Atara s'est préparée pour l'arrivée de Judith. Elle a couvert les représentations humaines, les tableaux dans lesquels Judith ne verrait que transgression : un grand-père dans un fauteuil en bois sculpté ouvrant des yeux étonnés, trouvé à Prague dans une brocante ; une grand-mère romaine dans des couleurs vives, lavande, rose et violet ; une fillette, inachevée, avec un ruban de mousseline dans les cheveux, trouvée chez un collectionneur à Strasbourg. Elle n'a pas recouvert les cartes médiévales avec leurs jardins ceints de hauts murs.

Elle s'est arrêtée devant des photographies tirées sur son imprimante et épinglées sur un panneau en polystyrène. Quelques années plus tôt, quand la fumée et les cendres couvraient le sud de Manhattan, son producteur lui avait envoyé par e-mail le lien d'une vidéo filmant une lapidation. Elle avait tiré des plans : sur le premier, quelque chose comme une balle oblongue, voilé de bleu, fiché dans le sol ; sur le deuxième plan, la forme bleue se débattait pour s'extraire du sol – quelque chose d'humain, poignets liés, une forme de femme ; sur d'autres, des hommes barbus encerclaient la chair rouge déchiquetée, en convulsions. Que pouvait-elle *faire* ?

Dans la lumière déclinante, le sang semblait se répandre des tirages sur les tableaux, sur les romans, les poèmes, les essais, les boîtes en fer-blanc étiquetées de ses films… Elle a tourné le panneau de polystyrène de telle sorte que les tirages soient face au mur.

Elle a mis une robe à manches longues, posé deux gobelets en carton sur une serviette en papier – mais il n'y avait pas moyen de dissimuler qu'elle était bien Atara Stern, celle qui était partie, la fille dont Zalman portait le deuil. Les histoires à son sujet terrifiaient sûrement la jeune fille. Qui était Atara Stern dans ces histoires ? Une traîtresse ? Une morte ? Pire : une Spinoza se permettant de poser des questions ? Mais non, bien sûr, pas d'histoire du tout : *Que son nom soit effacé.*

Mais elle aiderait la jeune fille même si celle-ci ne le voulait pas ; Mila savait à qui elle envoyait sa petite-fille et ne s'attendait pas à autre chose. Elle l'aiderait même si Zalman et Hannah devaient apprendre que leur fille perdue incitait une jeune fille à partir. Les lois ancestrales avaient causé assez de dommages.

Elle est allée vérifier sur le palier. Personne.

Le téléphone a sonné. Un numéro de Brooklyn. Silence au bout du fil, puis une respiration rapide, qu'Atara pouvait encore reconnaître. « Mila ? »

Pas de réponse, mais c'était Mila – Mila qui ne voulait pas, en parlant, aggraver la faute de téléphoner un jour de fête.

« Elle n'est pas encore arrivée », a dit Atara.

Une autre respiration saccadée. Atara a entendu Mila prier pour que Judith, fille de Rachel, traverse le pont sans encombre, puis Mila a murmuré : « Elle ne touchera pas la sonnette le jour de Simhath Torah.

— De là où je suis, je peux entendre le moindre pas dans l'escalier.

— Elle a juré qu'elle viendrait te voir.

— Elle a juré ? Ce n'était donc pas *sa* décision ?

— Non.

— Que veux-tu donc que je fasse ?

— Je la veux parmi nous, bien sûr, à Williamsburg. »

Se souvenant que Mila attachait ses espoirs les plus vifs aux dénouements les plus improbables, Atara a dit : « Mais si elle ne garde pas le secret ? Si elle croit que son destin et celui de ses frères et sœurs, de sa mère, est de vivre en disgrâce en marge de la communauté ?

— Je... je ne peux pas la laisser détruire la famille.

— Alors, dans ce cas, tu voudrais que je l'aide à partir ?

— C'est une fille bien. Peut-être sauras-tu lui faire comprendre que j'ai... toujours été fidèle. »

Atara a compris que Mila ne cherchait pas à donner à Judith un moyen de quitter la communauté mais plutôt un moyen, quel qu'il soit, de l'y maintenir.

« Je dispose de combien de temps avec elle ? Quand a lieu son ma… » L'escalier a craqué. « Elle est là », Atara a chuchoté et elle s'est précipitée pour ouvrir la porte.

Atara s'attendait à voir une fille hassidique de Williamsburg qui se tiendrait timidement sur le seuil, mais Judith est entrée en trombe, bras croisés, joues rouges.

« Qu'est-ce que vous avez à me dire de la part de ma grand-mère ? »

Elle semblait bien trop jeune pour une fiancée. À cette heure de la nuit, elle aurait dû être au lit, bordée et bercée avec un conte de fées.

Judith a traversé l'appartement à grands pas puis elle s'est arrêtée devant la fenêtre, le dos très droit. Elle avait peur d'être contaminée par les piles de livres, les boîtes de films, les murs, les fauteuils d'Atara…

« Tu es donc Judith, a dit Atara. Je suis contente que tu sois venue. Tu as fait tout le chemin à pied, bien sûr. Je peux prendre ta veste ? »

Judith s'est retournée. Ses poings tenaient les revers de la veste sombre qu'elle portait sur une jupe droite qui descendait, comme il est prescrit, neuf centimètres au-dessous du genou. Elle était plus grande que Mila, mais elle avait les yeux violets et les cheveux foncés de Mila. Elle était aussi belle que Mila autrefois.

« Qu'est-ce que vous avez fait à ma grand-mère ? »

Atara a posé la main sur le cahier de Mila. « Si seulement j'avais fait quelque chose. »

Judith a détourné le regard. « Je n'ai pas besoin que vous me disiez que dans votre monde tout est permis.

— Ce n'est pas moi qui vais parler de ce qui est interdit ou permis mais je crois que ta grand-mère aimerait… que tu comprennes ce qui s'est passé.

— Je sais ce que je suis. Ce que mes enfants seront. Et leurs enfants. »

La jeune fille parlait sur un ton de défi, mais Atara pouvait détecter des traces de sanglots dans sa voix. Elle lui a indiqué une chaise en face d'elle, elle a versé de l'eau dans les gobelets en carton. « Assieds-toi, Judith, je t'en prie. »

Judith a fini par s'asseoir. Atara s'est aperçue qu'elle n'avait pas raccroché le téléphone, elle a dit, se rendant compte que deux personnes l'écoutaient peut-être : « Si, quand ce récit sera fini… si tu retournes chez ta grand-mère, Mila… s'il te plaît dis-lui… que je… ah, commençons… commençons par Zalman Stern quand il avait ton âge, dix-sept ans… »

Atara a raconté l'histoire de Zalman en Transylvanie, de Josef et de sa sœur Pearela, de Florina et de son fils Anghel ; elle a parlé de Mila si pieuse au séminaire, et du mariage de Josef et de Mila ; elle a dit ce qu'elle pouvait des dix années de mariage stérile.

*

Judith avait la tête inclinée, la nuque tendre. Pendant des heures, elle avait écouté sans bouger. Atara l'avait encouragée à parler, à réagir, à partager ce qu'elle savait, mais la jeune fille avait gardé le silence. Atara a tiré le rideau qui fermait l'alcôve.

« Il fait presque jour. Tu as besoin de te reposer. Nous reprendrons à ton réveil. »

Judith s'est pelotonnée sur le couvre-lit et s'est endormie immédiatement. Ses paupières ont frémi, sa respiration s'est apaisée, sa bouche s'est entrouverte.

Atara comprenait le désir d'enfant qui avait hanté Mila toutes ces années passées, désir auquel Atara elle-même n'avait pas donné suite.

Un camion brinquebalait dans Canal Street.

Judith a gémi dans son sommeil. Son bras s'est levé, s'est posé au-dessus de sa tête, et elle n'a plus bougé.

Atara s'est allongée sur le sofa.

Aucun de ses films n'était consacré au monde hassidique, mais Atara avait souvent imaginé qu'au premier rang du public se trouvait un adolescent prêt mais encore indécis, se demandant s'il fallait rester dans son milieu d'origine ou se lancer dans le vaste monde…

Il était clair que Judith ne s'était jamais imaginée au-dehors, morte pour ses parents comme Atara l'était pour Zalman et Hannah.

Partir avait été dur même pour Atara qui avait voulu partir, et qui en avait accepté les risques.

Quand elle avait appris que Zalman engageait un détective pour la ramener à la maison, Atara avait mis tout l'argent économisé dans l'achat d'un billet pour les États-Unis, où elle serait majeure dès l'âge de dix-huit ans. Atara s'est souvenue de ses nuits dans une des gares de Manhattan. La matraque du policier frappait contre sa paume quand il commandait aux hommes affalés : « Dégagez, dégagez de là ! » Une femme émergeait en marmonnant d'un océan de cabas et de sacs. Atara soulevait son sac à dos ; elle aussi tournait autour de la gare.

Atara pourrait éviter à Judith les difficultés pour trouver seule à se nourrir et à se loger, elle pourrait même l'aider à financer ses études, mais elle ne pourrait pas lui épargner les déchirements, ni l'angoisse de se réinventer soi-même.

Elle aurait besoin de temps avec la jeune fille, bien plus qu'une nuit, et Judith aurait besoin de solitude. Elle l'emmènerait à la campagne, Mila trouverait un moyen d'arranger les choses, d'expliquer son absence. Peut-être qu'elle montrerait à Judith son premier film, une jeune fille montant et descendant des escaliers mécaniques devant des guichets de gares ou d'aéroports… Elle appellerait un psychiatre le lendemain, demanderait conseil et un rendez-vous pour Judith, elle ferait tout pour être présente auprès de la jeune fille comme personne ne l'avait été pour elle en son temps… et si un jour Judith acceptait de partager de quelque façon que ce soit la vie d'Atara… quel bonheur ce serait, pour chacune d'elles, d'avoir quelqu'un à qui parler, qui comprendrait d'où venait l'autre et la distance qu'il avait fallu parcourir. Remontant le plaid sous son menton, Atara s'est plu à imaginer un dénouement où elle berçait la jeune fille dans ses bras et lui murmurait à l'oreille : « Tout va bien, tu es ici, à Manhattan, le soleil se lève, allons faire chauffer une bouilloire d'eau… »

Quand Atara a ouvert les yeux, Judith priait, tournée vers le soleil.

Atara s'est levée sans bruit.

Quand Judith a fini ses prières, Atara a rincé du raisin et l'a placé sur une assiette en carton.

« Merci, je n'ai pas faim, a décliné Judith.

— Judith, l'assiette est en carton et les raisins n'ont été en contact avec aucun de mes ustensiles. Tu peux manger. Tu dois manger. »

Judith a arraché un grain de raisin, l'a tenu entre le pouce et l'index, a hésité, comme si elle se demandait : son nouveau statut exigeait-il d'elle qu'elle récite une bénédiction différente ? Ses lèvres ont remué, elle a porté le raisin à sa bouche, et elle a pressé Atara de continuer le récit.

« Mais c'est toi qui y étais, Judith. C'est à toi de me raconter ce qui s'est passé. Ça te fera du bien de parler.

— Rien de ce qui est interdit ne peut me faire du bien.

— Tu es revenue de la campagne, tu es arrivée chez tes grands-parents. Que s'est-il passé ? »

Judith est restée silencieuse.

« C'est terrible de sentir qu'on n'a personne à qui parler », a dit Atara.

Judith s'était imaginée que l'appartement d'Atara serait clinquant, vulgaire, mais le loft haut de plafond était paisible, propice à la réflexion, et lui rappelait le bureau de son père, n'était-ce que la lumière ici était plus douce, des îlots de lumière au lieu des ampoules nues comme chez ses parents. Elle s'était attendue à trouver une Atara Stern déchue, avec un maquillage outrancier dans des vêtements tapageurs… La robe d'Atara n'aurait pas été jugée modeste à Williamsburg, mais elle n'avait rien d'inconvenant et la chevelure argentée qu'Atara Stern aurait dû avoir honte d'exhiber encadrait un visage ridé qui souriait… souriait à Judith, quand bien même Atara savait comment la mère de Judith avait été conçue, souriait comme si ça n'avait pas d'importance, aucune importance… et Judith voulait se blottir dans les bras d'Atara, se blottir et pleurer, ce n'était pas du tout ce qu'elle avait imaginé à propos d'une renégate, *Que son nom…*

« J'ai essayé de bien me conduire, j'aurais mérité d'épouser Yoel Stern », a murmuré Judith.

Atara a hoché la tête.

Judith a continué : « C'est vrai que je n'ai personne à qui parler… et qui suis-je si Grand-pa Josef n'est pas mon grand-père ? Il n'y a rien à comprendre puisque rien ne peut changer ce qui est écrit dans la Torah… rien… je me sens… perdue comme lorsque j'étais petite et que notre maîtresse au jardin d'enfants avait demandé ce que chacune d'entre nous voulait faire quand nous serions grandes et une petite fille avait crié : “Pompier ! Avec un camion rouge !” La maîtresse avait fait les gros yeux, la bonne réponse n'était pas, certainement pas "pompier". Elle s'était tournée vers moi. "Judith, que voudrais-tu être, plus tard, toi ?" Je ne connaissais pas la bonne réponse… "Maman ?" j'ai demandé. La maîtresse m'avait embrassée, elle avait souri, toutes les autres petites filles avaient crié : "Je veux être une maman, je veux être une maman !" Donc je savais… alors… mais à présent… »

Judith a retenu un sanglot.

« Que s'est-il passé quand tu es revenue de la campagne ? » a demandé Atara.

Judith a posé la main sur ses lèvres pour s'empêcher de parler.

Atara a patienté.

Judith a commencé de manière hésitante : « Je me suis trouvée nez à nez avec mon Yoel devant la boulangerie Heimiche, qui est sur Lee Avenue. Nous ne nous sommes pas arrêtés pour parler – *es past nicht* (ça ne se fait pas), mais il… j'ai… nous avons souri, nous n'avons pas pu nous en empêcher, nos chemins se sont croisés, j'ai serré mon sac contre moi comme si Yoel pouvait voir la tiare et le voile à l'intérieur. Je me suis arrêtée au coin de la rue et j'ai attendu que le rouge disparaisse de mes joues, j'ai tourné dans Clymer, mais Grand-ma Mila n'était pas à la fenêtre du bow-window pour me faire signe, même si Maman avait donné tous les détails, quelle ligne de car, à quel arrêt j'allais descendre, et l'heure, cinq heures moins le quart – j'ai sonné à la porte. Personne n'a répondu. Le rideau était tiré dans le bureau de grand-pa Josef – a *mehheireh refiheh sheleimeh far mein Zeidi Josef* (une guérison rapide et complète pour mon grand-père), Amen – le rideau était tiré, mais Grand-pa aime sentir la lumière même s'il ne la voit plus. “Baabi ? Zeidi ?” Rien ne bougeait. J'ai fait le tour, par la ruelle, jusqu'à l'arrière de la maison. “Baabi ? Zeidi ?” Là aussi, rien ne bougeait. *Zeidi est-il mort, Dieu nous en garde ?* Je suis repartie en courant vers l'avant de la maison, j'ai gravi les marches du perron, tourné la poignée. La porte a cédé. Le livre de prières de Grand-ma Mila était ouvert sur le secrétaire – quelque chose n'allait pas. J'ai posé les lèvres sur la page, fermé le livre, posé les lèvres sur la couverture. La salle à manger était en ordre. J'ai suivi l'odeur de médicament jusqu'à la porte du bureau – j'ai entendu un bruit dans la cuisine, *Gottenyu* (mon Dieu), Grand-ma Mila était affalée sur le carrelage au milieu d'assiettes cassées et d'un carton de lait renversé. Je me suis précipitée pour l'aider à se relever, mais Baabi a remonté ses genoux contre sa poitrine, elle avait la perruque de travers, c'était comme s'il fallait que je lui rappelle, “C'est moi, Judith !” Sa jupe, *HaShem yerachem* (Seigneur, ayez pitié), laissait voir ses cuisses. “Baabi, tu m'entends ?” Elle a agrippé mon avant-bras, de l'autre main, elle s'est appuyée sur le sol et elle s'est relevée. Un cahier est tombé de ses genoux dans le lait renversé. Je me suis penchée pour le ramasser, mais Baabi m'a secoué le bras jusqu'à ce que je le lâche. Le cahier est retombé dans la flaque de lait. “C'est Rachel qui est ici ?” La voix de Grand-pa Josef si faible derrière la porte fermée du bureau. Grand-ma Mila a mis un doigt sur ses lèvres. “Chut, ne lui disons pas que tu es arrivée, il a besoin de se reposer”, et elle est partie rapidement dans le couloir. Une goutte de lait s'élargissait sur la page, brouillait un mot, le mot au-dessous – je n'ai pas pu m'en empêcher, j'ai ramassé le cahier, je l'ai placé sur la table, épongé les pages avec une serviette, placé la salière et le poivrier aux coins du cahier pour le maintenir ouvert et le faire sécher plus vite. J'ai posé mon sac avec la tiare et le voile, j'ai ramassé les morceaux de porcelaine, essuyé le lait. La maison était tellement silencieuse. C'était la première fois que j'étais chez Zeidi et Baabi sans un frère ou une sœur. Une page du cahier se gondolait, je l'ai défroissée. C'était l'écriture de Grand-ma : *Le mois prochain, Seigneur, fais que ce soit moi. Donne-moi un enfant ou je meurs...*

» Grand-ma Mila a refermé brutalement le cahier. J'avais honte de mon geste, j'ai couru à l'étage. Grand-ma Mila est montée me voir, elle m'a serrée dans ses bras et a dit qu'une *kaleh meidel* ne devait pas être triste, ce n'était pas bon pour le teint, je n'avais rien fait de mal, quel mal y avait-il à ramasser un cahier et à sécher ses pages ? Elle m'a bercée, j'ai ri, j'ai demandé si elle et Zeidi voulaient voir comment m'allaient la tiare et le voile. "Il est tard, mon cœur, a-t-elle dit, Zeidi se repose. Tu lui montreras demain, quand tu essaieras la robe, la couturière vient à neuf heures." Nous sommes descendues dans la cuisine pour préparer le dîner. Le cahier n'était plus sur la table. J'ai demandé : "Est-ce que le cahier raconte comment Zeidi Josef et toi, vous avez survécu ?" Parfois, les gens de là-bas ne veulent pas en parler, mais Grand-ma a dit : "Oui, comment nous avons survécu et comment nous avons décidé de vivre." Je savais que Grand-ma et ses parents s'étaient levés au milieu de la nuit dans la synagogue où ils étaient enfermés, comment ceux qui devaient ne jamais revenir avaient récité la prière pour ceux qui partaient, je savais que Grand-ma Mila, petite fille, avait traversé la rivière Nadăş sur les épaules de son père...

» "Est-ce qu'ils vous l'enseignent à l'école, a demandé Grand-ma, est-ce qu'ils vous enseignent comment le Rebbe a été sauvé ?"

» "Bien sûr, au jardin d'enfants. Dieu a envoyé un rêve à un homme qui pouvait sauver des juifs : *Tu dois prendre avec toi le Rebbe de Szatmár ou ta mission échouera.*"

» Grand-ma Mila a levé les yeux, "Ah, le rêve..." Puis regardant droit devant elle, elle a dit : "Tu comprends, n'est-ce pas, que le Rebbe lui-même, que son mérite nous protège, voulait monter dans ce train. Tu comprends qu'il a abandonné sa communauté et ses Hassidim", et elle a dit de l'*apikorsus* (propos hérétiques) sur la façon dont le Rebbe avait été rescapé de Transylvanie avec l'aide d'un sioniste – Dieu nous garde, seul HaShem a sauvé notre Rebbe !

» Grand-ma Mila a expliqué que, parfois, la seule manière de faire entrer plus de sainteté dans le monde était de masquer un acte saint par une impiété, de telle sorte que Satan ne remarque rien et ne s'interpose pas, et je l'avais appris à l'école, mais ce n'est pas quelque chose que nous pouvons décider par nous mêmes, seuls Dieu et ses anges. »

Il y a eu un silence. Judith a poursuivi.

« Ensuite, Grand-ma Mila a dit : “Mon Josef se prépare pour le monde à venir, il craint pour son âme.” Toutes les deux, nous nous sommes mises à pleurer parce que Grand-pa Josef – si le messie ne vient pas avant que le Seigneur ne rappelle son âme – n'a rien à craindre, il ira directement dans le jardin d'Éden et j'ai dit que Maman voulait rentrer, elle voulait rentrer immédiatement si la santé de Grand-pa Josef, Dieu le préserve…

» “Dans son état ? Ta mère ne doit pas rentrer, absolument pas. Elle va vouloir s'occuper des préparatifs du mariage, dans le huitième mois, ce n'est pas prudent. Ta mère reviendra de la campagne pour la cérémonie, après Simhath Torah. Ne t'inquiète pas, *mein kint*, ton Zeidi va vivre jusqu'à cent vingt ans. Tu ne manges pas ? Ma petite-fille aurait faim dans ma propre maison ? Mange, mon enfant, mange. Tu as fini ? Dis tes grâces et va te coucher, un jeune corps a besoin de beaucoup de sommeil.”

» Je me suis réveillée au milieu de la nuit. J'ai vu de la lumière sous la porte. Je me suis levée. La lampe sur la table de chevet de Grand-ma était allumée, mais le lit de Grand-ma était vide. La maison était tellement silencieuse. J'ai descendu l'escalier sur la pointe des pieds. Grand-ma Mila était assise à la table de la cuisine, le cahier devant elle. Elle pleurait. J'ai demandé : “Zeidi Josef est très malade ?” Elle a levé les yeux, fermé le cahier, fixé la fleur séchée sur la jaquette en cellophane. Elle a dit : “Anémone des bois.” Elle a dit que Grand-pa Josef aimait le parfum de cette fleur qui lui rappelait le printemps, là-bas, lui rappelait Maramureş ; est-ce que je savais que, à

Maramureş, où Grand-pa Josef était né, où Florina veillait autrefois sur le petit Josef, dans le verger de sa première mère… est-ce que je savais que, à Maramureş, au printemps, les prairies étaient piquetées de pâquerettes jaunes et blanches… Puis, comme si elle remarquait tout juste ma présence sur le seuil : “Tu es debout ? Tu veux avoir des grands cernes noirs le jour de ton mariage ? Va vite te coucher.”

» Je suis remontée. J'ai entendu la porte du bureau s'ouvrir et se refermer et j'ai pensé à l'amour entre Grand-pa Josef et Grand-ma Mila et j'ai prié pour qu'un tel amour nous lie, mon Yoel et moi – mais avec beaucoup plus d'enfants, si HaShem le veut.

» La couturière est arrivée à neuf heures pour le dernier essayage de ma robe de mariée. Elle a attaché les petits boutons de satin du corsage et Grand-ma Mila a dit : “Dix-sept, un pour chacune de tes dix-sept années.” Quand je me suis retournée, la couturière, la main sur le cœur, a dit que j'étais tout le portrait de Grand-ma Mila quand elle était jeune – j'étais embarrassée parce que les gens disaient toujours que Grand-ma Mila avait été la plus belle femme de Williamsburg.

» J'ai demandé si je pouvais montrer la robe de mariée à Grand-pa Josef.

» Grand-ma Mila a dit non.

» Après le départ de la couturière, Grand-ma est allée dans le bureau et j'ai entendu Grand-pa Josef demander, d'une voix très faible, si Rachel était arrivée. Grand-ma a dit non. Grand-pa Josef a alors demandé si Zalman Stern était arrivé pour le mariage et Grand-ma de nouveau a dit non, mais ce n'était pas vrai parce que Zalman Stern était déjà à Williamsburg et tout le monde savait qu'il était chez son fils Schlomo, qu'il était venu de Paris pour officier au mariage de son petit-fils Yoel avec Judith Halberstamm, la petite-fille des deux orphelins que Zalman avait sauvés.

» "Zalman Stern n'est pas encore arrivé", a répété Grand-ma Mila.

» La cuiller a tinté contre la bouteille de médicament, les oreillers ont été retapés… J'avais peur, toute seule avec Grand-pa tellement malade et Grand-ma Mila qui ne disait pas la vérité.

» Quand elle est enfin sortie du bureau, j'ai dit que si Zeidi, Dieu le préserve, était très malade, il *fallait* que j'appelle Maman immédiatement.

» "Je t'ai déjà dit, mon cœur, ta mère ne doit pas venir. Le choc… le choc pourrait…"

» "Maman a quelque chose qui ne va pas ?"

» "C'est Rachel que j'entends ? » a appelé Grand-pa.

» Grand-ma a couru vers le bureau.

» Je ne comprenais pas pourquoi Grand-ma Mila me traitait comme une enfant, dans trois semaines je serais mariée et mon professeur de classe matrimoniale venait de m'apprendre comment les croyants sont conçus de la même manière grossière que… comment un homme et une femme… les voies du Seigneur sont impénétrables – si quelque chose n'allait pas avec la santé de Maman, Dieu nous garde, il fallait que moi, l'aînée, je sache et si Maman avait la même maladie que Grand-pa Josef – comment pouvais-je aider sans savoir ? Le cahier ? Est-ce que le cahier expliquait la maladie de Grand-pa et la raison pour laquelle Grand-ma Mila se comportait de manière si étrange ? »

Judith a commencé à arpenter la pièce, dans un sens, puis dans l'autre, comme si elle essayait de fuir celle qu'elle était devenue depuis la lecture du cahier. Quand elle a parlé de nouveau, sa voix était rauque. Elle s'est arrêtée, surprise par la tonalité grave qui ne semblait pas être la sienne, puis elle a repris.

« J'ai cherché dans le placard de la cuisine, sur l'étagère la plus élevée. Le cahier s'est ouvert à la dernière page écrite. J'ai fixé la guirlande rouge ; les noms que les pétales reliaient me fixaient à leur tour, *Roi David... Rachel... Judith...*

» Je savais quelles étaient les pages importantes, elles étaient tachées de larmes.

» Il y avait des mots français, hongrois, roumains...

» Il y avait une enveloppe de Paris adressée à *Monsieur Lichtenstein.*

» Un paragraphe et des chiffres : *Nous regrettons de vous informer...*

» Dans le cahier, un passage, recopié tant de fois, toujours le même.

» Les mots tombaient comme des pierres :

“*Tamar s'assit à l'entrée d'Enayim, qui est sur le chemin de Timna... et Juda l'aperçut et la prit pour une femme vénale... et il vint vers elle et elle conçut.*”

» Je savais que c'était terrible, mais je ne savais pas ce que cela voulait dire. Je suis partie de la maison en courant, j'étais sous le métro aérien sur Broadway et Marcy. Le bruit d'une rame en direction de Manhattan – à qui pouvais-je en parler ? Pas à Tatta, pas à mes professeurs – quels livres consulter, les filles n'étudient pas la Mishnah ou la Gemarah, ni le Choulhan Arouh, je suis passée au nord de Williamsburg, chez les artistes, je me suis arrêtée à la bibliothèque qui est sur l'avenue Division. La femme m'a dit que ce qu'il me fallait c'était l'*Encyclopedia Judaica* et que je la trouverais dans l'antenne de Grand Army Plaza ou dans celle de Borough Park… »

Judith s'est mise à se balancer d'avant en arrière.

« *Le mariage entre des gens interdits est nul, non valide.* Que le messie vienne, de grâce, que le Temple soit reconstruit, je suis revenue à pied jusqu'à notre Williamsburg. Le mariage de Maman était-il invalide ? J'ai fait le tour du quartier, une fois, deux fois, Maman va dire qu'on ne fuit pas les épreuves que Dieu nous impose, elle ira voir le Rebbe – Tatta sera-t-il encouragé à se remarier et à avoir d'autres enfants, des *juifs légitimes*, pendant que moi, mes frères et sœurs… les dix mamzerim de Williamsburg… "Judith !" Grand-ma Mila courait vers moi en robe et en pantoufles. Elle m'a tirée sur le perron, dans la maison, dans la cuisine, elle a fermé la porte, elle s'est précipitée sur son T'nah, le T'nah tremblait dans sa main, il s'est ouvert sur l'histoire de Tamar et de Juda. Elle a indiqué un verset. "*Zodequa mimeni.* Tu vois ? *Plus vertueuse que moi*, c'est ce qu'a dit Juda à propos de Tamar – tu seras heureuse, tu *dois* être heureuse, c'est pour ça que Josef a tout sacrifié – réfléchis bien avant d'aller voir un rabbin, veux-tu vraiment rompre le silence pour lequel mon Josef a sacrifié le bonheur de notre mariage ? Ce que tu crois juste aujourd'hui pourrait te hanter, si tu ne veux pas te préserver, préserve mon Josef", et elle a demandé si je connaissais l'histoire de Florina – bien sûr que je la connaissais. Elle a dit qu'elle avait entendu Florina appeler sur l'escarpement : "*Anghel ! Anghel !*" et que la voix de Florina était la voix d'une mère qui appelle son fils, elle a dit que Florina avait toujours manqué à Josef, séparé de Florina non par la guerre ni par la mort, mais par nous, par *nous.* Elle a dit : "Je n'ai pas compris que le silence qui sauvait ma fille l'affaiblissait chaque jour un peu plus", puis elle m'a fait jurer d'aller voir Atara Stern afin d'apprendre… Mais apprendre quoi ? »

Judith fixait Atara droit dans les yeux. « Atara Stern me sauverait quand Dieu lui-même ne peut rien y faire ?

— Tu as besoin de temps et de calme. Reste avec moi, Judith, ne serait-ce que quelques jours. Nous pouvons aller à la campagne ce soir, après le coucher du soleil. Nous achèterons de la nourriture avec toutes les garanties possibles, tout sera kasher selon tes critères. Tu dois te reposer, réfléchir…

— Réfléchir à quoi ? HaShem nous a créés pour observer ses commandements, à quoi devrais-je réfléchir ?

— Il faut que tu en saches plus, il faut étudier…

— J'ai déjà étudié les livres de mon père, j'ai lu : *Dieu récompensera la femme adultère qui se repend et sa récompense sera que sa progéniture mourra jeune, assez jeune pour que son péché ne se propage pas dans la congrégation.*

— Où as-tu lu une chose pareille ?

— J'ai lu qu'un *posek* (juriste) conseillait que le mot *mamzer* soit tatoué, par un non-juif, sur le front du bébé – afin d'assurer que le mamzer ne se mariera pas dans la congrégation. »

Atara a mis son bras autour des épaules de la jeune fille. « Judith, il existe d'autres mondes, où le mariage n'est pas seulement une affaire de lignée, où les parents peuvent aimer leurs enfants d'un amour inconditionnel… »

Judith a plaqué ses mains sur ses oreilles. « Je ne veux pas entendre plus d'*apikorsus.*

— Je mets un trousseau de clés dans la poche de ta veste. Reste avec moi, Judith.

— Mon *nisoyon* (épreuve) est de me rapprocher de HaShem, non de ceux qui L'ont abandonné.

— Tu as besoin de temps… »

Judith a traversé le loft à grands pas. « Je n'ai pas besoin de temps, j'ai besoin du contraire. » Elle s'est arrêtée devant l'heure affichée sur le four. « Huit heures et demie ? » Elle s'est précipitée vers le portemanteau. « Grand-pa Josef attend.

— Mais tu as vu Josef ?

— Pas encore. J'ai dit à Grand-ma Mila que j'irais chez vous à Manhattan si je pouvais voir Zeidi et l'emmener à la synagogue.

— Josef se sent assez bien pour aller à la synagogue ?

— Il veut entendre Zalman Stern officier. » Judith a enfilé sa veste et s'est dirigée vers la porte d'entrée.

Atara a attrapé un foulard et a couru derrière elle.

Judith se dirigeait à l'est, vers Williamsburg. Elle marchait sans se soucier de la circulation. Atara tenait d'une main le coude de Judith, de l'autre elle glissait des mèches de cheveux sous le foulard.

Elles se sont engagées sur le pont. Les voitures filaient. Une rame de métro s'arrêtait et redémarrait dans un bruit de ferrailles. Entre deux secousses, Atara a demandé si Judith pensait à son fiancé, à ce qu'il voudrait qu'elle fasse.

« Yoel veut ce que HaShem veut », a répondu Judith.

La corne d'un remorqueur a retenti sur le fleuve en contrebas.

« Mais il semblerait que ce… *statut* ne s'applique plus puisque ton Grand-pa Josef a gardé le silence si longtemps, a dit Atara.

— Le nom de ma mère aurait dû être inscrit sur le registre que tiennent les rabbins, le registre des gens interdits de mariage au sein de notre communauté.

— Mais si la Loi dit qu'il est trop tard – toi, tu le crois que la Loi doit être observée. Nous allons vérifier ce que dit la Loi…

— *Nous* allons vérifier ? *Nous* allons décider ? Un tribunal rabbinique doit décider.

— Il y a des écoles, des écoles juives, où tu pourrais étudier la Loi toi-même…

— Je vous l'ai dit, j'ai lu les livres de mon père. » Judith a glissé ses doigts dans le grillage orange. Elle a cherché le fleuve du regard, mais les files de voitures, les voies ferrées, les garde-fous empêchaient de le voir, rien ne semblait relier Williamsburg à Manhattan. Elle a dit : « Pendant la cérémonie de circoncision d'un mamzer, nous devons omettre la prière *Kayem at hayeled hazeh* (Préserve cet enfant). Le Choulhan Arouh dit : *Ein mevakshim alav rachamim* (Nous ne demandons pas pitié pour lui). Nous ne demandons pas que cet enfant vive.

— Judith, c'est impossible. Ce n'est pas comme ça qu'il faut le comprendre. »

Judith s'est retournée et a pris la main d'Atara. « Je sais que vous avez de bonnes intentions, je vois bien que vous n'êtes pas une mauvaise personne, mais vous êtes dans l'erreur. » Judith a tapoté la main d'Atara comme un parent qui console un enfant, puis elle l'a lâchée et elle est repartie en direction de Williamsburg.

Atara a accéléré pour ne pas se laisser distancer par la jeune fille. Chaque pas de Judith rendait plus improbable l'intimité qui avait semblé possible dans le loft, qui semblait possible quelques instants plus tôt. Atara se hâtait derrière Judith, elle espérait encore l'entraîner vers un lieu, un temps où la jeune fille respirerait l'odeur de la terre après la pluie, où elle entendrait les oiseaux chanter, un lieu où Judith pourrait voir le monde se renouveler.

Les lèvres de Judith remuaient au même rythme rapide que son pas :

« Je suis interdite comme le sont mes enfants et les enfants de mes enfants, interdits jusqu'à la dixième génération.

» Je suis interdite… »

Les lèvres de Judith remuaient toujours quand elle a descendu la rampe pour piétons. Avant d'atteindre le trottoir, elle s'est arrêtée et a tiré sur ses bas épais pour que les coutures soient bien droites.

*

Une ombre s'est détachée du mur, flottant dans un manteau trop lourd pour la saison. Le crin brillant des cheveux synthétiques accentuait la pâleur du visage.

« Mila ? » a murmuré Atara.

Mila a regardé Atara, puis Judith, cherchant à deviner si une solution avait été trouvée.

Judith a gravi le perron et est entrée dans la maison.

Mila et Atara se sont étreintes. Leurs corps ont reconnu qu'ils avaient autrefois partagé le même lit et l'enfant en chacune d'elles serrait l'autre fermement.

Le menton contre l'épaule d'Atara, Mila y a enfoui ses larmes. « Comment va-t-elle ? Qu'a-t-elle décidé ? »

Atara a caressé l'épaule de Mila. « Il faut lui donner du temps.

— Son mariage a lieu la semaine prochaine. » Mila a salué de la tête des voisins qui se rendaient à la synagogue. Sa main s'est approchée du front d'Atara, a repoussé une mèche de cheveux sous le foulard, puis remonté le col de la robe d'Atara. Un petit sourire triste puis elle a chuchoté : « Tu veux un châle ? J'en ai un qui irait bien avec ta robe. »

Judith est apparue dans l'embrasure de la porte. « Zeidi n'est pas dans son bureau ?

— Yuditka, ton Zeidi Josef est à la shoul. Il voulait y être de bonne heure pour arriver au premier rang avec la chaise roulante, avant l'arrivée de la foule. Je l'ai conduit et je suis revenue aussi vite que possible pour être ici si... quand tu serais de retour. Rentrons prendre le petit déjeuner. »

La lèvre inférieure de Judith tremblait. Elle a hésité, puis elle a commencé à descendre les marches du perron.

Mila a tendu la main. « Reste avec nous Yuditel, reste avec nous un moment. Attends, attends-nous ! Allons ensemble à la shoul. »

Judith s'est écartée de sa grand-mère et c'est Atara qui a glissé un bras sous celui de Judith, et l'autre sous celui de Mila, et elles ont marché ensemble comme si elles appartenaient à une seule et même famille, à une même vie, elles ont avancé vers le lieu de la célébration de la Fête de la Loi, et Mila s'est prise à espérer que les rondes des hommes entraîneraient Judith jusqu'au dais du mariage.

Atara avait l'intention d'expliquer à Mila que la première étape, pour Judith, était d'apprendre à réfléchir par elle-même, qu'il serait bon sans doute que Judith s'éloigne de Williamsburg, ne serait-ce que quelques jours. Mila trouverait un prétexte pour expliquer son absence. Peut-être que la jeune fille pourrait rejoindre Atara le soir même et elles partiraient ensemble pour sa maison à la campagne.

Atara a murmuré à Judith qu'elle l'attendrait, elle lui a rappelé le jeu de clés dans la poche de sa veste.

Mila, Atara et Judith sont arrivées dans la rue bondée de mères bavardant près des poussettes.

La pensée qu'elle allait peut-être voir son père bouleversait Atara. Elle demanderait à un jeune garçon, après l'office, d'aller dire à Zalman que sa fille, Atara, était dans la galerie des femmes et voulait lui adresser ses vœux pour une Bonne Fête. Zalman peut-être la ferait chercher, accepterait de voir la fille qu'il avait déclarée morte, et ils se retrouveraient ; elle baiserait la main de son père comme au retour d'un long voyage…

Quand Atara ne s'était plus sentie menacée dans sa nouvelle vie, elle avait envoyé son numéro à Hannah. Au milieu de la nuit, le téléphone avait sonné. Dans le combiné, Zalman demandait, commandait à Atara de se repentir et de revenir dans le foyer hassidique. Au mot de *foyer*, Atara avait retenu ses sanglots, et comme elle ne répondait pas qu'elle allait rentrer, Zalman l'avait insultée, traitée de *zonah* – de prostituée. Atara avait reposé le combiné. Clic. La ligne était restée coupée pendant trente-sept ans.

À certains moments, Atara s'était vue sur le seuil de la maison de ses parents, imaginant qu'ils seraient heureux de la voir malgré leur soupçon concernant le respect du sabbat – elle mentirait s'ils posaient la question, si cela devait faciliter les choses –, Atara avait imaginé que ses parents languissaient d'entendre sa voix comme elle languissait d'entendre la leur, mais lorsque Atara avait pris contact avec ses frères et sœurs, ils l'avaient mise en garde : le cœur de notre père pourrait ne pas tenir – n'as-tu pas fait assez de dégâts comme ça ?

À la pensée qu'elle verrait son père drapé dans son châle de prière, à la pensée que la voix de Zalman pourrait apaiser le cœur désemparé de Judith, Atara a serré le bras de la jeune fille et celui de Mila. Mila, Atara, Judith étaient sur le point d'entrer dans la synagogue quand une femme très enceinte s'est interposée.

« *Is zie a Yid ?* a demandé la femme. (Est-elle juive ?)

— *Ver ?* (Qui ?) a répondu Mila. »

La femme a fixé Atara.

« *Avadeh !* (Bien sûr !) a dit Mila.

— *Sie zeht nicht os vie a yid.* (Elle n'a pas l'air d'être juive.)

— *Ober avadeh ist zie a yid.* (Mais si, bien sûr qu'elle est juive.)

— *Und voos ez mit ihr levish und mit ihr tiechel ? Zie is nicht tzniesdik. Zie can nicht arein gein.* (Et sa robe et son foulard ? Elle n'est pas habillée convenablement. Elle ne peut pas entrer.) »

Atara a baissé les yeux vers le bas de sa robe, qui couvrait bien les genoux, ce n'était pas une idée qu'elle se faisait.

La femme enceinte fixait le col d'Atara. La main d'Atara s'est portée à son cou – un centimètre et demi de peau exposée. Elle aurait dû accepter le châle que Mila lui avait proposé.

« Tu la connais ? a demandé la femme à Mila.

— Bien sûr, a répondu Mila avec impatience, Reb Zal… elle est sa… elle était… attends, Judith, attends-moi ! »

Atara a lâché le bras de Mila. « Va avec elle. »

Mila a hésité.

« Va, a insisté Atara, ne la laisse pas seule. Dis-lui que je l'attendrai. Va ! »

Mila s'est précipitée à l'intérieur de la synagogue.

Devant la femme courroucée dont les yeux ne quittaient pas son cou, Atara hésitait. Peut-être ne devrait-elle pas demander à voir Zalman si elle n'était pas habillée correctement. Zalman remarquerait le foulard et le centimètre et demi de clavicule ; il valait mieux qu'Atara ne soit pas aperçue en compagnie de Judith sinon l'appartement d'Atara à Manhattan ne serait plus un refuge possible pour la jeune fille. Atara a reculé. Elle s'est concentrée pour tenter de discerner la voix de Zalman, puis elle a zigzagué entre les poussettes – surtout ne pas être vue dans cette rue en train de pleurer, pas avant d'avoir tourné le coin de la rue, une femme de soixante-quatre ans avec un foulard inapproprié et un col un centimètre et demi au-dessous de ce qui est permis.

*

Judith est arrivée au premier rang du balcon des femmes. Elle a collé un œil au treillis – voir son promis l'aiderait-elle à discerner quel était son devoir ?

Zalman Stern était en train de serrer la main de Grand-pa Josef, Zalman Stern venu de Paris pour officier au mariage de son petit-fils, son mariage à elle, et ses frères étaient là, et son Yoel était là, derrière Grand-pa Josef… *Je vous en supplie Seigneur,*

Yoel Stern est-il mon b'shert ? HaShem, guidez-moi : Yoel Stern et Judith Halberstamm peuvent-ils former un couple vertueux parmi le peuple d'Israël ? HaShem, si vous gardez le silence, puis-je garder le silence aussi ?

Zalman est monté sur l'estrade centrale.

La main de Josef s'est glissée sur son cœur et son visage a pâli.

Judith s'est cramponnée au treillis. Grand-pa Josef était-il en train de mourir ?

La voix de Zalman s'est élevée : « *Splendide est Son Honneur...* »

Josef s'est appuyé contre le dossier, a posé la tête sur les oreillers qui le maintenaient droit dans son fauteuil roulant. Ses yeux se sont fermés.

Les notes de Zalman ont atteint le registre de tête, pures et agiles elles montaient plus haut dans les aigüs, et la poitrine des hommes se gonflait d'attente. Sur la galerie, des femmes se sont mises à sangloter. Les notes qui continuaient à monter exaltaient le désir de Judith d'être pure et blanche, et proche du Créateur, de La présence dorée du Seigneur. Ses paupières pâles, bleutées, se sont fermées comme un livre.

Le chant a cessé, ses yeux se sont ouverts.

Zalman Stern descendait de l'estrade. Les hommes ont formé une ronde de danse et de chant autour de Zalman et de Josef. La main de Zalman est venue se poser sur l'épaule de Josef ; lentement, la main de Josef s'est soulevée pour aller se poser sur celle de Zalman. Yoel poussait le fauteuil roulant de Josef ; c'est ainsi qu'ils ont accompli un tour dans la ronde.

Zalman est remonté sur l'estrade et a fait face au Seigneur, et la congrégation entière s'est tournée et a fait face au Seigneur, les hommes en bas et les femmes sur la galerie. De nouveau, la voix de Zalman s'est élevée, pour chanter le passage qui conclut le dernier livre du Pentateuque, lu dans toutes les synagogues pour la Fête de la Loi :

Et Moïse monta… au sommet du mont Pisga en face de Jéricho, et le Seigneur lui fit voir tout le pays… et le Seigneur lui dit… mais dans la Terre promise, tu n'entreras pas.

Judith a entendu le verdict du Seigneur.

« Yoel et Judith, vous n'entrerez pas », a-t-elle soufflé, et même joindre les deux noms semblait interdit.

Les hommes ont fini de lire les derniers versets, puis ils ont soulevé le parchemin de la Torah pour le réenrouler jusqu'*Au commencement Dieu…*

Et sur ce parchemin se réenroulait le commandement :

לא יבא ממזר בקהל ה'

Un mamzer n'entrera pas dans la Congrégation du Seigneur

Judith a défait l'attache de son collier de perles, cadeau de Yoel, qu'elle avait déjà choisi pour lui indiquer quand elle serait permise. Elle a placé le collier près du livre de prières et elle s'est écartée du treillis. Les femmes qui se pressaient vers l'avant pour voir Zalman Stern l'ont repoussée vers le fond de la galerie. Judith s'est frayé un chemin jusqu'au bas de l'escalier, entre les mères et les poussettes. Elle a tourné le coin de la rue.

*

Mila jouait des coudes pour arriver au premier rang de la galerie. Elle regardait à droite et à gauche, mais ne voyait pas Judith. Elle est montée sur un banc. D'autres femmes étaient debout sur les bancs, pour apercevoir la danse dans la nef. Mila a parcouru du regard la mer de foulards blancs espérant voir les cheveux foncés de Judith. Elle s'est appuyée sur le dossier du banc pour se maintenir en équilibre. De nouveau, elle a parcouru du regard la galerie. Elle est redescendue du banc, a failli tomber mais deux femmes l'ont rattrapée. Elle a écarté les femmes qui se pressaient autour d'elle. Elle s'est arrêtée en haut de l'escalier, mais elle n'a pas vu la tête de Judith au milieu des foulards. Elle s'est frayé un chemin dans l'escalier et jusque dans la rue.

La porte latérale de la synagogue s'est ouverte. Une nuée de manteaux noirs en est sortie brusquement. « De la place, faites de la place ! » La foule s'écartait et son Josef est apparu, effondré dans son fauteuil roulant. Le fauteuil a pivoté. Les mains de Josef battaient l'air comme pour se repérer, une veine bleue sur son front palpitait, et la peau de ses joues était tendue comme un parchemin.

Mila s'est précipitée vers lui. « Que s'est-il passé ? »

Un jeune homme a répondu : « La chaleur. Il n'y a pas d'air, à l'intérieur. »

Mila n'écoutait pas. Penchée sur Josef, elle murmurait à son oreille : « Que s'est-il passé quand tu as vu Zalman Stern ? As-tu parlé ? »

Les mains de Josef ont trouvé la sienne. « Milenka, c'est toi, je suis heureux que tu sois là.

— Tu as parlé à Zalman ? »

Josef a posé une main sur sa poitrine. De l'autre, il a tapoté le col de la robe de Mila, pour la calmer.

« Ton cœur ? » a dit Mila.

Josef a hoché la tête, il a souri, hoché la tête, et ses paupières se sont entrouvertes sur ses yeux gris-vert qui ne voyaient pas ; ses lèvres formaient le mot *lev*, cœur.

« *Lev* ? » a murmuré Mila.

Josef a souri.

C'était une lecture que Josef avait apprise à Rachel à la table du sabbat, une lecture qu'il avait apprise plus tard à Judith et à ses frères et sœurs, comment la dernière lettre de la Torah, ל (*lamed*), et la première, ב (*beth*), forment le mot לב (*lev*), cœur. C'était une lecture dont Josef avait un souvenir très ancien : chaque année, לב, *lev*, le cœur liait la fin au commencement.

Mila a compris que Josef avait résolu, sans le dire, de placer son cœur avant la Loi : Josef n'avait pas parlé à Zalman et il n'en parlerait plus jamais.

Josef, qui avait renoncé depuis longtemps à ce monde et se préparait à renoncer au prochain, souriait en caressant le col de Mila, puis il a fait signe de la main et les garçons ont poussé le fauteuil de Josef dans la danse.

Mila l'a regardé disparaître derrière les manteaux noirs et les biber-chapeaux des garçons célibataires. La porte de la nef s'est refermée.

Mila était plus anxieuse encore de retrouver Judith et de lui dire que son grand-père tant admiré avait décidé de ne plus jamais en parler. Mila s'est dressée sur la pointe des pieds et a cherché Judith au milieu des mères et des poussettes. Elle a traversé la route, s'est arrêtée sur le trottoir opposé, a couru d'un coin de la rue à l'autre.

Partout des pointes de foulards blancs voletaient sur les épaules des femmes dans la brise de fin d'été. Elle est passée en courant devant l'épicerie Landau, devant l'étroite boutique d'articles religieux. Une fois encore, elle s'est dressée sur la pointe des pieds. « Judith ! Judith ! Judith ! »

*

Les premiers souliers à talons de Judith, achetés pour sa première rencontre avec Yoel, claquaient sur la chaussée. Clic-clac-clic, une kaleh meidel ne court pas, une fille en âge de se marier surveille son maintien – le jour de la Fête de la Loi, quand chaque pas de danse est une prière, les pas d'une mamzer peuvent-ils, eux aussi, orner de pierres précieuses les couronnes du Seigneur ? Clic-clac-clic, Judith courait, cherchait à fuir ce qui en elle était interdit,

interdit à jamais pour Yoel, elle cherchait à fuir cette personne permise uniquement aux proscrits – une feuille de papier journal trempée s'est collée à sa cheville, elle a secoué la jambe, mais le papier mouillé restait plaqué sur son mollet ; le rail aérien a vibré à l'approche d'une rame de métro – le métro était interdit le jour de la Fête de la Loi, mais les mains de Judith ont saisi les barres d'une porte de sortie, elles poussaient, tiraient, secouaient ; une voix appelait derrière le guichet ; ses mains secouaient la porte plus fort encore, poussaient, tiraient ; la porte s'est mise à sonner et s'est ouverte. Quelqu'un criait derrière elle, puis il y a eu un bruit de tonnerre en haut de l'escalier, et clic-clac-clic les souliers neufs ont frappé les marches, et l'asphalte gris a vibré sous ses talons – Judith s'est tournée vers le grondement, vers les deux cornes de lumière,

הנני

hineni, me voici

là entre la lumière et les traverses, un berceau de poussière car tu es poussière, Judith s'est penchée, a balancé les bras en arrière, ses genoux ont fléchi, ses talons ont décollé du sol puis, dressée sur la pointe des pieds, Judith s'est envolée du quai.

Elle a atterri en chancelant sur le premier rail. Elle a levé les bras, repris son équilibre et s'est inclinée vers les deux lignes luisantes.

Un beuglement de sirène, elle a vu la montagne fumante, et le bruit et l'éclair quand le tonnerre de la Loi a percuté…

Le train s'est arrêté au milieu de la station. Deux voyageurs se sont avancés lentement vers l'endroit où la jeune fille s'était tenue, vers la chaussure noire au bord du quai.

*

Josef a appris la fin de Judith avant le septième tour de danse.

Ses yeux gris-vert se sont embués et il s'est affligé du choix du Seigneur qui avait désigné sa petite-fille Judith comme objet de sacrifice pour l'enfant que lui, Josef, avait préservé ; main sur la poitrine, il s'est affligé jusqu'à ce que le battement de son cœur fasse silence.

*

Dès que trois étoiles ont été visibles dans le ciel, des femmes de la Hevra Kadisha ont procédé à la toilette rituelle des restes de Judith. Elles ont lavé la poussière et la terre, et les sécrétions organiques ; elles ont enveloppé les restes dans un drap de coton blanc.

Les hommes de la Hevra Kadisha ont procédé à la toilette rituelle de la dépouille de Josef et l'ont enveloppée dans un drap de coton blanc qu'ils ont recouvert de son châle de prière.

Les femmes de la Hevra Kedisha sont venues chez Mila déchirer le revers de son vêtement, près du cœur, selon la tradition.

Dans la maison du double deuil, les visiteurs en un flot ininterrompu faisaient des hypothèses sur la mort inexplicable d'une fille de dix-sept ans : des étrangers avaient été vus dans le quartier, une femme avait essayé de suivre Mila et Judith dans la synagogue. Quelqu'un aurait-il enlevé Judith ? Aurait-elle essayé de s'échapper quand elle était tombée sur la voie ? Pour quelle autre raison une fille de Williamsburg se serait-elle trouvée près d'une rame de métro, un jour de fête ? *Baruch dayan emeth, Béni soit le Juge de Vérité.*

Et Josef… Josef qui n'avait pas pu supporter la nouvelle de la mort de sa petite-fille – *Béni soit le Juge de Vérité.*

*

La mère de Judith, Rachel, est entrée en travail quand elle a appris que le Seigneur avait rappelé le même jour son aînée et son père.

Rachel a donné naissance à son onzième enfant, son sixième fils.

Zalman a jugé qu'il était permis de souhaiter Mazel tov à la famille en deuil, car la naissance d'un enfant est une bonne nouvelle.

Une petite fille a trouvé les perles de Judith dans la galerie des femmes, près d'un livre de prières.

La mère de Judith serrait le nouveau-né dans ses bras et se balançait d'avant en arrière sur son tabouret de deuil. « Comment son collier a-t-il bien pu se détacher ? » murmurait Rachel, abasourdie dans sa douleur. « Ma Yuditel aimait tant ces perles, cadeau de son fiancé, ma pauvre Judith qui était venue au monde par un jour faste, le 21 du mois de Kislev… »

Mila était assise à côté de Rachel, sur un tabouret de deuil. Les perles cliquaient dans ses mains tremblantes. « Le fermoir a dû lâcher », suggérait Mila alors même qu'elle imaginait les doigts de Judith portant le collier à ses lèvres, ouvrant le fermoir, refermant le livre de prières avec un dernier baiser.

L'Alliance de la Circoncision a été incisée dans la chair du nouveau-né le huitième jour et Rachel a nommé son sixième fils Josef, en mémoire de son père, Josef Lichtenstein, et le nom de Josef n'a pas été effacé des générations.

*

Le téléphone a sonné chez Atara. « Brûle-le, réduis-le en cendres, a dit Mila. Surtout, ne viens pas, il faut protéger les enfants de Rachel. Non, tu ne dois pas venir… la rumeur court, une femme aurait enlevé Judith… une femme, une étrangère, s'ils te reconnaissaient… Tu vas le brûler, n'est-ce pas ? »

La veille, la jeune fille se blottissait sur le couvre-lit d'Atara, ses paupières pâles tremblotaient…

Atara a brûlé le cahier de Mila dans une marmite sur la cuisinière, elle l'a réduit en cendres.

*

Un an plus tard, Mila a appelé pour dire que Hannah n'allait pas bien.

Atara a pris le premier vol pour Paris où elle ne s'était pas installée, même à sa majorité, afin d'épargner à ses parents la honte d'une fille apostat dans leur ville.

Mila a supplié Zalman : Atara devait être autorisée à venir au chevet de sa mère souffrante, mais Zalman s'est levé en dépit de ses mauvais genoux. « *YEMACH SHEMEAH* ! » a-t-il tonné. *Que son nom soit effacé* – une fois de plus, il s'est fait un devoir de maudire l'enfant hérétique, la renvoyant au néant.

Ses frères et sœurs s'arrangeraient pour faire venir Atara quand Zalman ne serait pas à la maison.

Seule dans la chambre d'hôtel, attendant que le téléphone sonne, Atara pensait à l'unique étagère bien rangée chez elle, à la pile de blocs de papier à lettre, aux pages blanches ou ivoire des courriers jamais envoyés à Hannah. Elle avait même imaginé écrire à Zalman et d'autres pages blanches ou ivoire avaient rejoint les enveloppes timbrées jamais expédiées.

Certaines pages n'étaient pas entièrement blanches :

Chère maman,

Suivi de l'acronyme en cursives pour *Jusqu'à Cent Vingt Ans,*

Chère maman, עמו"ש
Comment vas-tu ?
Je vais bien.

Au-dessous, la page était vide. Si elle était heureuse, comment pouvait-elle expliquer le bonheur loin de sa famille ? Si elle était malheureuse, ne l'avaient-ils pas prédit ?

La fenêtre de la chambre d'hôtel donnait sur un mur couvert de lierre, plein d'oiseaux qui pépiaient. L'un s'envolait, deux autres revenaient et disparaissaient dans l'épais feuillage.

Atara pensait au jour où elle cherchait son chemin vers Manhattan après avoir quitté Mila et Judith, après que la femme en colère lui avait barré l'accès de la synagogue. Elle avait cherché un taxi, et le portefeuille qu'elle n'avait pas emporté, afin de ne pas offenser Judith – *muktza*, le portefeuille était *muktza* le jour de la Fête de la Loi –, elle avait emprunté la rampe pour piétons qui conduisait au pont de Williamsburg. La charpente métallique avait vibré, très fort, à l'approche d'une rame de métro, elle avait continué à marcher, fatiguée, elle se soutenait sur le parapet, espérant encore que la jeune fille viendrait chez elle.

Elle a saisi le téléphone. C'était Mila ; Zalman serait dehors tout l'après-midi.

Atara s'est précipitée au chevet de Hannah.

Hannah, un sourire radieux, a serré la main d'Atara comme si elles s'étaient séparées la veille. Hannah avait du mal à parler sous le masque à oxygène qui couvrait son nez et sa bouche, elle a indiqué le tablier à fleurs posé sur le dos d'une chaise. Quand Atara le lui a apporté, Hannah a montré la poche. Atara en a sorti des morceaux de papier quadrillé arrachés à un vieux cahier d'écolier, des morceaux de papier que Hannah avait couverts d'une écriture fine, en cursives yiddish, des messages jamais envoyés qui suppliaient une enfant de rentrer dans son foyer juif, la suppliaient de se souvenir d'une mère qui espérait tant serrer sa fille dans ses bras. Atara s'est essuyé le nez et les yeux. Hannah a pressé la main de sa fille et a fredonné, *Une petite lettre à ta mère... envoie-la en express... une lettre à ta mère, mon enfant... un bon parti hassidique pour toi nous avons choisi...*

Hannah attendait toujours le retour d'Atara, ses oreilles attendaient d'entendre Atara demander pardon au Seigneur et Lui faire serment d'obéir à Sa Loi.

Et le ciel se déversait contre les vitres, pleurait le retour impossible.

Etti est entrée précipitamment ; Zalman serait là sous peu.

Atara a posé un baiser sur les joues et la main de Hannah, elle a quitté son chevet, essayant de ne pas souhaiter Zalman mort. Au jardin du Luxembourg, elle est allée jusqu'au terrain de jeux des étés de l'enfance. Des plis de pierre entouraient les seins de marbre des reines de France qui gardaient le bassin, autour duquel elle avait roulé à bicyclette avec Mila.

La cloche du Sénat a sonné le quart.

Aurait-elle dû se battre pour Mila ? Insister pour que Mila l'accompagne à la bibliothèque ? Mais si Mila, elle aussi, était partie, qui aurait consolé Hannah et Zalman ?

Aurait-elle dû se battre pour Judith contre la volonté de Judith ?

Le mouvement d'un râteau qui peignait le gravier apaisait le désarroi d'Atara. Le silence suivait. Les feuilles d'automne s'amoncelaient dans la brouette.

2007

Transylvanie

Atara avait eu longtemps l'intention de faire ce pèlerinage, pour voir comment c'était, là-bas, sans juifs. Elle avait besoin de sentir l'absence.

Elle a parlé à Mila de son projet de voyage et Mila a envoyé la broche qui avait appartenu à la mère de Josef.

Atara a appelé Mila. « Comment vais-je la retrouver ? »

Mila a décrit la prairie pour les chevaux le long d'une voie ferrée au bord d'une rivière, un tilleul près d'un portail en bois, un poulailler, une étable.

« Mais vous n'avez jamais eu de ses nouvelles ? a demandé Atara.

— Nous avons envoyé des colis. Pendant des années, je courais à la boîte aux lettres espérant y trouver un courrier de Florina, espérant donner de bonnes nouvelles à Josef, qu'il repose en paix. Mais jamais une lettre n'est arrivée. Nous avons envoyé des colis jusqu'à ce qu'un émigré récent de Roumanie nous dise que ce n'était peut-être pas une bonne idée, dans la Roumanie de Ceauşescu, que Florina avait peut-être été questionnée sur ses contacts avec l'Ouest. Josef était fou d'inquiétude. J'ai essayé de le rassurer, des douaniers corrompus avaient sûrement détourné les colis, Florina n'avait probablement jamais su que nous les avions envoyés, des voyous avaient volé le sucre et le café – nous n'avons jamais eu de nouvelles d'elle. »

Mila a souhaité un bon voyage à Atara, puis elle a ajouté : « J'ai accompagné ton père sur la tombe du Rebbe, dans l'État de New York. Je l'ai vu inclure ton nom, Eydell Atara, sur le billet qu'il a placé dans la sépulture. Il a inscrit ton nom en premier, parce que tu es son aînée, puis il a inscrit les noms de tes frères et sœurs. Il t'a incluse parmi ses enfants, pour qui il demandait la miséricorde du Seigneur. »

*

Atara se tenait dans le couloir étroit du wagon et le vent balayait son visage. Le train cahotait vers l'est, traversait les lieux qui autrefois étaient leurs foyers : Vienne, Prague, Budapest, Varsovie… Elle avait imaginé que les numéros bleu-noir marquaient cette terre de manière indélébile, mais c'était elle qui portait les marques.

Le long de voies ferrées qui sentaient la poussière, le métal et l'urine, elle fredonnait les chansons de Hannah ; sur les bancs usés des places de marché, elle chantonnait doucement de vieilles mélodies pour calmer des cœurs brisés et les aider à avancer, *Es brent, briderlech es brent…* Elle fredonnait pour les âmes qui hantent encore ces rives, des âmes désorientées qui ne trouvent plus trace de leur existence. Les mélodies flottaient au-dessus des places de marché vidées de leurs juifs, tandis qu'elle montait dans un autre train, vers d'autres traces effacées.

Elle est arrivée en Transylvanie et est descendue à la gare de Satu Mare. En petites lettres au-dessous de la pancarte de Satu Mare était indiqué l'ancien nom de la localité, Szatmár. Elle a pris un taxi jusqu'à la Grand-Place de Satu Mare-Szatmár, jusqu'à la Piaţa Liberţăţii. Appuyées contre des piliers noirs de suie, des femmes exagérément maquillées, en jupes très courtes, croisaient et décroisaient leurs jambes nues, les talons hauts tapant la pierre froide. Elle a demandé s'il y avait encore une synagogue à Satu Mare.

Oui, mais il n'y avait plus de communauté.

Elle est arrivée à la frontière qui avait coupé le nord de la Transylvanie du sud pendant la guerre. Elle pensait à Mila et ses parents enfermés dans une synagogue, à cette valise faite et défaite trente et un jours ; elle pensait à la nuit où les juifs de Deseu s'étaient séparés de leur rivière, quand les fermiers parmi eux s'inquiétaient de la terre qui n'avait pas été ensemencée, et que les mères racontaient les champs de pâquerettes, et que les enfants s'endormaient, une dernière nuit, leurs respirations rythmées par la rivière.

Elle a trouvé Deseu et le cimetière juif. Elle a cherché la tombe du père de Mila, mais les stèles étaient de guingois, certaines complètement renversées, et il était impossible de savoir quelle tombe appartenait à qui.

Elle a entendu la complainte de Judith ; elle a entendu Josef consoler Judith :

Est-ce moi qui vais corrompre la semence de Zalman Stern ?

Aïe li lou li la…

Un vieil homme a surgi d'un bosquet de bouleaux.

« Vous Juif ? *Evreu* ? »

L'homme a décidé que oui, cette femme debout parmi les tombes, l'était. Dans son manteau élimé du temps des Soviets, il a ri de sa bouche édentée, et espiègle, il a chanté : « *Yadidadidam !* »

Il a déplié un mouchoir grisâtre sur une tombe et il y a disposé quelques barrettes en plastique, un signet illustré d'une photographie de synagogue, des épingles à nourrice, des portraits de saints… « Pas cher, pas cher du tout ! »

Atara lui a tendu un billet et a quitté le cimetière.

Elle a trouvé le tilleul près du portail en bois, la cour avec l'étable, le poulailler.

Une femme très âgée et voûtée, vêtue d'une robe et d'un foulard noirs s'est avancée à petits pas, un arrosoir à la main. « Bonjour. Vous êtes qui ? a demandé la femme.

— Je… Je suis ici… Josef… Josef Lichtenstein…

— Chut… » La vieille femme a posé un doigt sur ses lèvres.

À l'ombre du tilleul où Zalman se tenait un demi-siècle auparavant, Atara a repris : « Anghel, je voulais parler d'Anghel. »

La main noueuse de la femme s'est enfoncée dans sa poche. Elle en a ressorti une carte postale cornée qu'elle lui a tendue.

Anghel avait écrit à Florina qu'il la ferait venir quand il aurait labouré les champs d'Amérique.

La femme s'est essuyé la joue, a glissé la carte postale dans les plis de sa jupe noire, a relevé les yeux. « Bonjour. Vous êtes qui ? »

Atara a parlé du mariage d'Anghel avec la belle Mila Heller, dont les parents avaient vécu près de Cluj, de l'autre côté de la rivière. Elle a parlé de l'amour d'Anghel pour ses deux mères.

La femme a soulevé l'arrosoir. L'eau coulait par la pomme, quelques gouttes dans le pot d'orties.

Atara a ouvert son sac et en a retiré la broche. « Anghel aurait voulu qu'elle soit à Florina. »

La vieille femme regardait la broche, indécise.

Atara a demandé si Florina s'était mariée, après le départ d'Anghel.

La femme a levé ses yeux brouillés. « Bonjour. Vous êtes qui ? »

Atara est entrée dans la cour et a épinglé la broche sur son corsage noir. La femme fredonnait. Quand elle a remarqué de nouveau la présence d'Atara, elle a dit, « Vous êtes qui ? »

Atara s'est engagée sur le chemin de terre battue. Des oies la suivaient en cancanant ; elle se hâtait devant le seuil des maisons où des mères serraient leur châle sur les épaules et appelaient les enfants à rentrer.

2012

Williamsburg, Brooklyn

Mila s'éveille dans son fauteuil au salon. Elle se penche et regarde par la fenêtre. Dans les allées et venues des manteaux noirs et des papillotes qui semblent lui faire des signes sur la passerelle, elle cherche l'âne blanc du messie, présage du retour à la vie de Josef et de Judith. Elle demande à ses arrière-petits-enfants qui courent et tournent autour de son fauteuil de se calmer et elle guette le pas du prophète Élie. Elle enfouit le visage dans son livre de prières. *Si mon heure venait avant l'arrivée du messie, faites que je sois digne de séjourner, là-haut, près de mon Josef, dans la maison des vertueux…* Elle s'assoupit au milieu des enfants qui rient, courent, et l'encerclent de leurs cheveux soyeux virevoltant. Une dernière fois, Mila rêve de Josef – une main sur le cœur, l'autre sur son cœur à elle –, il forme en silence le mot aux deux lettres qu'il pensait perdues.

Glossaire

ammah : phallus
apikores (pluriel : *apikorsim*) : non-croyant
apikorsus : propos hérétique
baraita : loi orale juive non incorporée dans les six ordres de la Mishnah
baruh habah (féminin, *beruhah habooah*) : littéralement, béni soit celui (celle) qui vient – par extension : bienvenue
ben Torah (littéralement, fils de la Torah) : un garçon qui se comporte conformément aux préceptes de la Torah
biber-chapeau : chapeau de feutre plat à large bord, pour hommes
hallilah : à Dieu ne plaise, Dieu nous en garde
eibershter : le Très-Haut, Dieu
El maleh rahamim : Dieu plein de compassion – prière pour les morts, pour les âmes des défunts
hallah : pain du sabbat
haphtorah : extrait des Prophètes ; traditionnellement lu au cours de la cérémonie de la bar-mitsva
HaShem (littéralement, Le Nom) : Dieu
Hevra Kadisha : Société d'Inhumation Juive
ilui : prodige de la Torah
kaleh meidel : fille en âge de se marier

Lilin : démons de sexe féminin
mitzvah : commandement (se réfère aux 613 commandements de la Torah) ; c'est aussi, plus généralement, un acte de bonté
muktza : mis de côté – les objets qui ne peuvent pas être touchés ou déplacés pendant le sabbat.
phylactères : voir *tefilin*
Rebbe : chef d'une secte hassidique
sheigets : jeune homme (sens péjoratif) ; un vaurien et aussi un jeune homme non juif
shtreimel : chapeau en fourrure orné de sept ou treize queues de zibeline, pour hommes
shoul : synagogue
Simhath Torah : fête qui célèbre la Torah
tefilin : phylactères, petites boîtes en cuir contenant un texte en hébreu sur parchemin et les lanières de cuir pour les attacher
T'nah : Livre de l'Écriture
treifenah medinah : État non kasher, utilisé par le Rebbe avant la Seconde Guerre mondiale pour nommer les États-Unis d'Amérique (sous-entendu, où les juifs s'assimilaient)
tuica : alcool fort traditionnel roumain obtenu par distillation de fruits variés

Remerciements

Mes vifs remerciements à Sylvie Audoly et Isabelle Laffont pour l'édition française.

Des remerciements particuliers à Katia Wallisky.

Merci à Scott Moyers, Andrew Wylie, Adam Eaglin, Stéphanie Derbyshire et Alba Ziegler-Bailey.

Récemment parus dans la même collection

Mark Behr, *L'Odeur des pommes*, traduit de l'anglais (Afrique du Sud) par Pierre Guglielmina.

Mark Behr, *Les Rois du Paradis*, traduit de l'anglais (Afrique du Sud) par Dominique Defert.

Ketil Björnstad, *La Société des jeunes pianistes*, traduit du norvégien par Jean-Baptiste Coursaud.

Hakan Bravinger, *Mon cher frère*, traduit du suédois par Rémi Cassaigne.

Bonnie Jo Campbell, *Il était une rivière*, traduit de l'anglais (États-Unis) par Elisabeth Peellaert.

Laars Saabye Christensen, *Le Modèle*, traduit du norvégien par Jean-Baptiste Coursaud.

Laars Saabye Christensen, *Le Demi-frère*, traduit du norvégien par Jean-Baptiste Coursaud.

Laars Saabye Christensen, *Beatles*, traduit du norvégien par Jean-Baptiste Coursaud.

Laars Saabye Christensen, *Obsèques*, traduit du norvégien par Jean-Baptiste Coursaud.

Hector Abad Faciolince, *Angosta*, traduit de l'espagnol par Anne Proenza.

Julian Fellowes, *Snobs*, traduit de l'anglais (États-Unis) par Dominique Édouard.

Joshua Ferris, *Le Pied mécanique*, traduit de l'anglais par Dominique Defert.

Cris Freddi, *Le Sang du pélican*, traduit de l'anglais par Nicolas Thiberville.

V. V. Ganeshananthan, *Le Sari rouge*, traduit de l'anglais (États-Unis) par Sylvie Schneiter.

Marco Tullio Giordana, *La Voiture de papa*, traduit de l'italien par Nathalie Castagné.

Almudena Grandes, *Le Cœur glacé*, traduit de l'espagnol par Marianne Million (prix Méditerranée 2009).

Almudena Grandes, *Inès et la joie*, traduit de l'espagnol par Serge Mestre.

Almudena Grandes, *Le Lecteur de Jules Verne*, traduit de l'espagnol par Serge Mestre.

Chad Harbach, *L'Art du jeu*, traduit de l'anglais (États-Unis) par Dominique Defert.

Kari Hotakainen, *La Part de l'homme*, traduit du finnois par Anne Colin du Terrail.

Lars Husum, *Mon ami Jésus*, traduit du danois par Jean-Baptiste Coursaud.

Ann Jacoby, *Un génie ordinaire*, traduit de l'anglais (États-Unis) par Fabienne Gondrand.

Anna Jörgensdotter, *Discordance*, traduit du suédois par Martine Desbureaux.
Hari Kunzru, *Dieu sans les hommes*, traduit de l'anglais par Claude et Jean Demanuelli.
Naguib Mahfouz, *Impasse des deux palais*, traduit de l'arabe (Égypte) par Philippe Vigreu.
Naguib Mahfouz, *Le Palais du désir*, traduit de l'arabe (Égypte) par Philippe Vigreu.
Naguib Mahfouz, *Le Jardin du passé*, traduit de l'arabe (Égypte) par Philippe Vigreu.
Adam Mars-Jones, *Pied-de-mouche*, traduit de l'anglais par Richard Cunningham.
Sue Miller, *Perdue dans la forêt*, traduit de l'anglais par Béatrice Roudet.
Neel Mukherjee, *Le Passé continu*, traduit de l'anglais par Valérie Rosier.
William Ospina, *Ursúa*, traduit de l'espagnol (Colombie) par Claude Bleton.
William Ospina, *Le Pays de la cannelle*, traduit de l'espagnol (Colombie) par Claude Bleton.
Jordi Puntì, *Bagages perdus*, traduit du catalan par Edmond Raillard.
Anna Quindlen, *Tous sans exception*, traduit de l'anglais (États-Unis) par Catherine Ludet.
Miguel Sandin, *Le Goût du mezcal*, traduit de l'espagnol par Claude Bleton.
Paul Torday, *Partie de pêche au Yemen*, traduit de l'anglais (États-Unis) par Katia Holmes.
Paul Torday, *Descente aux grands crus*, traduit de l'anglais (États-Unis) par Katia Holmes.
Giuseppina Torregrossa, *Les Tétins de sainte Agathe*, traduit de l'italien par Anaïs Bokobza.
Rose Tremain, *Les Silences*, traduit de l'anglais par Claude et Jean Demanuelli.
Rose Tremain, *Le Don du roi*, traduit de l'anglais par Gérard Clarence.
Rose Tremain, *L'Ami du roi*, traduit de l'anglais par Edith Soonckindt.
Hélène Uri, *Trouble*, traduit du norvégien par Alex Fouillet.
Clara Usón, *Cœur de Napalm*, traduit de l'espagnol par Anne Plantagenet.
Zoé Valdes, *Le Paradis du néant*, traduit de l'espagnol (Cuba) par Albert Benssoussan.
Zoé Valdes, *Le Roman de Yocandra*, traduit de l'espagnol (Cuba) par Carmen Val Julián et Albert Benssoussan.
Alexi Zentner, *Les Bois de Sawgamet*, traduit de l'anglais (États-Unis) par Marie-Hélène Dumas.

CET OUVRAGE A ÉTÉ COMPOSÉ
PAR FACOMPO À LISIEUX
ET ACHEVÉ D'IMPRIMER SUR ROTO-PAGE
PAR L'IMPRIMERIE FLOCH À MAYENNE
POUR LE COMPTE DES ÉDITIONS LATTÈS
17, RUE JACOB — 75006 PARIS
EN JUILLET 2013

JC Lattès s'engage pour l'environnement en réduisant l'empreinte carbone de ses livres. Celle de cet exemplaire est de :
0,900 kg éq. CO_2
Rendez-vous sur www.jclattes-durable.fr

PAPIER À BASE DE FIBRES CERTIFIÉES

Imprimé en France

N° d'édition : 01 – N° d'impression : 85111
Dépôt légal : août 2013